나의 이야기

나의 이야기

초판 인쇄 2024년 5월 01일
초판 발행 2024년 5월 10일

지은이 | 천운상원

펴낸이 | 신학태
펴낸곳 | 도서출판 온샘
등 록 | 2016년 8월 17일 제2018-000042호
주 소 | 서울시 용산구 한강대로 62다길 30, 트라이곤 204호
전 화 | 02-6338-1608
팩 스 | 02-6455-1601
이메일 | book1608@naver.com

ISBN 979-11-92062-35-8 03810
값 30,000원

나의 이야:기

천운 상원 지음

도서출판 온샘

    불가佛家에 전傳하는 말에 세 가지의 만나기 힘든 인연因緣이 있다고 한다. 첫째, 사람 몸 받기가 어렵고, 다음은 인간의 몸人身을 받았어도 훌륭한 스님 만나기 어렵고, 이 같은 두 가지 인연이 있더라도 부처님 법法을 바로 만나 수행하기란 더욱 어렵다는 것이다.

    그렇다고 보면 나는 퍽이나 다행스러운 존재存在가 아닐 수 없다. 다겁多劫의 선업善業 때문인지, 맹귀봉목盲龜逢木의 인연이 있었기 때문인지 인간의 몸을 받았을 뿐만 아니라, 또한 근세近世의 선지식善知識을 만나 불자佛子가 되었다는 것은 단순한 우연偶然의 탓이라기 보다는 무언가 신빙信憑할 만한 것이 있었기 때문일 것이다.

    어찌 되었건, 그리하여 내가 불법佛法에 귀의歸依한 지 누십년累十年이 흘렀으며, 또한 그 세월은 적정寂靜한 수행修行의 노정路程만은 아니었다. 산전수전山戰水戰의 삶은 아니라 하더라도, 종단宗團 내외적內外的으로 심한 변동變動과 소용돌이를 겪던 상황狀況 속에서 불조혜명佛祖慧命의 계승繼承과 불법홍포

佛法弘布의 일에 적지 아니 치대어 상처傷處를 받았다. 특히 한국불교사韓國佛教史에서 근대近代의 소위 "정화불사淨化佛事"의 후유증後遺症은 대단한 아픔을 안겨 주었다. 잘잘못을 따지기 이전以前에, 승가僧伽 본연本然의 긍지矜持와 자질資質을 찬탈纂奪 당한 느낌을 없앨 수 없기 때문이다. 그래서 한없이 외롭고 고독하지 않을 수 없었다. 무량無量한 번뇌煩惱와 싸워야 했고, 허탈虛脫한 심정心情에서 노닐기도 하여야 했다.

그런가 하면, 부처님의 자비광명慈悲光明의 은덕에 끝없이 기쁨의 눈물을 흘리며, 그 불은佛恩에 보답하고자 더욱더 정진精進의 채찍을 가하기도 하였다.

일상적日常的인 삶에 있어서나 궁극적窮極的 세계世界를 향한 수행의 과정에 있어서 모든 것은 희비喜悲 등의 양면성兩面性을 지닌 채 현실現實로 나타났다. 그것은 물론 외부外部의 현상적現象的 요소가 나의 주관적主觀的 사유思惟의 세계世界를 통하여 표출表出된 관계들이다. 그러한 점에서 여기에 실린 "나의 변辨"들은 일종의 신앙체험기信仰體驗記라 할 수도 있을 것이다.

한 승려가 고달픈 현실現實의 전개展開 속에서 갈등葛藤으로 얽힌 인간人間 내면상內面相을 모두어 불교적佛敎的 수행修行으로 승화昇華시키는 역정歷程을 그렸으며, 지난날의 공통共通된 아픔의 역사歷史와 출가자出家者가 걸어야 했던 상처傷處난 길을 담아 보았다.

비록 아름다운 문장文章과 기지機智가 넘치는 문학적文學的 표현表現은 못 되지만, 나 나름대로의 세계관世界觀, 인생관人生觀, 종교관宗敎觀 그리고 수행관修行觀이 깃들어 있는 삶의 현장現場이다. 때문에 책의 제목題目을 『나의 변辨』

이라 하였다.[*] 따라서 그것은 불교佛教 통로通路를 통通한 자화상自畵像이기도 하며 불자佛子를 향한 법문法門이기도 하다. 아무튼 삶의 잡다雜多한 이야기들이긴 하나 불교라는 울타리에 있는 불자에게는 아마 공동共同의 장場이 될 것으로 믿어 마지 않는다.

끝으로, 원래元來 난삽難澁한 일기日記에서 하나하나 정성스럽게 원고지原稿紙에 옮기는데 수고를 마다하지 않은 상좌上佐들과 마지막으로 그것을 정리整理하고 편집編輯 및 교정校正하여

『나의 辯』, 향림사, 1985

준 보각普覺, 오향悟香 학인學人, 한경주韓璟珠, 최일순, 안영란, 이주현 그리고 이 졸고拙稿를 기꺼이 받아 출판出版하여 주신 윤귀하尹貴夏 사장님께 심연甚深한 감사感謝를 드리는 바이다.

불기佛紀 2529년

천운天雲 식識

---

* 이번 재판에서는 『나의 이야기』로 책명을 바꾸었다(崔).

차례

나의 변辨 _일기日記_

기쁜 삶 -법화法話-

출가出家 -자화상自畫像-

부록

나의 변辨

-일기日記-

보살계를 마치고

세월의 무상함을 말하게 되면 거기에 따라 법사도 말하게 되는 법. 몇 년 전부터 숙원이던 보살계를 금년 가을에는 끝을 볼 양으로, 우리 스님이신 지암 종욱 스님께 말씀드리고 용암사까지 모시기로 하였다. 어찌나 흔쾌히 응해 주시는지 그저 무한히 감사할 뿐이었다. 한편은 급작스레 시작하는 불사佛事라서 신도님들에게는 그런 미안함이 없었으며, 또 첫 가을인지라 일이 추수기인 농번기가 되어서 마음이 바빴으며, 바쁜 소리가 나는지라 계를 받는 분들도 역시 마음이 차분할 리 없었으나, 그래도 육십여 명이 참석한 가운데 설계식說戒式은 원만히 회향을 거두었다.

노령이신 스님께서는 80이시면서도 조금도 피로를 느끼지 않으시고, 손수 순당까지 하시며, 특히 용암사 주변에 있는 봉우리의 산 이름을 전부 지어 놓으시고 설법하셨다.

승이란 특히 수행인이란 금전을 몰라야 한다는 요지의 설법에는 그저 눈물이 나올 수밖에 없었고, 도인과 보살승과의 차이를 두라 하시는 설법에서

도 그저 감화될 수밖에 없었다. 특히 이번 상림수좌의 분신 미수에도 언급하시기를 뒤를 이을 자 누가 있겠는가? 라는 반성과 아울러 노납이신 당신 스스로도 뜻을 가지고 계신다면서, 정부의 갖가지 처사가 몹시 마땅치 아니하니 정화의 책임이 있는 성직자가 아니면 사회의 안녕질서는 누가 찾겠는가? 라고 하셨다. 그 말씀은 진실한 사람을 만들려는 뜻이 다분히 있고도 남음이 있었다.

대체로 인생의 산 보람은 악을 벗어난 선을 행하여 과果를 얻는 데 있거늘 이것을 모르는 무식자의 소행, 그것은 참으로 가련할 뿐 아니라 이 사회의 질서를 문란케 하며, 나아가 청정한 성직자마저 구렁텅이에 떨어뜨리고 마는 행위이다.

갈 곳마저 찾기에 힘이 겨웁도록 만들어 놓고 말았다. 그러다가 분신자가 생기려는 찰라에서야 막바지인 양 애걸복걸하는 꼴사나운 위정자나 그것을 보필하는 추종자 모두들 고슴도치로밖에 볼 수 없다.

특히, 왜? 정치에 그 여자가 이용물이 되어서 날뛰며, 우리의 불가마저도 여자가 망쳐 놓게 한단 말인가! 서울의 국제극장 사장이란 간판 좋은 여자마저 등장을 했다니 말이다. 부디 이런 난국은 사대부중이 힘을 합해 헤쳐 나가도록 노력해야 할 것이다.

오랫동안 마음속에 원력을 세웠던 보살계를 마쳐 마음이 후련하기도 하고, 한편 더 많은 선남선녀들이 참가하지 못함을 아쉬워하면서 이 글을 적어본다.

1962년 용암사 뒷방에서

삶의 현주소 ^{現住所}

무상을 체험했다기보다도 실제로 내가 무상 속을 헤엄쳐 가고 있음을 느꼈다. 애별리고^{愛別離苦}란 인생고^{人生苦} 중^中의 하나를 오늘 또 맛본 것이다. 사실 나라는 사람은 너무나 인정에 끌려 사는지도 모른다. 나는 그렇지 않다고 주장하지만, 어떤 경우에 내 앞에서 눈물을 떨어뜨리고 가는 사람이 생기게 되면, 내 가슴은 편안치 못해 한바탕 요동을 겪어야 하니 말이다.

그렇다고 해서 그 사람에게 잘해주는 것도 없건만, 아마도 전생^{前生} 인연^{因緣}의 과보^{果報}가 아닌가도 싶다.

슬프도다. 그 착심^{着心}이여!

사실은 나 자신도 그 착심이라는 물건을 보지도 못하고 만져 보지도 못했다. 그렇다고 무슨 약속이 있는 것도 아니였건만 또 착심에 걸리고 말았으니…….

스님이란 그저 처처^{處處}가 안락국^{安樂國}이니 착심만 없으면 삼라^{森羅}·우주^{宇宙} 속을 마음대로 활보할 수 있거늘, 왜 이다지도 어리석게 구는지 도무지 알 수가 없다. 죄는 일순간에 짓게 되고 이것을 참회하고 뉘우쳤을 때는 벌써 쇠고랑을 몸에 달고 다니게 된다. 그래서 만사萬事에 미련이 먼저고 행은 나중에 나는 것이다. "그렇다"는 진리를 알았으면 행동으로 결과를 가져와야 할 것이 아닌가.

세상은 바야흐로 과학 문명이 급속도로 발달하고 있다. 그리고 그 결과가 뚜렷하게 나타나고 있어서 제반사가 여일한 것 같이 느껴진다. 그것은 당연 중 당연이라 생각하는 것이다. 아마 그렇게 여겨지지 아니하면 살아갈 욕망을 상실해 버릴 것이다. 남이 볼 때는 아무것도 아는 것이 없는 사람이 건만, 자기는 이 세상에서 가장 으뜸가는 실력자가 되어서 사는 것이 행복하다고 생각하는 것이다. 그래서 제 잘난 멋에 사는 게 인간이라고 하지 않는가.

그렇다! 우리 절 집안에도 참다운 생활을 목표로 하는 수행인 외에는 절에 산다고 해서 속인俗人과 다를 바 있으랴?

만약 속인으로서 절에 살면서 그 속성을 버렸다고 하면 진작 승려가 되어 참다운 길을 걸어갔을 것이지, 그렇게 속성을 부리면서 살리가 만무한 것이다. 그래서 가련하다는 말이 나오고 자비의 손길이 가는 것이지 그렇지 않다고 보면 왜 딴 말이 있을 것이랴.

보사保寺! 정말 좋은 말이다. 이걸 더럽히는 자여!

왜? 그걸 모른 채 살려고 하는가? 속가에서도, 좋고 나쁜 사람을 알아보려면 제 부모 초상 때에 보라는 격언이 있지만, 그 진리를 알고서 행하는 사람이 몇 명이나 되리오. 그저 말이 좋을 따름인가. 알고서 행하지 않을 땐 설사 팔만장경을 외우더라도 무용한 것이다. 그 속에서 훈습하여 습기가 흑칠이 된 사람으로서 쉽사리 그 칠이 없어질 리 만무하지만, 그래도 몇 년 이상의 연조를 자부하는 사람이 그 전前과 행이 같아서야…….

아! 가엾도다. 슬픈 일이여!

진리眞理라는 것이 그렇게도 머릿속에 들어가질 않느냐 말이다. 그렇게도 귀가 먹어서 악취가 나는가 말이다.

속히 눈을 뜨고 잠을 깰지어다. 큰 스님 앞에서만 공부하는 체하지 말고 진실로 꿈을 깨고 공부工夫에 전념할지어다.

그 긍지가 쉬운 것이 아니니 확고한 신념을 다시 세울지어다. 알리노라. 보살, 스님네여! 가식은 말지어다. 종교인의 가식이란 사기詐欺가 분명하도다. 도사의 성직자에서 물러났으면 깨끗이 물러날 일이지, 그렇게 사기한詐欺漢[1]은 되지 말지어다. 자기 한 사람으로 인해서 전 스님네와 보살과 나아가 불법까지 해독이 가도다. 파순[2]이의 후계자라면 몰라도 어서 깰지어다. 후계자라도 하필 될 것이 없어 마왕 후계자가 될 것이냐? 부디 부탁하노니 부처님의 밝은 법빛 속에서 살지어다.

관세음보살 나무아미타불.

1962년 월 일

---

1 남을 속여 이득을 꾀하는 사람.
2 파순波旬은 욕계의 제육천에 사는 마왕.

웃음의 허실虛實

　"웃음은 슬플 때를 위하여 있고 울음은 기쁠 때를 위해서 있다."고 한다. 이것은 우리들의 인생살이가 고苦의 연속이니, 웃고 살라는 의미를 포함하고 있다 하겠다. 웃고 산다! 웃으며 살 수 있다는 것은 웬만한 수양을 쌓지 않고는 어렵다. 그만큼 우리 인생살이가 고苦만이 아니라는 얘기도 된다. 그 고苦를 웃음으로 맞이할 수 있다는 것은 상당한 정신 수양이 되어 있음을 의미한다고도 하겠다. 웃음은 행복과 밝음과 화해와 명랑을 표현해준다. 웃음은 우리의 삶을 따뜻하게 하고 밝음으로 이끌어 주며 모든 곤란을 이겨낼 수 있는 희망을 갖게 한다. "웃는 얼굴에 침 못 뱉는다."란 말은 우리 삶의 모든 고苦를 웃음으로써 이겨낼 수 있음을 시사하는 속담이라 하겠다. 어쩌면 우리는 세상에 태어나서 열심히 일하며 사는 것은 이 웃음 때문이 아닌가 싶다. 웃기 위하여 열심히 땀 흘리며 일하고 공부하며 건강하려고 노력한다는 얘기다.

　그러나 요사이 상좌上佐 건이란 놈의 웃음을 보고서 웃음에 대하여 다른 의미를 부여해야 함을 느꼈다. 웃음에는 결코 앞에 진솔한 웃음만이 있는 게 아니고, 여러 종류의 의미를 가진 웃음이 있다는 걸 알았다. 울음 대신 웃는 웃음, 체념에서 오는 웃음, 건성으로 웃는 바보 웃음, 뭘 몰라서 웃는 것으로 대신하는 웃음 등등 셀 수 없을 만큼 웃음 본래의 모습이 아닌 웃음들이 많다. 또한 그 웃는 모습을 보고, 보는 이로 하여금 슬프게 하는 웃음도 있다.

우리 상좌上佐란 놈은 "건아"하고 불러도 웃고, 무엇을 좀 잘 하라고 타일러도 웃고, 심부름을 보낼 때도 웃는다. 밥그릇을 깨고도 희죽 웃고 심한 꾸중을 듣고도 연방 싱글거린다. 내가 손님하고 이야기 좀 하고 있을라치면 한쪽 구석에 앉아 그 어줍잖은 웃음을 머금고 멍하니 앉아 있다. 기뻐서 웃는 웃음은 아닌 것 같고, 그렇다고 모든 세상일에 달관한 입장에서의 웃음은 더욱 아닌 것 같다. 그 애의 웃음을 보고 있으면 우스운 게 아니라 왠지 그만 슬픔과 비참함을 느끼는 것이다. 웃음을 보고 웃지 못하고 울어야 한다면, 울음을 보고 슬픔을 느끼는 것만도 못한 일이다. 좀 더 정도가 짙은 슬픔이라는 표현이 알맞겠다. 도살장에 끌려가면서 웃는 소를 보고 우리들은 도저히 밝음이나 즐거움을 느낄 수는 없을 것이다.

이와 같이 웃음 자체가 비참과 슬픔을 주는 의미로 바꾸어진다면, 모르면 몰랐지 인류는 살 가치를 잃을 것이다. 정말로 즐겁고 기뻐서 가지는 풍요로운 웃음을 우린 많이 만들 수 있어야 한다. 우리들을 구하고자, 또는 좀 더 잘 살게 하고자 인류를 위해 헌신하셨던 성현들은 결국 이 웃음을 그것도 본래의 웃음을 만들고자 노력하셨던 것이라고 풀이해 볼 수 있을 것이다.

웃고 살자! 웃음, 본래의 웃음으로 살자!

1963년 음력 4월 중 용암사에서

오늘도 웃고 웃어

온통 피로하다. 마음이 피로한가 보다. 공부란 행주좌와어묵동정行住坐臥語默動靜에 여일如一해야 되는 것이지만 요즘처럼 고되고 바쁜 생활生活에는 여간 힘든 것이 아니다. 그러던 중에 마침 좋은 동반자가 생겨서 제자라는 이름으로 일을 나누어 주니 한낱 편한 점이 있는 것 같았으나 미안한 감도 없지 않아 고달프기는 마찬가지이다.

또한 공로功勞에 대한 자부심에서 그러한지는 몰라도 범부심을 내고 있는 꼴도 꼴이려니와 전갈하는 사람도 그러하고, 목수나 토수 등 일꾼들의 정성도 그러하고, 또한 꼴을 보아야 하는 그것도 그러하니, 뒤범벅의 일과가 애처롭기 짝이 없다. 게다가 불쌍한 선오, 재찬이의 뒷모습에는 쓰린 가슴 하소연할 곳도 없이 가냘프다. 가라 하면 가고 오라 하면 올 수 있는 순박하고 착하기만 한 그 애들의 장래가 얼마나 애달픈지 도시 막연하기만 하니 스님이란 심정도 어지간히 애달퍼라.

경복·종승·한기의 정성어린 일에도 마음이 아니 가는 것은 아니지만,

그보다도 더, 저 불쌍한 애들의 일하는 모습이 더 가련하게 생각되는 것이다. 웃음으로 일관一貫하는 수 밖에 도리 없는 입장에서 그저 보고 울고 웃는 마음자세를 잃지 않아야겠다.

갈팡질팡하기 싫은 심정이라서 처음부터 끝까지 오늘 일을 말끔히 마쳤다. 오늘도 밤 9시 넘어서, 애들을 잠들여 놓은 후 홀로 우뚝하니 일을 처리하고는 쓴웃음을 지어 보았다. 내일에 할 일을 생각하며 복잡한 심정을 그저 침묵 속에 머금을 수밖에 없다. 이것이 속은 울고 겉은 웃는 생활인 것 같으나, 누가 알까 보냐!

돈을 몰라야만 나의 위치가 안전하다는 것은 이미 부처님께서 말씀하셨다. 보다 건실하게 일하면서 부처님 도량이나 도를 가꾸어 가야겠다. 어린 애들의 노고와 정성이 하나도 헛되지 않고 열매를 맺어, 바야흐로 청정수도처, 뭇 중생의 기도처가 되어 우리 모두가 복과 지혜를 갖추는 인연이 되도록 제불보살님전에 기도하나이다.

나무석가모니불.

만행萬行 짐을 싸다

올 가을 들어 모든 일이 제대로 되어 주지 않아 심란하길래 나의 수행 부족으로 여기고 정진해야겠다 싶어 마음을 가다듬고 있는데, 운주사 이응태 사師가 만행萬行길에 들러 주셨다. 나를 자세히 살펴보시고는 같이 떠나자고 청하신다. 듣고 보는 제지식諸知識들이 나의 수행이 될 것도 같고, 그분에게는 동반자 없이 홀로 다니시는 것보다는 둘이 가는 게 좋을 것 같았다. 또 나에게는 선배이신 이응태 사師와 한동안 고락을 같이 해보는 것도 좋은 경험이다 싶어 솔깃해졌다.

그러나 이것들보다도 내 마음을 본격적으로 움직이게 했던 것은 요즈음 심란스런 마음이었다. 서울 계시는 노화상께서는 구순九旬임에도 비류배非類輩들에게 구설을 받으며 살고 계신다는 소식과 함께 종단 싸움의 소식 등이 이 스님의 마음을 아프게 했다. 왜 이다지도 잘난 사람이 많을까? 왜 하라는 공부는 하지들 않고 교권쟁탈전教權爭奪戰만 일삼는 것인가? 왜 부처님 도량이 이렇게 시끄러워졌을까? 이젠 제도할 수 없다는 것인가?

화순 운주사 ⓒ최선일

솔직히 현실적인 면에서 보면 정법正法보다는 마魔가 강한 것처럼 보인다. 오히려 정법이 마를 이겨내는 경우는 드물다고 보아야 한다. 그래서 이 세상에서 전쟁은 끝없이 계속 일어나고 있는 것이며, 악한 이들이 착한 이들보다 더 잘 사는 경우도 허다한 것이리라.

나는 이 용암사 신도들에게 체면을 차릴 수가 없다. 우리 불가의 이 수치스러운 면, 특히 승복만 입은 스님네들의 계법戒法에 어긋나는 행동들 때문에 부끄럽기 짝이 없다. 이 스님 역시 법에 밝다고는 할 수 없다고 하나 그래도 해보려고 애를 쓰건만, 지금은 신체에 큰 이상異常이 와서 약을 먹느니 하여 신도님들을 괴롭게 하였다. 또는 설법과는 거리가 먼 행동을 했을 경우도 있어 신도님들을 실망케도 했다.

이러한 복잡한 심정들이 아마 이응태 사의 청에 선뜻 대답하게 된 주된 동기였다. 산과 물과 절을 찾아 만행하다 보면 이러한 복잡한 심정도 가라앉을 것이며, 세상의 제반사諸般事가 나의 행과 덕을 쌓는데 도움이 되리라 믿으며 용암사 부처님께 가호의 축원을 드리고 짐을 꾸렸다.

1963년 음력 7월 17일

　세상은 극도로 악화되어서 항상 혼란스럽고 시끄럽기만 하다. 세계 사정이야 그만두고라도 우리 눈에 비치는 그 거리에서도 우린 정신을 차릴 수가 없을 지경이다. 재산에 눈이 어두워 제 아비를 칼로 찌르는 사례가 있는가 하면, 스승은 제자로부터 배반을 당해야 하고, 같은 형제간에도 재산싸움이 일어나면 원수가 되어버리고, 이웃과 국가야 망하든 말든 폭리를 취하는 장사치, 밀수꾼, 볏섬에 돌을 넣는 농부 등 이루 헤아릴 수가 없다. 이렇게 혼란스럽고 야박스런 세상이지만 그래도 인정이 유지되는 걸 보면, 아직은 이 세상에 그래도 조금은 정情이라는 게 남아 있는 것 같다.

　인간人間에게 있어서 만약 정情이라는 게 없다면 동물과 다름이 없을 것이다. 이 정情으로 인하여 인류는 좀 더 나은 방향으로 삶을 영위해 나갈 수 있었다. 부처님 역시 중생을 불쌍히 여기는 이 정情으로 중생제도에 힘을 쓰신 것이니 우리 불쌍한 범부凡夫들은 얼마나 많은 그 정情을 받아들여 구제되었던가! 우리 부처님 뿐만 아니라 얼마나 많은 성현들이 인류에게 정情을 쏟고 떠나갔던가! 더욱 시야를 좁혀 우리 어머니들의 정情, 형제간의 우애, 이웃과의 친밀 등 이러한 정情이 삶을 얼마나 따사롭게 하며 희망적이게 했던가! 그래서 서양의 어떤 철인은 인간은 정情을 가진 감정의 동물이라고 했다. 그런데 이러한 정情이 방향을 잘못 잡고 쏟아지는 경우는 차라리 이 세상에 정情이 없는 것만 못하다. 이러한 정情을 어떻게 활용活用해야 할 것인가를 인류에게 가르쳐야 할 임무가 바로 우리 종교인에게 있지 않은가 한다. 어떻게 보면 종교인에게 인류의 삶의 방향이 달려 있다고 보아도 과언이 아니다.

그럼에도 불구하고 종교인 자신마저도 정情의 방향을 잘못 잡고 있는 실정이다. 우선 육친의 정에 매달려 사리사욕을 일삼으며, 그러다 보니 근시안이 되어 현실적인 문제에만 급급하게 되는 무리가 많다.

이렇게 말해 놓고 보니 이 스님은 혜안을 가진 입장인 것처럼 되고 말았는데, 이 스님 역시 부족한 점도 많고 배울 것도 또한 적지 않다.

다만 우리 승려들이 좀 더 바른 방향에서 정情을 갖고 도제 양성에도 부지런하며, 자기 수행에도 정진했으면 싶어서 몇 자 적어 본 것이다. 실상 정情을 갖는다는 것은 어려운 일임에 틀림없다. 고통이 따르는 일이니까.

1963년 7월 20일 용암사에서

구렁이 생각

능주 포교당의 사십구재四十九齋도 참여하지 못하고 반야행 보살님의 만류도 뿌리친 채 여수까지 직행했다. 한산사寒山寺에서 삼숙三宿을 하는 동안 남원에서 왔다는 이씨 스님의 쓰라린 심정을 알게 되었다. 선암사仙巖寺 및 신도회와 알력軋轢으로 가시방석에 앉아 있는 셈이었다. 언제나 종파 싸움은 그칠 것인가? 어떻게 하여야 수행만 할 수 있는 절간이 되어질까? 언제나 마음 놓고 수행만 할 수 있는 수행자가 되어볼까?

소태를 씹는 심정으로 바라만 보다가 발걸음을 옮겼다. 금성상회의 주인主人이 별세別世할 지경이라고 하여서 염불念佛을 해주고 보시 500원을 받았다. 원래 한산사에서 해주기로 되어 있었으나 여비에 보태쓸 요량料量으로 우리가 응했던 것이다. 이 돈으로 삼도三島를 구경하기로 했으나 신체에 이상을 느껴 나로도의 봉래사에 불시착하게 되었다. 여기 주지 스님은 송광사 스님으로서 환속했다가 작년에야 도로 이 절에서 스님 노릇을 하고 있었는데, 2남 2녀의 아버지로 반은 스님이고, 반은 속인으로 살아가고 있었다. 그

여수 한산사 ⓒ이홍식

러나 아직 스님의 본심을 잃지 않고 있어서 반가운 심정이었으며 선량하고 친절하게 정을 나눌 만하였다. 부인되는 사람 또한 친절하고 상냥했었다.

봉래사 운치는 볼 만했다. 그러나 워낙 신체가 약한 탓으로 배멀미를 앓다 보니 좋은 경치도 시들해져 할 수 없이 예정을 바꿔 고흥 땅으로 발길을 돌리기로 했다.

고흥 땅에는 두 번째 발걸음이었으나 기억에 남을 만한 것은 하나도 눈에 띄지 않았다. 하기야 시장기가 몹시 들어 있었기 때문에 그러한 것들이 눈에 들어올 리도 없었을 것이다. 음식점이 눈에 들어오자 덮어놓고 얼른 들어갔다가 백반 한 그릇에 35원이라는 말에 그만 질겁을 하고 물러나야 했

고흥 봉래사 ⓒ최선일

다. 그 밥값이 없어서 도로 물러나는 쑥스런 응태사와 나의 모습은 요절복통할 지경이었다. 거리에서 10원에 6개 주는 빵을 20원을 내고 13개를 달라고 하니 선뜻 내준다. 응태당이 5개를 먹는 동안 그 나머지를 전부 도식倒食했다. 이젠 배가 어지간히 부르자 운암산雲岩山에 오르기 시작했다. 수도암修道庵에 가기 위해서였다.

이 절 주지는 반갑게 맞아준다. 그런데 난 어찌하여 이 스님을 보자 그만 구렁이 생각을 했는지 모르겠다. 이 스님은 선방에서 오랫동안 지내신 분이며 사집과四集科도 넉넉히 하실 수 있고 자비심 또한 대단한 것 같았다. 다만 계행없이 살림살이에 급급하여 속인 생활을 하고 싶어 하는 것이 흠이라면 흠이다. 아마 내가 구렁이 생각을 한 것은 이 점에서 받은 느낌이었을 것이다.

몇 년 전 한 스님이 선암사에서 주지 발령을 받아 여수 어느 사찰에 당도했는데, 오는 동안의 노고에 그만 잠이 깜박 들어 꿈을 꾸니 큰 구렁이 한 마리가 문전 다락 밑에서 꿈틀거리고 있는 것을 보게 되었는데 잠이 깨어 그 다락 문전에 나가 보았더니 인계받아야 할 전 주지가 잠을 자고 있더라는 것이다. 그래서 신 주지는 인계받을 것을 단념하고 선암사로 다시 돌아가 선방생활禪房生活을 계속했다는 이야기가 있다. 이 스님의 살림집 같은 생활에 그만 난 이 이야기를 떠올리고 만 것이다.

실상 우리 불가佛家의 실정을 살펴보건대 구렁이가 안 될 자 누가 있으랴 싶다. 비구라고 자칭하는 자나 대처승이라는 사람이나 스님다운 스님이 얼마나 있으리요. 긴 탄식을 한 후 하루라도 쉴까 했더니 응태당의 갑갑증이 또 일어나는 모양이다. 바랑을 짊어지고 주지가 내미는 여비를 못 이긴 채 받아 넣고서 벌교를 향해 발걸음을 옮겨놓았다.

1963년 음력 7월 22일 나로도 봉래사에서

　이 스님에게는 복도 어지간히도 없을 성싶다. 아직 수행이 부처님 재산만 소비하는 처지인지라 복을 바랄 입장도 못되었다. 그래도 이번 만행에서는 얻어지는 것이 있으리라 믿었다. 물론 듣고, 보고 한 경험이야 많았으나, 가슴이 답답하고 심란함을 가라앉히기는 커녕 더 무거워 오기만 했다. 어딜 가나 이 스님의 마음을 아프게 하는 일이 기다리고 있었다.

　이곳 송광사 역시 이 스님의 심정을 괴롭게 만들었다. 스님들이라고 하는 자들이 계행戒行도 제대로 지키지 못하면서 잘난 체하고 있어서 자장율사의 아상我相 생각이 절로 나게 만들었다. 더구나 이 스님 상좌上佐 놈이 다녀갔다고 한다. 가뜩이나 심란해하던 중에 나의 권속마저 추태를 부리고 다니는가 싶으니, "어서 가자. 어서 가자" 반야심경의 주문이 절로 나왔다.

　세상이 말세末世라더니 우리 불가까지 종말終末인가 싶었다.

　선결정화先決淨化 후결화합後決和合을 부르짖는 사판측事判側이 나를 막론하고 제 부르짖는 주장만 내세울 것이 아니라 그 행을 진실로 법답게 실천해

순천 송광사 우화각 ⓒ최선일

야 할 것이다. 먼저 실천행이 없고 자기의 허물을 고치지 못하고서야 어떻게 수행자들이라 할 수 있으며 부처님의 도량이라고 할 수 있겠는가 말이다. 그들 아니 나까지 포함하여 시주물施主物 도둑에 불과하다면 너무 심한 악평惡評이 될까.

아서라 아서라, 말들 하지 말아라. 이 몸은 다시 산과 물에 몸을 맡기련다.

나무아미타불 관세음보살!

1963년 음력 8월 15일 여수~고흥 간에

정情과 외로움

햇볕이 많이 부드러워졌다. 벌써부터 가로수의 플라타너스 이파리 몇 잎이 떨어져 뒹굴고 있어 나그네의 마음을 스산하게 만든다.

농촌은 슬슬 추수를 시작할 모양이다. 그래서인지 산사山寺에는 신도님들의 발걸음이 뜸해졌다. 조금씩 몸을 바꾸기 시작하는 나뭇잎과 더불어 산사는 적막하기만 하다. 계절로 보아서도 이때가 되면 누구나 한 번쯤 어떤 정서에 젖어보는 것이겠지만, 산 사람에게 있어서는 더욱더 외로워지기 마련이다. 이 몸도 오늘 어쩔 수 없이 밀려드는 외로움에 몸을 맡기고 말았다.

누구라도 좀 와 주었으면 하는 심정이 되어 버렸다. 사람이 그리웠다.

실은 수행인에게 있어서는 손님이라는 게 그리 반가운 것은 못 된다. 아무래도 공부에 지장을 초래하는 것은 사실이어서 수행자들은 되도록이면 사람이 없는 산속으로만 들어가려는 이유가 여기에 있는 것이다. 내게 있어서도 이 경우는 마찬가지여서 오늘같이 공부하기에 좋은 한적한 시간을 가진다는 것은 즐거운 일에 속했다.

그러함에도 불구하고, 이 좋은 시간을 외롭다는 감정에 휘말려 있음은, 다만 계절과 분위기가 주는 외로움만은 아니기 때문에 더욱 헤어나지 못하는 듯 싶다.

어젯밤 상좌上佐 놈이 달아나 버렸다.

오는 분 막지 않고 가는 분 붙잡지 않는다는 것이 나의 생활 철칙이 되어 있건만, 그래도 정이 들었다고 이토록 마음을 상하게 하는 것이다. 정情의 문을 열게 되면 보람이 없는 것은 아니나, 괴롭기 마련이다. 이렇게 아무 말도 없이 밤 짐을 싸서 인연을 끊으려 함은 그렇다 치고라도, 철딱서니 없는 것들을 키우는 데서 오는 괴로움은 이루 헤아릴 수 없는 것이다. 처음부터 그 애들이 진리眞理를 배우고자 찾아 왔던 것은 아니라고는 하지만, 생활습성이 아주 나쁘게 길들여져 있기 때문에 여간해서는 고쳐지지 않는다. 엄격한 규칙 생활과 공부로서 그 습성을 잡아보려고 하건만 실효를 거두지 못하고 있는 판이다. 엄격한 규칙 생활 때문에, 잠자는 시간이 부족하니 너무 율법에 형식주의만 찾느니 하여, 도리어 나를 비방하고 나서며 결국에는 이렇게 가슴을 쥐어뜯어 놓고 달아나 버리는 것이다.

더구나 제 욕심껏 물건들을 훔쳐 가지고 달아나는 데에는 질색할 지경이다. 그 후유증을 이겨낼 수 없을 땐 다신 상좌 같은 것은 두지 않겠다고 다짐해 보는 것이지만, 다신 정情 같은 것은 주지 않겠다고 다짐해 보는 것이지만, 그 애들이 가련한 모습으로 다시 내 앞에 나타났을 때는 어쩔 수 없이 받아들이고 만다. 어쩌면 내게 있어서는 정情을 준 후에 오는 후유증을 운명적으로 가져야 하는지도 모르겠다.

　나도 수행자이기에 앞서 인간인지라, 똑같은 여러 상좌놈들 중에서도 유독 정이 더 가는 놈이 있다. 이 녀석은 좀 크게 키워보아야겠다는 생각에서 있는 정, 없는 정 다 쏟아 주었다가 이와 같이 덜컥 가슴 뚫리는 경우를 당하게 되면 밀려드는 외로움을 주체할 길이 없게 된다.

　내가 언제 그 애들을 믿고 의지하며 살려고 했던가. 다만 바른 사람으로 키워보자는 데서 쏟았던 정인데, 이상하게도 이러한 감정을 갖게 되는 것이다.

　그러나 이왕 떠나가 버린 애들이기에 부처님의 가피력加被力으로 몸 건강하고 눈 밝은 선지식善知識[3]을 만나 열심히 수행해 주었으면 하는 게 이 스승의 마지막 바람이다.

1963년 음력 9월 6일 용암사에서

---

3 ① 불교의 바른 도리를 가르치는 사람 ② 선종禪宗에서 수행자를 가르칠 수 있는 능력이 있는 승려.

인심人心과 배금주의拜金主義

　예로부터 인심人心은 천심天心이라 하여 사람을 존엄시하여 왔는데, 요사이엔 이러한 말들이 무색하여지고 있다. 왜 이다지도 요사이 인심들은 야박스럽고 매몰찬지 알 수가 없다. 문명이 발달하여 시멘트 문화를 형성한다고 하더니 마음조차 시멘트처럼 굳어 버렸는지, 원!

　도대체 반성해 보는 여유를 가지려 하지 않는다.

　그저 자나 깨나 입에서 나오는 소리가 "돈"이란 말뿐이다. 돈! 좋은 것이다. 삶에 있어서 아주 편리하게 살 수 있는 수단이니까. 사실 말해서 인생살이 하는데 경제적인 기초가 없이는 불가능하다. 제아무리 형이상학적이고 이상적인 철학을 논할 수 있다 하더라도, 먹지 않고서는 소용없는 것이다. 수행한답시고 앉아 있는 나 역시 밥을 먹지 않고는 실행할 수 없다. 허나 삶에 있어서 수단으로 삼아 기초적인 생리 욕구만 해결하면 되는 것이지, 돈이 우리 인간 삶의 전부인 양 돈을 위해서 살게 된다면 이보다 더 없는 불행은 없을 것이다. 요즈음 사람들의 사고방식이 이렇게 되어가고 있는 것이 아닌가 싶다. 자신의 물질적 이익을 위해 친구도 이웃도 모두 배반할 수 있고, 나라야 망하든 흥하든 상관할 바가 아니라는 생활 태도가 흥행하고 있는 것이다.

그러니 자연 인심人心은 흉흉해지고 뒤숭숭하며 야박스럽게 되어가는 것이리라. 인심이 이 정도로 되어가면 세상에 남아 있게 되는 건 무엇일까? 상상하고 싶지도 않다. 너무 끔찍스러운 일일 테니까. 요사이 정부가 일본과의 외교 재개문제를 들고 나선 이때, 나라와 국민이야 어떻게 되든 상관할 바 아니라는 듯 사리사욕에 바쁜 일부 소위 인텔리 측들이 있는가 보다.

이러한 인간人間의 정신 문제는 종교인들의 의무와 책임에 달려 있다고 본다. 좀 더 인류의 발전 방향이 바람직한 방향으로 나가는 데 있어서 정치인과 종교인은 큰 역할을 담당해야 할 것이라 보고, 특히 종교인들의 헌신적인 희생과 봉사만이 인류를 구할 수 있다고 생각하여 본다.

1963년 음력 9월 중 용암사에서

식사食事 때는 어서 늙었으면

나는 오늘 마음속으로 울고 말았다. 아직 젊은 것이 이렇게 호강을 받아도 되는 건지…… 차라리 늙은 몸이라면 그래도 받는 입장이 좀 편안할 수 있으련만.

그 늙은 보살님들이 지극한 정성과 마음을 담아 이 중을 시중드는데는 정말 눈물을 아니 흘릴 수가 없다.

다반茶盤에 두 손 모아 지극한 정성으로 밥상이니 약상이니 다과상이니 그저 한시도 쉬지 않고 최선을 다해서, 이 중을 고안하신다며 노고를 아끼지 않으시고 혹 이 중의 비위를 건드릴세라 염려에 염려를 해가면서 조심스럽게 행동하시고 가난한 주머니나마 털털 털어서 이 중의 약값, 교통비에 보태시느라 아까운 줄을 모르신다! 이 중이 조금만 아파도 눈물로 세월을 보내고, 이 젊디젊은 중 때문에 그 늙으신 몸을 돌보지 않으시니 이 중 받아먹긴 하나 송구스럽기 짝이 없고 이젠 감사하다 못해 슬퍼지는 마음이다. 시중들어줄 어린 시자가 없는 것은 아니나 그 애들이 워낙 어린지라 해주는 음식 먹을 줄만 알지 치울 줄도 모를 뿐더러 이 중의 심중이 어떠한지 몸이 아픈 건지 안 아픈 건지 알아차릴 수도 없다.

그래서 내가 먹은 밥그릇에서부터 큰 불사에 이르기까지 보살님들의 힘을 빌지 않을 수 없긴 하다. 허지만 이렇게까지 정성에 정성을 다하시니 이 젊은 중은 그저 황송한 마음 금할 길 없어, 차라리 늙어 있는 몸이라면 하고 엉뚱한 생각을 해보는 것이다. 이런 식으로 나가다가는 은혜의 짐만 잔뜩 짊어져 고苦를 벗고자 하는 수행이 도리어 지옥행이 될 것 같다.

1963년 음력 10월 용암사에서

시주물施主物 소비조합장消費組合長

어떤 한 단체를 운영함에 있어서 돈이라는 것이 필요하게 되어 있다. 종교단체도 예외는 아니어서 그 단체를 유지시키기 위해서 단원들이 재정財政을 꾸려나간다. 절도 마찬가지로 신도님들의 시주물施主物 없이는 운영될 수 없다. 중은 말하자면 신도님들의 시주로 수행을 계속할 수 있는 것이며, 더 나아가서는 중생제도도 할 수 있는 것이다.

신도님들이 절에 시주施主할 때는 그냥 무턱대고 가져오시는 것은 아닐 것이다. 자신들의 정성을 함께 담아 부처님의 가호加護를 간절히 바라는 마음으로 시주하는 것이리라. 그렇다면 받는 우리들은 쌀알 한 톨이라도 헛되지 않게 해야 할 것이다. 그러한 조심한 마음과 경건한 마음으로 시주물을 대해야 하고 항상 감사하는 마음으로 살아야 하는 게 절 사람들의 도리일 것이다.

공양 시간이면 여러 대중들에게 항상 주의를 시켜본다. 시주물은 따지고 보면 무서운 것이니 밥 한 알이라도 버리지 말 것이며 항상 감사하는 마음으로 먹도록 하라고. 그러나 아직 나의 어린 상좌上佐들은 철이 없음인지 안 들으며, 큰 사람들은 수행이 부족하여 주의를 게을리하는 바람에, 내 말은 잔소리가 되어버린다. 좋은 말도 여러 번 듣게 되면 신통치 않게 생각해 버리는 게 우리들 범부凡夫인지라, 좀 따끔한 자극을 주어야겠다 싶어 엄한 체벌體罰을 가해 보기도 하나 결과는 역시 마찬가지였다. 모든 것이 부덕不德한 이 중의 탓이요. 전생의 업장이 두터워 나의 권속들까지 이러는가 싶어 수행에 정진함으로써 죄 닦음을 삼으려 하지만, 시주물이 어떠한 것인지도 모르면서 소비할 줄만 아는 애들을 보면 문득 그 애들은 시주물 소비조합원이고 나는 시주물 소비조합장이라는 생각이 든다.

시주물 소비조합! 시주에 대하여 여러 의미를 생각하지 않고 현실적으로만 생각한다면 절은 틀림없는 시주물 소비조합이다. 더구나 절의 구실을 제대로 하지 못하는 곳이라면 시주물을 소비하는 일개 소비조합에 지나지 않고 무엇이랴, 특히나 요사이 갑자기 만들어진 중들 즉 제대로 교육을 받지 않고 중노릇을 하는 사람들이 경영하는 절을 보면 가관可觀이다. 불가佛家의 집인지 무당巫堂의 집인지를 분간할 수 없을 뿐만 아니라, 수행과 포교는 시주물을 거둬들이는 수단으로 삼고 본래의 목적을 잃고 있어서 불가佛家의 추태를 보여주고 있다. 이렇게 되면 이것은 완전히 소비조합이다. 그것도 부처님을 핑계 댄 소비조합이니 합법적合法的인 셈이다.

주지는 어떻게 해서든지 절을 잘 운영해 보려고 애를 쓰다 보니 자칫 시주가 갖는 본래의 의미보다는 시주물 그 자체를 목적으로 삼는 사례를 범한다. 말하자면, 영락없는 시주물 소비조합장 노릇을 제대로 한다는 얘기다.

이렇게 말하는 나 자신 또한 어쩔 수 없는 시주물 소비조합장이니 누굴 탓하랴. 더구나 이렇게 병석病席에 눕고 보니 수행은 할 수 없고 신도님들을 위한 포교도 할 수 없어 가져다주시는 신도님들의 밥을 앉아서 받아먹고 있는 실정이니 이건 틀림없는 시주물 소비조합장이 아니고 무엇이겠는가.

나무아미타불 관세음보살……

1963년 음력 10월 중 용암사에서

향림사의 아이들 ⓒ향림사

중을 만드는 데 대하여

승僧 되게 한다는 얘기는 도제 양성의 문제라고 할 수 있는데, 이 문제에 대해서 구체적으로 따질 생각은 없다. 다만 보고만 넘길 수 없어 느낌을 몇 자 적어 볼 뿐이다.

요사이 스님이 되겠다는 사람들 중에서 진실로 법을 구하고 행해 보려고 찾아오는 이들이 드물다. 세상살이의 생존경쟁에서 어쩌다 보니 도태되어 살길이 막힌 사람들이 찾아오고, 이러한 생존경쟁을 미리 도피하고자 찾아 오는 사람도 있으며, 막말로 아예 먹고살기 위해서, 또는 제 뜻대로 진학을 할 수 없는 경우의 아이들, 절에서 입시 공부하다가 안 되니까 비관해서 입 산하려는 사람 등등 이루 헤아릴 길 없는 이유로 승려가 되려고 한다. 물론 이렇게 스님이 되었다고 해서 중노릇을 잘하지 못한다는 것은 아니다. 참 수행인이 되어 우리 불가佛家의 촛불이 되기도 하나, 아무래도 입산한 동기 가 적극적인 것이 못 되기 때문에 발심發心하기가 무척 어려운 것이다. 발심 하지 못한 채 중노릇을 계속하게 되면 무서운 결과가 생겨버리고 만다. 들고 보고하여 풍월은 생겨서 지저귀는 종달새만큼이나 법에 대해서 입으로 조절될 수는 있어도, 진실로 부처님의 법을 깨닫지 못했기 때문에 실천행을 제대로 할 수 없는 것이다. 결국에는 불가와는 거리가 먼 행동을 함으로써 세속인들로 하여금 깜짝 놀라게 하거나 비웃음을 사고 만다. 또한 이같이 진실로 부처님의 법을 깨닫지 못한 채 법을 알게 되면 제멋대로의 불경佛經 해석解析이 될 우려가 있다는 것이다.

승僧이 되고자 찾아오는 이들에게는 적어도 발심하기까지는 승복을 입히지 않고 머리도 미리 깎아 주지 말고 어느 정도 불교의 대의大意와 수행방법과 계행戒行에 대한 개념 정도를 습득하게 한 후, 긴 시간을 통하여 살펴본 후에 정식 스님으로 만들어야 할 것이다. 이런 점에 있어서는 이교도지만 카톨릭 도제 양성 방법이 타당하다 싶었다. 그곳에서는 신부 하나를 양성하기 위해 오랜 교육을 시킨다고 한다. 우리 불가에서 승려 되게 하는 방법을 개선해서 체계화하여 볼 필요가 있지 않을까 싶다. 물론 체계화할 수 없는 것이 불교의 실정이긴 하나 그래도 초기 정도에서는 가능하다고 생각된다. 강원講院이 있다고는 하나, 필수가 아니며 기한도 제한도 일정치 않고 더구나 강원의 숫자마저 적은 실정이어서 실효를 많이 거두고 있는지 못하는 성싶다.

요사이는 비구比丘와 대처승帶妻僧의 싸움으로 인하여 서로 숫자를 많이 하여 힘을 키우려고 갑자기 승려를 만들고 있어서 앞날은 캄캄하기만 하다. 갑자기 만들어 놓은 스님이란 다른 게 아니고 깡패승인 것이다. 주먹다짐으로 대하려고 하는 깡패승이 어찌 중이란 말인가!

교육에서도 국가의 백년대계를 위해 많은 교육비를 투자하고 연구를 거듭하고 있다. 교육은 인간 성장의 필수요건이기 때문이다. 하물며 장차 이 나라의 정신계를 지배하는 종교를 이끌어 갈 성직자의 양성이 이렇게 중구난방식衆口難防式으로 되어야 하겠는가.

이제까지의 도제 양성이 전부 잘못되었다고는 할 수 없으나 구태의연舊態依然한 점이 많았음을 솔직히 시인하고, 다음 이를 이을 후배들에게는 좀 더 과감한 투자와 세심한 배려가 있어야 할 것이다. 비록 속가俗家에서 주먹을 쓰고 막된 행동을 했다 할지라도 출가하고 계戒를 받으면 엄연한 성직자다. 그러기 위해서는 새로운 발심과 재교육 이것만이 한국불교를 살리는 길이요, 이것만이 우리가 나아갈 길임을 강조하고 싶다.

1963년 음력 10월 용암사에서

출가상 出家像

　요 며칠 전 다정한 친구의 아들이 승려가 되겠다고 온데간데없이 어디론가 멀리 가버렸다는 것이다. 그래서, 아비 되는 사람이 일곱 끼니를 먹지도 않고 누워 있으니, 스님이 꼭 가서 위안과 그 소식을 알려주겠다고 약속을 하자는 것이다. 시간도 없으나 처지가 처지인지라 여기서 몇 신도와 더불어 그 집엘 가 보았더니, 과연 누워서 눈물만 흘리고 탄식을 길게 하면서 원통해 하고 있지 않는가! 그이의 말인즉, 언제 승려가 되도 되는 것이므로 출가해도 이불이라도 하나 해서, 딸자식 여월 때처럼 어디로 가는지나 알고서 떠나 보내자는 것이다. 그리고 꼭 수소문을 해서 알려주면 대단히 고맙겠다는 것이다. 하기야 고등학교 때부터 데리고 있었던 아이인지라 이 사람이 요구하는 것도 무리는 아니어서 그 약속을 받아들이기로 하고, 그 대신 오늘부터 일어나서 공양도 들고 살림에 충실할 것을 약속받고 절로 돌아왔다.

　여기서 느낀 것은 부처님의 아버지 되시는 정반왕께서도 울고불고하셨는데, 이분들이야 오죽하리라는 생각이 들었다. 둘째로는 부처님 출가하실 때부터 출가하는 데는 사랑을 끊기가 어려웠다는 것이고 온 집안 식구들이 만류해 왔다는 점이다. 그래서 누구나 승려가 되는 데는 그 어려움이 따르기 마련이므로 승려가 되려는 사람의 끈기가 대단치 못하면 그 사람은 중도에서 좌절되고 만다는 사실이다. 물론 거짓 출가를 내세워 승단을 어지럽히는 자 부지기수인데, 그들이 출가한다고 할 때의 일을 보면 만류하는 자가 없었다는 것이다. 따라서 진실로 출가해서 큰 사람이 될 사람에게는 꼭 그렇게 출가하기가 매우 어려워 숨어서 몇십 년이고 사는 것이 보통이다. 그리고 진실로 출가하는 사람들은 첫째 생로병사의 사고를 분명히 느꼈을 뿐 아니라 시간적으로 무상하고 공간적으로 무아함을 느껴서 자기 자신이 이합離合되는 점에서 무엇을 해야 될 것인가를 분명히 느꼈기 때문에 출가하는 법이라, 누가 뭐라 해도 자기의 소신을 굽히지 않는 것이다.

그네들의 놀음살이에 끄달려 살아보았으나 별 족한 수가 없었기에 출가의 뜻을 품지 아니했는가. 누가 뭐라 한다고 해서 금방 출가할 생각을 저버리고 다시 세속에 갈 수 있다는 말인가. 다만 출가란 마음이 세속적 인연을 끊어서 결행한 것이기 때문에, 천둥이 친다 해도 끄떡없다는 사실이다. 또한 내가 절이 아니면 살아갈 수 없다고 굳게 인식되어진 마음에서, 결행된 출가이므로 감히 뭐라 한다고 해서 좌절될 수는 없는 것이다.

커서도 부모님이 밥 먹여주는 것이 아니요. 형제간이 밥 먹여주는 것이 아니다. 결혼하기 전에 부모와 형제의 도움으로 사는 것이지, 커서 결혼한 자가 부모님이나 형제 밑에서 또 먹을 수 없다. 이러한 이치를 분명히 알고 자기의 설 땅을 찾았는데, 그 땅을 저버릴 수 있을까. 만약 거기서 그 땅을 버린 자라면 그 사람 볼 장 다 본 사람이어서 가치 없는 인간일 것이다. 따라서 이 사례를 안다고 한다면 부모라 할지라도 그 출가를 막을 수 없으며, 또한 형제라도 어쩔 수 없는 것이다. 그러므로 부처님께서도 정반왕께 낳고, 늙고, 병들고, 죽는 것을 해결하여 주신다면 출가하지 않겠습니다고 하시니 정반왕께서도 그것만은 못 하신다고 하여 출가하지 아니하셨는가. 그러니 누구라도 무상과 허무를 모른다고 하면 그 사람은 세상을 헛산 사람이요, 생로병사의 고통을 인식하지 못했다고 하면 그 사람은 치인痴人 속에 들어가는 것이다. 명예나 재색에 육신이 절어 있는 사람들의 소행이다. 그래서 출가한 자라도 금방 거짓 출가한 것이 탄로 나는 것은 명예, 재물, 여색에 손이 가는 것을 봐서 알 수 있는 것이다. 또 거짓 출가한 자는 하루치기부터 한 달, 두 달, 반 달, 일 년, 어떤 자는 몇 년 만에도 욕심이 차지 아니하면 금방 퇴속해 버리고 만다니 만약 퇴속할 거리를 장만치 못했다고 하면 절에서 갖은 수단과 방법으로 진실한 스님네를 괴롭히면서 저희들이 참된 승려요. 철저한 비구승이요. 양심적인 승려라고 말로 떠들어대면서, 음해, 모략, 착취를 밥 먹듯이 한다. 그렇기 때문에 진실로 출가할 뜻을 굳힌 사람은 매우 적으며, 한번 굳힌 사람은 철저하게 누가 뭐라 해도 어떠한 난간에 부딪쳐도 수행과 불법의 홍포弘布에 매진해야 할 것인데, 그 거짓 출가자들 때문에 어려움이 많다. 아마 이것이 말법末法 중생이 겪는 업이리라. 그러므로 출가하려는 자식이 있는 부모님들은 단단한 마음 자세를 갖도록 해야겠다. 그렇다고 많지 않은 자식 출가 문제에 대해 언급을 하면, 부모들의 마음 자세에도 문제가 없는 것은 아니다. 불법佛法을 오래 믿고 진실한 신도라는 분들마저도 당신 자식이 출가하려 할 때는 그만 겁을 집어먹고 완강히 반대를 하는 것이 보통이기 때문이다.

사람의 마음씀이 출가에 대해 이상하리 만치 거부반응을 한다거나, 출가를 반대하는 것은 불법佛法을 좋아한다 하더라도 참 믿음이 없는 사람이 아닐 수 없는 것이다. 그러한 점에서 사람은 극한 상황에서 보면, 비로소 그 사람의 본심을 알 수 있다고 하겠다. 좋은 말, 비단 같은 덕을 베푼다 할지라도, 그것이 진정한 뜻에서 나온 것이냐를 알려면, 마치 자식 출가할 때 갖는 마음씀처럼 아주 어려운 상태에서 그이의 마음 태도를 보고 알 수 있는 것이다.

이것은 우리가 불법을 진실로 생활화할 때도 그대로 적용되는 이치이다. 겉치레만 출가요 참 신도요 할 것이 아니라, 진실로 자신의 내면 깊숙이 파고들어 회광반조廻光反照하여 볼 일이다. 따라서 우리는 항상 거짓 생활 습성 내지 거짓된 상식常識 속에서 제대로 진실을 못 보는 경우가 많다. 출가하는 이를 지켜보는 사람이나, 또 그 삼자나 어처구니없는 곡해曲解된 인식認識 안에서 살고 있는 것이 현실이다.

1963년 11월

종단宗團의 분규紛糾를 보고

　정말 슬픈 일이다. 화합和合을 제일의 목표로 삼는 불교종단이 이처럼 시시비비是是非非에 말려들어 향로向路를 잡지 못하고 난항難航을 거듭하고 있으니 말이다. 종교의 근본인 수행은 하지 아니하고 종권宗權 다툼만 일삼고 있으면서, 소승이니 대승이니 또는 징계니 근기根機니 하는 등 말로만 번지르르하게 하고 실속은 개차반인 무리가 헤아릴 수 없이 많아 말법중생末法衆生의 속물俗物 근성根性을 여지없이 표출하고 있다.

　법구경에 모든 일은 뜻을 우선하여 행하고 나면 뜻에 의해서 이루어진다고 하였다. 이것은 불교가 무엇보다도 뜻에 있다는 실천론實踐論이다. 즉 사물의 뜻, 그것은 모든 인류가 안고 있는 뜻과도 일치한다. 일체의 존재는 그 존재적 의미가 있다는 것인데, 불교적인 해석을 가한다면 불교라는 뜻인 상구보리上求菩提 하화중생下化衆生과 같은 뜻인 것이다. 그런 점에서 보면 출가자出家者의 뜻은 곧 그러한 불교의 진리를 구현하려는 입지인立志人이라 할 수 있다. 그러니까 집을 떠나 부처님의 제자가 되는 이는 내적內的인 깨달음과 외적外的인 이웃의 교화에 그 본뜻이 있다 할 것이다.

　그런데 오늘날 자꾸만 싸움의 소용돌이 속에서 제 스스로만 제일이라고 외치는 협잡꾼 내지 폭도들의 행위에서 빚어진 이 결과들을 어떻게 해석하고 이해하여야 하는가? 아무리 생각해 보아도 불교의 뜻도 모를 뿐만 아니라 출가出家의 의미를 전혀 모르는 속태俗態인 것 같다. 이 글을 쓰는 나도 중노릇을 한다고 하지만, 삼보三寶의 재산을 마구 탕진해 가며 현 종단을 점점 더 어지럽게 하는 자들을 볼 때, 그만 신심信心과 존재에 대한 의미까지 회의를 하고 만다. 그렇다고 나는 깨끗한 성인聖人이란 말은 아니다. 현실의 비리非理와 파계적破戒的 경향을 보고 안타까운 나머지, 다만 과거 · 현재의 어두운 면을 거울삼아 그래도 삼보三寶와 시주은施主恩께 만분의 일이라도 보답하고자 하는 마음에서 이와 같이 쓰는 것이다.

　그러면, 현 종단사태를 어떻게 해결할 수 있을까?

　먼저 우리는 각자 스스로 인격人格을 도야하도록 하는 배움의 분위기를 조성하고 정리하여야 할 것이다. 이것은 서로가 장본인이라는 책임성을 가지고 임하여야만 그 효과가 있다. 배움이란 인생살이의 힘이요, 삶의 활력소活力素이다. 배움이 없는 인간은 쓸데없는 제목과 같다. 그러므로 배움에서부터 인간의 인간관계, 사회생활, 도덕적, 종교적 생활까지도 전개된다.

　그런 점에서 특히 남을 지도한다는 위치에 서는 종교인들은 절실하게 배움의 성숙을 요구받는 것이다. 요즘처럼 종단적 혼란에는 너나 할 것 없이 배움의 성숙에서 오는 인격적人格的인, 도인道人이 아쉬운 것이다. 항상 배움이 없는 곳에는 무지無知가 있으므로 혼란과 싸움이 계속될 뿐이다. 따라서 이제라도 늦지 않았으니, 우리 모두 배움에 대한 성의와 환경 조성을 잊지 말아야 하겠다. 만약 이 배움의 분위기 조성이 안 되면 어떠한 계획도 헛수고에 지나지 않는다는 것을 깨달아야 할 것이다. 때문에 윗사람부터 자신을 가다듬어 수행에 힘쓰는 자세가 필요하다. 윗물이 맑아야 아랫물이 맑다는 말처럼, 현 종단적 문제의 해결도 그러한 맥락에서 가능할 것이라고 본다.

① 자기 본래의 면목面目을 살펴보도록 하자. 남을 비방만 하고서야 어찌 남의 지도자 자리에 설 수 있으며, 포교나 수행이 되겠는가. 제발 자만심 좀 꺾자. 그리고 불교의 행行인 계율戒律에 의해 자신을 반조反照해 보라. 자신의 성숙과 알참이 없는 종교인에게 누가 삼보의 하나로 존경하겠는가. 부지런히 자신의 내적 연마에 힘쓸 것이다.

② 말없이 실행하자. 말이 많은 사람은 헛소리가 많은 법이다. 말이 많으면 그만큼 거짓말과 헛말을 많이 하게 된다. 소위 거짓을 은폐하기 위한 거짓의 합리화合理化, 정당화正當化가 그것이다. 말이란 예부터 귀에 걸면 귀걸이 코에 걸면 코걸이란 속담俗談이 있을 정도로 실체성實體性이 전혀 없는 방편적方便的 수단手段에 불과하다. 그러므로 말보다는 실행實行이 중요하다.

③ 절조節操와 절개節槪 있는 종교인이 되자.

이 절조와 절개는 종교인의 제2의 생명이라고 할 수 있다. 왜냐하면 불자佛子는 부처님의 진리 말씀대로 살기 때문이다. 진리는 변함없는 것, 인간이 마땅히 본받아야 할 것, 인간이면 반드시 성취하여야 하는 이상적理想的 목표, 악과 어두움이 없는 깨끗하고 선한 것 등이므로 여기에는 불의不義와의 타협이나 간신배奸臣輩처럼 뼈없는 행위는 아닌 것이다. 따라서 부처님의 제자라면 반드시 부처님 말씀대로 사는 강한 의지가 필요한 것이다.

④ 협동정신을 기르자. 원래 불교佛敎의 승단은 화합단체和合團體를 뜻한다. 각기 다른 성姓, 성격性格, 능력, 모습을 가졌어도 불문佛門에 와서는 석문釋門의 일불一佛제자로서 모두 형제요 가족이 되는 셈이다. 그러므로 그러한 불자로서의 구도적求道的 동료들을 일컬어 도반道伴이라고도 한다. 때문에 자연히 불佛제자에게 있어서 협동과 화합和合이 요청되는 것이다. 만약 이 문제를 그릇된 인연착병자因緣着病者가 되어, 모든 것은 인연 따라 오고가며, 곤란도 받고 안 받으니 오직 인연의 소치所致에 맡겨 버리고자 하는 무책임한 비인간非人間이 있다. 경계할 일이로다.

⑤ 사찰경제의 자립自立과 전문화專門化이다. 이제는 전前과 같지 않아 주먹구구식의 사찰 재정과 관리는 많은 문제를 갖게 마련이다. 현대는 과학의 시대요, 탈농경脫農耕시대에 놓여있다. 그러니 자연히 사찰의 경제 정립도 과학화와 전문화가 뒤따라야 할 것이다. 그래야만, 수행하는 스님네나 종단이 조용히 발전하고 중생교화가 될 것이다. 크게 생각해 볼 일이다. 사찰의 자

립自立과 전문적 기술이 요청되어 진다.

    ⑥ 의타심과 아부심을 버리자. 누구를 막론하고 수도한다면 의타적인 마음가짐과 권력이나 정치인에게 기대어서 아부하는 버릇은 없어야 할 것이다. 그러한 행위는 출가인답지 않는 외도外道이기 때문이다. 역대로 권력이나 정치에 손을 잡고 아부하거나 아첨하는 승려나 불자佛子는 그 권력이나 지주支柱가 무너질 때 호된 타격을 입거나, 운명이 바뀌어지는 일들이 많았다. 그만큼 권력에는 무서운 악惡이 있음을 알아야 한다. 모름지기 사생四生의 자부慈父가 되려는 수행인은 그러한 잠깐 동안의 영화를 위해서 자신과 종단을 버리지 않는 법이다. 그것은 불佛제자로서의 의무이다. 사실 따지고 보면, 현 종단문제는 권력승 내지 비리승非理僧 따위에서 더욱 복잡한 싸움과 이권利權의 쟁탈전이 벌어지는 것 같다.

    우리는 부처님의 제자로서 남에게 언급한 출가자의 규범을 재인식하고 참회의 태도를 갖도록 하자. 출가자의 생활 규범과 참회의 진실한 태도만이 현 종단이 더 참혹한 상태로 가는 것을 막을 수 있다. 그 규범이란 불계佛戒의 준수요. 그 태도란 인간 본연의 참 나로서 진실성이다. 이것이 없이는 서로 헐뜯고, 잡아먹고 먹히는 수라장이 되고 만다. 하루빨리 출가 본연의 자리로 와야 할 것이다.

    그러나 그러한 가능성은 아주 희미하다고 보지 않을 수 없다. 점점 삼보정재三寶淨財를 속화俗化하여 사물화私物化하고, 철저한 배금주의사상拜金主義思想

에 젖어, 이젠 부처님이 돈으로 변하고 돈놀이가 종단이고, 절이 돈 만드는 공장처럼 인식되어 가고 있기 때문이다.

그러한 인식체계를 가진 무리가 많으면 많을수록 종단의 백년대계百年大計는 어렵지 않을 수 없을 것이다. 정말로 물질 만능의 풍조에서 오는 배금 제일주의를 경계해야만 하겠다.

불가佛家가 불났다

승려란 수행을 본위로 하는 것이므로 제반諸般의 번뇌를 없애려고 노력하여야 한다. 설사 어려운 마魔경계에 처했다 할지라도 곧 제 위치인 수행의 길로 돌아와야 한다. 그러지 못하고 마魔와 시시비비是是非非를 논하다보면 결국 우리의 본래 입지를 헐어버린 격이 될 뿐만 아니라, 마魔와 시시비비是是非非에서 중생심으로 여겼다손 치더라도 이미 그 결과는 같은 지옥에 떨어지고 말 것이다.

내가 꼭 이 지경에 이르러 있는 듯 싶다. 본래 목적인 수행을 잠깐 길바닥에 내려놓고, 같은 길을 가는 다른 수행자에게 붙은 마를 퇴치退治해 보고자 온갖 시시비비를 벌인 끝에 결국은 중생심까지 낸 것이 아닌가 싶은 것이다. 이번 ××사寺 사건에 애초부터 상관하지 않았어야 했다. 그런데 너무나 저속한 행동들이라서 정의감을 내본 것이었고, 불교계의 정토淨土를 흐트린다 싶어 뛰어본 것이 잘못이었던 것이다. 그네들은 수행인은 이미 아니었으며 옷만 입은 승려였다. 속세의 금전만능의 속성을 잘 꿰뚫어 볼 줄 아는 사람들이었기 때문에, 부처님을 등에 업고 정의감으로 열심히 뛰어보았자 나 역시 같은 무리로 취급될 뿐이지 그네들과는 전연 대화가 통하질 않았다. 수행심까지 버려가면서 싸운다면야 승산勝算이야 없진 않겠지만 우리 승려들의 본래 마음까지 잃어버림은 무얼 의미하겠는가. 본래 싸워야 했던 목적은 없어지고, 싸움 그 자체가 목적이 되는 것일 것이니 더이상 어리석은 짓은 하지 않아야겠다.

싸움이나 투쟁에는 누가 보더라도 대의명분大義名分이 뚜렷해야 한다. 명분이 아닌 싸움은 결국 다툼을 의미한다. 다툼을 이 어찌 출가 집단이 할 일인가. 그래서 부처님께서 출가 제자를 가리켜 "승僧"이라 함은 여러 사람이 모여서 수행하면서 화합에 힘쓰라는 뜻으로 사용한 명칭이었다.

따라서 출가인은 화합和合집단을 뜻하며, 그 집단에서는 싸움이 있을 수 없다. 싸움과 시비가 없으므로 항상 수도修道의 법음法音과 증득證得의 고요만이 있을 뿐이다. 그런데, 왜 이렇게 불가佛家가 불이 난 것처럼 시끄럽고 어수선한지…….

1964년 2월 14일 금요일 삼전에서

왜 스님이 됐소?

나는 종종 절간이나 길바닥 또는 차 안 등에서 여러 사람들로부터 질문을 받게 된다.

왜 중이 됐소? 왜 머리 빡빡 깎았소? 등의 질문이 그것이었다. 물론 그들이 물어오는 동기가 모두 같다고는 할 수 없었다. 어떤 이들은 이 중이 얼마나 수양이 되었으며 얼마나 실력이 있는가 시험해 보기 위해서였으며, 어떤 이들은 불교에 대해선 그저 무지한 상태로 단지 호기심과 희롱으로써 묻는 경우도 있었다. 또 진정 몰라서 알려고 묻는 사람도 있었으며 특히 대학에서 어느 정도 철학이니 심리학이니 하여 이론 체계가 선 사람들이 눈을 반짝이며 진지한 태도로 물어오는 반가운 경우도 있었다.

아무튼 이들이 어떠한 장소에서 어떠한 태도로 물어오든지 간에, 나는 한 번도 이들에게 통쾌한 명답을 설명해 주지 못한다. 그럴 수밖에 없는 것이 진지하지 못한 태도로 묻는 이들에게는 지루하게 설법의 형식을 빌려 불가의 법을 전한다 해도 먹혀들어가지 않았으며, 진지한 태도로 묻는 이들에게는 그다음에 나올 질문을 감당하지 못해 대답하기가 사뭇 어려웠던 것이다. 그다음에 나올 질문이란 현 불교계의 승려들의 현상을 묻는 것이었다. 물론 중의 본래의 의미만 전달하면 그만일 수도 있겠으나, 몹쓸 결벽증이란 성격 때문에 항상 대답의 끝이 시원치 않다. 어떻게 그럭저럭 얼버무리고 빠져나오는 심정은 그저 아프고 쓰릴 뿐이다. 어쨌든 현 우리 불교계의 승려들에 대해서 자신 있게 답할 수 없는 실정이고 보면 언제나 정화된 불교계를 볼 수 있을 것인가 항상 걸렸다.

처음 부처님께서 출가를 결심한 동기는 혼자만의 부귀와 영달을 바랐던 것도 아니요, 미인을 구하기 위한 것은 더더욱 아니었다. 생명을 가지고 고뇌 속에서 허덕이며 나고 죽고 병들고 늙어가는 중생들, 사랑하는 사람과 헤어지는 고통, 만나기 싫은 사람과 만나는 고통, 구하는 것이 구하여지지 않을 때의 고통 등을 덜어드리기 위하여 출가를 결심하게 되었던 것이다.

이와 같이 올바른 출가를 위해서는 첫째 대단한 신심과 부단한 정진을 게을리하지 말아야만이 출가의 본분사本分事4를 이룰 수 있으리라 생각한다. 그러나 본분을 망각하고 막행막식莫行莫食5과 허송세월을 하는 승려가 늘어나기 때문에, "왜 출가했는가?"라는 비웃음 비슷한 질문을 당하지 않는가 하고 자조해 보기도 한다. 그러나 결코 실망하지는 않는다. 부처님의 법을 전하는 제자와 부처님의 가르침을 담은 팔만대장경이 있으니 우리가 열심

---

4 본분-사[本分事] : 사람이 저마다 가지는 본디의 일. 또는 그 역할.
5 막행막식은 행하고 먹는 데 거리낌이 없는 것으로, 아무런 장애가 없다는 뜻으로 무애행無碍行이라 함.

히 정진을 계속한다면 불조의 혜명은 이을 수 있기 때문이다.

부처님 당시에도 부처님은 법을 믿지 않은 사람은 말법시대末法時代[6]에 사는 사람이요, 비록 지금 같은 말법시대일 망정 계율과 부처님의 가르침을 믿고 행하는 자는 곧 부처님 회상과 별로 다를 바가 없을 것이다. 그러므로 부처님 제자라고 하는 우리 불교의 출가자가 전부 각성해서 열심히 수행한다면 "왜 출가했느냐?" 하는 따위의 물음은 당하지 않을 것이라고 믿는다.

1965년 5월

---

6 정법이 절멸絕滅한 시대.

도림사道林寺 정경情景

　오늘은 곡성 동락산動樂山에 있는 도림사道林寺를 찾았다. 원효대사가 창건했으며 도선국사의 중창重創이 있었다 한다. 당시는 금산金山인데 풍악소리가 울린다고 하여 동락산이라 했다고 한다. 경치가 맑고 깨끗하여 인적의 침해를 받음이 없어서 수도인修道人이 많이 모여들었다 하여 절 이름도 도림이라고 지었다 한다.

　지금 보아도, 구경을 한 범부쯤은 수도하겠다고 머리를 깎을 만하다. 계곡의 맑은 물이며, 울창한 숲, 그 숲속에 갖가지의 새들 ……. 저절로 마음이 맑아지면서 도를 깨칠 것 같은 경치인 것이다. 바라보는 것만으로도 여정의 피로를 말끔히 씻을 수 있었다. 흐뭇한 마음으로 절터에 발을 들여놓았다. 이곳만은 종달새의 싸움이라든가 속세 냄새가 없을 것 같았기 때문이다. 그러나 여기도 어쩔 수 없는 통속적인 하나의 절에 불과했다. 이미 현세적인 속세심으로 더러워져 있었던 것이다. 우린 이러한 수도장마저 이런 식으로 없애야 하는 건가? 주위의 환경에 관계없이 도를 닦을 수만 있다면야

곡성 도림사 보광전 ⓒ국립중앙박물관(건판 10498)

굳이 수도장을 만들 필요가 없는 것이지만 그렇지 못하는 우리 범부승凡夫僧들이고 보니 이러한 좋은 수도장을 꼭 필요로 한 것이 아니겠는가?

갑자기 홍인표洪仁杓 거사님이 생각난다. 그분은 일반 신도에 지나지 않지만 어찌나 수행이 돈독하셨던지 돌아가시자 사리가 150여 개나 나왔다 한다. 그대로 지계持戒의 생활을 했다는 교훈을 주고 있는 것이 아니고 무엇이랴. 아~ 우리도 모두 자신부터 생각할 수는 없을까? 자기 자신의 결함부터 찾아 꿰맬 수는 없을까? 이것이 무엇보다도 먼저 해결되어 져야 할 당면과제가 아닌가 생각해 보았다.

1965년 5월 1일

자비로 사는 스님

　구한말에 곡성 관음사에 남곡이란 스님이 계셨다. 한번은 어디를 가시는데 앞에서 소금장수가 땀을 뻘뻘 흘리며 소금을 지고 가고 있었다. 보기에 너무 딱한지라 그 짐을 져다 주겠다고 말씀하였지만, 소금장수는 선뜻 응하지 않았다. 그럴 수밖에 없었던 것이 그 당시만 하더라도 소금이 흔치 않던 시절이라 비싼 물건이라서 상대방을 믿지 않고서는 함부로 내줄 수가 없었기 때문이다. 더구나 보아하니 짐 같은 것은 져보지 않았음 직한 스님네인지라 잘못 져서 소금을 떨어뜨린다면 손해가 심할 것이라는 계산이 있었다.

　그런데 남곡 스님은 이런 생각을 가진 소금장수에게는 아랑곳하지 않고 자꾸 져다 주겠다고만 말씀하시니, 드디어 소금장수도 생각을 돌려 짐을 벗어주게 되었다. 아니나 다를까 소금장수의 예측은 들어맞아 몇 발자국 못 가서 그만 넘어지시고 만 것이다. 소금장수는 화가 잔뜩 나서 왜 길 가는 사람 괜히 붙들어서 도와주겠다고 하고는 손해를 끼치느냐고 소리소리 질렀다. 덮어놓고 작대기로 스님을 두들기며 욕설을 퍼붓기 시작했다. 그래도

곡성 관음사 원통전 ⓒ황호균

남곡 스님은 그저 나무아미타불만 연발하실 뿐 안색 하나 바꾸지 않고 잘못
했다고 사과하신 다음 다시 그 짐을 지게 해달라고 사정하시는 것이다.

그제서야 소금장수는 스님께 절을 하며 도인道人 스님을 잘못 알아보았다
고 참회를 했다는 것이다. 무념무상無念無想의 경지에 도달한 그 스님은 모든
제반의 업행위를 이런 식으로 대하실 수 있었다고 한다.

1965년 10월

잘못 지낸 예수재豫修齋의 과보果報

광무 황제 원년에 계一동지라는 스님이 모 절에서 500석石 거리 재산을 가지고 살았다고 한다. 생전에 예수재豫修齋를 잘 지낼 생각으로 재물을 마련하기로 하였다. 그런데 인도 스님네들이 보시로 닷 돈씩 달라고 청하자 그 돈을 주고 싶지 않아 그만 재를 그럭저럭 지내고 말았다. 말하자면 인도 스님네들에게 그리 친절하지 못한 대접을 했으며 예수재를 정성스럽게 모시지 못한 셈이 되었다.

하루는 대중 스님네가 꿈을 꾸니 시왕十王님들께서 동지 스님에게 매를 내리치시는 것을 보았다. 아니나 다를까 그다음 날 동지 스님은 온몸이 부어오르더니 얼마 후엔 죽고 말았다 한다.

예수재 뿐만 아니라 모든 불사에 있어서 신심에서 우러나오는 정성으로써 임해야 하는 법이다. 불사를 함에 있어서는 좀 더 신도들의 신심을 돈독히 하려는 데에 있으며, 승려 자신들의 수행에 대한 다짐의 계기로 마련하는 것이기 때문에 중요한 의미를 가진다고 하겠다. 이러한 불사를 소홀히 다룬다거나 재물에 대한 집착심을 갖게 되면 부처님을 속이는 죄가 될 것이며 자기 자신을 기만하는 행위가 될 것이다. 어디까지나 법보시의 행사가 되어야 할 것으로 보는 바다.

1965년 10월 19일

고양이에 대한 이미지

동서양을 막론하고 고양이에 대해서는 퍽 영물스런 짐승으로 생각해 온 듯싶다. 특히 우리나라 전설에서 보면, 평소 나쁜 대우를 받던 고양이가 죽어서 원혼冤魂이 되어 해코지를 한다든가 하는 좀 무서운 동물로 취급됨을 볼 수 있다. 이런 면은 서양에서도 마찬가지로 으스스한 이야기 속에 곧잘 등장시키는 것이 고양이인 것이다. 하기야 흉가凶家 속에서 울려 나오는 고양이 울음소리라든가, 어둠 속에서의 검은 고양이 따위는 보는 이로 하여금 소름이 오싹하게 만든다.

반면에 또한 생김새가 퍽 귀여워서 사람들로부터 많은 귀여움을 받고 있기도 하다. 절에서도 어느 때부터 기르기 시작했는지 알 수 없으나, 퍽 오래 전부터 기르기 시작했음이 분명한 것 같다. 고찰古刹을 살펴보면 고양이가 들고 나는 구멍을 문턱 밑에 만들어 놓은 흔적이 남아 있다. 지금도 사찰에서 고양이를 키우는 사례를 많이 볼 수 있으며 어떤 스님은 공부보다도 아예 고양이 키우는 재미로 세월을 보내는 사람도 있다.

그러나 원래는 이런 목적보다는 쥐를 쫓는 데 있었던 것 같다. 옛날 어느 선사께서 선禪 공부를 하고 계셨는데 쥐떼들이 몰려와서 번번이 공부를 방해하므로 고양이 한 마리를 기둥에 매어 놓았더니 그 후론 쥐가 얼씬도 하지 않아 공부를 마칠 수 있었다고 전한다. 이때부터 절간에 고양이 기르는 것이 전해 내려왔던 모양인데 세월이 흐름에 따라 그 본뜻을 알지 못하고 기른다는 사실을 당연시하여 온 것이 아닌가 싶다.

짐승을 사랑한다는 데에는 이견異見이 없다. 이것 또한 부처님 마음이니까. 그런데 오늘과 같이 부처님 도량 곳곳에 쥐 피를 발라놓은 소행을 보고는 머리를 흔들고 말았다. 쥐를 쫓아버리는 것도 동물을 사랑하는 것도 다 좋은 일이다. 하지만 공공연하게 살생이 이뤄지고 있다는 사실이다. 직접 쥐를 죽이지 않았다 하지만, 고양이를 시켜서 죽인 것이 되었으며 더욱이 그 피를 도량 곳곳에 발라놓았으니 그 죄를 어떻게 씻으리오. 차라리 고양이를 절에서 기르지 않는 것이 나을 것 같기도 하다.

1965년 10월

제자弟子의 반발反發과 교육教育

오늘은 제자로부터 심한 반발을 샀다. 내가 너무 심했던 모양이다. 이 세상의 스승들 중에서 제자 잘 되기를 바라지 않는 사람이 누가 있으랴마는 유독 나의 경우는 욕심이 너무 많아 탈이다. 그러다 보니 잔소리가 심해질 것은 뻔하고 매를 때려도 한 대 더 때려 치기가 십상이었다. 내가 바랐던 만큼 실행해 주지 않기 때문이다. 제자들의 능력은 생각해 주지도 않으며, 그 애들의 입장은 생각하지도 않고 내가 바라는 그 어떤 수준에 오르도록 강요를 하였으니 너무 지나치다는 말을 들을 만도 하다.

이러한 실수는 내 자신이 너무 정에 시달리는 업이 있기 때문인 것으로 생각된다. 남의 스승처럼 냉정한 입장에서 객관적으로 애들을 살펴보면서 가르쳤더라면 이러한 결과는 가져오지 않았으리라. 부모 형제 다 버리고 내 밑에서 공부하겠다는 성의가 고마워서, 또는 전생의 업장으로 부모 없는 고아가 되었기에, 그저 불쌍하고 대견스러워서 하나라도 더 가르쳐 주는 것만이 그 애들을 사랑하는 길이 되고, 그 애들 또한 이러한 나에게 정을 느끼며 성불에의 길로 나아갈 것이라 생각했던 것이다.

　그런데 성격이 워낙 급하고 정에 치우친 관계로 많은 오해와 실수를 낳고 만 것이다. 제자들 또한 나의 진실을 몰라주고 매 때리는 그 자체에만 생각이 미쳐 나를 의심하고 나서는 것이다. 그 하나의 예가 오늘과 같은 것이리라. 한 번씩 이러한 결과에 부딪칠 때면 다시는 이러한 교육방법을 사용하지 않으리라고 다짐해 보지만 한번 타고난 성품인지라 잘 고쳐지지 아니한다. 그리고 그 당시만 참회를 해보는 것으로 그치고 만다. 나의 수행 부족으로 제자 하나 제대로 가르치지 못하는 것이니 더 수행을 쌓아서 좋은 스승이 되리라 하고 참회를 해 보는 것이지만, 당장 눈앞에 보이는 불쌍한 아이를 버릴 수도 없고 키우자니 자연 그런 식으로밖에 교육이 시켜지지 않는다.

　그래서 교육이란 참으로 어렵다고 느껴진다. 한 애가 교육을 잘 받아 자라나기에는 엄청난 심혈心血과 투자가 필요하기 때문이다.

1965년 10월 19일

대성사大成寺 노사老師의 내력來歷

　　나주羅州 삼포면三浦面 신도리 당촌 부락部落에 한 천한 사람이 살고 있었다. 이러한 사람인지라 장가를 좋은 사람에게 갈리도 없어서 그 아내 역시 모자란 사람이었다. 그 모자란 여자에게 복이 있을 리 없었으니 그녀의 시어머니는 악질 중에서도 더한 악질녀였다. 며느리에게 4시간의 수면을 취하게 할 뿐 휴식 시간도 제대로 주지 않은 채 고된 노동을 시켰으며 이것으로도 만족하지 못했던지 들들 볶는 것이다.

　　그러나 그 여자는 이걸 잘 참고 이겨냈다. 뿐만 아니라 이것 자체를 하나의 생활 범주 속에 받아들이어 재미로 알게 되고 동네 사람들로부터 동정을 받게 되니 그럭저럭 살아갈 수 있었던 것이다. 그러나 인연은 묘한지라 이러한 여자에게도 전생前生의 인因이 연緣을 만나 과果를 만들 수밖에 없는 것이어서 애를 갖게 되었다는 것이다. 그런데 그녀의 시어머니는 시중侍中을 들 수 없다 하여 쫓아내게 되었다. 그때는 여자가 쫓겨났다 하면 친가로 행할 수밖에 없었던 때인지라 그 여자 역시 친정에 갈 수밖에 없었다. 그러나 친가에서는 시집에서 어린애를 낳아야 한다면서 다시 쫓았다. 그 여자는 울면서 그 동네로 돌아가던 중 산 옆 모퉁이에서 치마를 벗어 놓고 애를 낳을 수밖에 없었으니 얼마나 불쌍한 인간이랴! 그나마 아들이나 바랬던 것이 딸을 낳고 보니 이젠 시집에 돌아갈 엄두도 나지 않았다. 애기를 치마에 싸 가지고 먼 친척뻘 되는 동네 할아버지 댁으로 향할 수밖에 없었다. 평소에도 그녀가 불쌍하다고 친절히 대해 주시던 할아버지였다.

그 어린애의 아버지 성姓은 의양義陽 남씨南氏인지라 이름만 붙이면 되는 것이니, 그 할아버지는 연주連珠라 작명하여 호적에 올려 주었다. 그 아이는 세 살이 못 되어 못난이 어머니를 따라 이 동네 저 동네로 전전해 가면서 커갔다.

외가外家는 광산군光山郡 대촌면大村面 신촌부락新村部落 밀양密陽 손씨孫氏 집안으로서 업이 고약해서 아주 치인痴人들이었다. 그러나 이 아이는 비록 빌어먹고 그 치인痴人들 속에서 살았지만 영리하고 점잖은 아이였다. 거짓을 싫어했으며 바른 말만 했고 음식도 선천적으로 비린 것을 먹지 아니했고 배고프다 하여 포식한다든가 하는 일은 없었다. 아마 전생에 수행동면修行動勉한 비구니였던가 싶다. 어떠한 삿된 죄로 금생에 이러한 집안에 태어난 것이 아닐까. 그렇지 않고서야 그렇게 착실하고 영민하며 아름다운 아이가 저 고생을 해야 하는가 말이다.

그 애가 13세 되던 때, 잡때기로 유명한 숙부가 그 시절 금액으로 오백오십五百五拾환을 받고 20년 손위인 배안벙어리에게 팔아버렸다. 어머님 품팔이 빌어먹기에 싫증이 난 판이어서, 좋은 부잣집 수양딸로 데려간다는 말에 그만 홀딱 넘어가고 말아 벙어리와 살게 되었다. 그런데 그 벙어리는 밤만 되면 나체를 만들어 덤벼드는 통에 어린 그녀는 기절해버리는 것이었다. 집안 식구들이 주무르고 물을 축여주어 깨어나면 며칠 있다가 또 그 일이 시작되고 해서 생지옥을 사는 것이었다. 동네 사람 중에서 현명한 자가 있어 그 시아버지 되는 사람을 불러다가 크면 될 일인데, 그렇게 성질 급한 행동을 해서 좋은 사람 버린다고 꾸짖자 한참 동안은 뜸하기도 하였다 한다. 이러한 가운데서도 밥이나 넉넉하게 먹여줬으면 하겠는데, 그 시어머니 또한 악질녀인지라 항상 배가 고팠다. 때론 밭에 가서 아무거나 닥치는 대로 뜯어 먹어, 시장기를 면해 보는 쓰라린 고통 속에서 사는 것이었다. 친정어머니도 같이 와 살고 있었는데 하루 저녁엔 온데간데없이 자취를 감추었다. 딸의 고생을 눈으로 볼 수 없었던 것은 물론 배가 고팠기 때문에 시집을 가버렸던 것이다.

그럭저럭 세월이 흘러 시아버지가 세상을 떴고 벙어리 남편도 세상을 떠나버렸을 때, 그녀는 20세의 아름다운 미녀로 자라 있었다.

그러나 남자에 대한 혐오증嫌惡症이 생겨서 남자란 괴물보다 더 무섭고 늙거나 젊거나 간에, 추물로만 생각되고 또 아무리 좋은 남자일지라도 보기조차 싫어 멀리하려 했다.

그러던 중 예수교를 믿어보면 좀 나아질까 해서 며칠 다녀보았는데, 그 교회 장로가 또한 색마色魔여서 이 여자를 그냥 두려고 하지 않자 그나마도 다닐 수가 없었다는 것이다. 그래서 그녀는 시집에서 소박맞은 어머니를 돌보며 바느질품팔이로 세월을 보냈다. 30세가 되어 어머님이 빌어먹던 송정읍으로 나와 셋방을 들고 바느질 품삯으로 연명해 갔다. 전생의 업이 아직 다하지 않았던지, 어느 날 그 근방 똑똑쇠 친일파親日派에게 강제로 끌려가 시집을 또 가게 되었으니, 그 미녀의 신세는 날로 수렁창에 파묻히는 것이었다.

그러나 그 남자하고 성교가 제대로 되지 않아, 그 집 살림만 부흥시켜 일류 가는 부자를 만들어 놓고 그 집에서 빈 몸으로 나왔다. 생명을 보존하기 위해서 됫술 장수를 시작했다는 것인데 이상한 것은 음식을 만들어도 세상 사람들의 칭찬이요, 바느질을 해도 세상 사람들의 칭찬이었다. 인물 또한 미인이어서 칭찬이 파다했었는데 가난에 쪼들리고 타인 간으로부터 매만 맞는 것이었다.

그녀가 50세가 되던 해 그전 살던 송정읍이 그리워져 이사해서 바느질 품팔이를 다시 시작했다는 것인데, 생각해 보니 이제는 세상도 어지간히 살았고 그만큼 고생에 시달려 보았으니 죽는 게 나을까 싶어서 죽으려고 하면 누군가가 나타나서 그 곤경을 면하게 하더라는 것이다. 이렇게 하여 죽지도 못하고, 아파 드러누워 있던 차에 우연히도 정신이 혼몽하더니 늙은 노인 세 분이 나타나서 천상天上 세계로 인도하더라는 것이다. 거기서 책 한 권을 얻어 주고 용궁에도 안내해서 책 한 권을 얻어 주고는, 곧장 인간계로 내려가라 해서 깨어보니 노인들도 책도 사라졌다는 것이다. 그 후로 이상하게도 무엇이든지 외워지고 알아지더라는 것이다. 그래서 육십갑자, 오행법五行法, 국문 등 닥치는 대로 배우게 되었다. 나중에는 염불을 배우고 싶어 송정 어등산 상사上寺에 가서 화주化主 노릇하면서 염불에 통달했고 남평읍 포교당에 와서 전 정광 스님을 찾아 경을 읽으러 다녔던 것이다.

그런데 6·25 때 공산군의 장난으로 절이 타버린 데다가 그 스님네들이 터를 팔아버렸다 한다. 그 여자는 홀몸으로 그 인심 사납던 땅을 다시 사들

만암종헌 ⓒ백양사 성보박물관

여 절을 짓기 시작하고 그녀 자신도 59세에 송종헌선사宋宗憲禪師에게 득도得
度하여, 일개의 이승尼僧으로서 생활을 시작하자, 비로소 그녀의 업을 닦게
되었다는 것이다. 금일에는 대가람을 창건해서 보람 있는 중생제도에 임하
게 되었다 하니, 듣는 이의 입장에서 어찌 기쁘지 않으리오.

1966년 3월 10일 어비산於眦山 천운선림天雲禪林

도갑사道岬寺를 떠나면서

작년 5월경 금산사金山師의 사정에 못이겨 도갑사道岬寺를 간섭하게 되었다. 사람들의 절에 대한 인식은 어처구니없을 지경이어서 관리官吏들의 행패行悖, 주민들의 몰지각沒知覺, 국민들의 유흥적 태도 등 차마 눈 뜨고 볼 수 없는 형편이었다. 도갑사도 이와 같은 추세에 여지없이 몰려 있었기 때문에 누군가가 뛰어들어 구하지 않으면 안 되었다. 팔을 걷어붙이고 나서긴 했지만, 절 안에서 기거한다는 자者들의 몰이해적인 태도에는 기가 한풀 꺾이어 버렸다. 인간 이하의 행동들에 질려 버렸고 언제 길들였는지 모르는 아부적阿附的 태도에는 아연실색啞然失色할 지경이었고, 시봉侍奉을 가장假裝해 오는 무리배들은 제 뜻대로 되지 않는다 하여 모략 중상하는 것이었으니 정말 한심하기 짝이 없는 노릇이었다.

절을 정화淨化하려면 무엇보다도 힘써야 할 사람들은 절에서 사는 대중일진대 이와 같은 정신 상태로 어떻게 절 밖의 사람들의 인식을 바꿔놓을 수 있겠는가 말이다. 이들은 부처님의 면상에 흠이 있고 법당이 다 망가졌는데

영암 도갑사 ⓒ최선일

도 아랑곳하지 않고 그저 매불賣佛 매사賣寺하는 데만 정신을 쏟는 것이다. 사寺에서 수행과 신앙심을 소유할 수 없다면 그 어찌 존재 가치를 논論할 수 있으리오.

　그래도 참고 견디며 열심히 싸웠더니 2년이 지난 지금은 웬만한 수도승은 살 수 있게끔 닦아 놓았다. 물론 나 혼자서 이룩했던 것은 아니고 전 대중이 합심해줬으며, 특히 상법尙法 스님의 피나는 노고勞苦는 크다 하겠다. 모두 부처님과의 의리를 다만 몇만 분의 일이라도 저버리지 않으려는 뜻에서 자그마하나 이와 같은 열매를 맺었으리라 생각한다.

그러나 이렇게 애써 해놓았건만 과연 앞으로 이 절 안의 기거자寄居者들이 잘 운영해줄 것인지 의심스럽기만 하다. 모리배謀利輩에게 넘겨주니 어쩌니 하는가 하면, 절을 팔아서 마구니 짓을 하겠다는 자가 많다. 그 주위는 그 장단에 춤을 추는 파렴치들 뿐이니, 닭 쫓던 개 모양으로 지붕이나 쳐다보는 격이 되지 않을까 두려운 것이다.

나의 삼대사업三大事業을 역경, 포교, 도제 양성으로 삼고서 닭 속에서 봉이나 한 마리 찾으려는 희망 아래 여지껏 정진해 왔다. 그러나 쓸만한 인물人物 하나 건지지 못한 것은 나의 부족함 때문인지라, 그들을 제도하지 못한 채 떠나와야 했으니, 마음의 쓰라림이란 이루 말할 수 없었다. 앞으로 잘 운영해 달라는 부탁을 하면서도 나의 부족함만이 폐부肺腑에 느껴져 가슴만 답답할 뿐이다. 도제 양성! 시급한 문제가 아닐 수 없다. 우리 불교佛敎가 정화되려면 제일 먼저 착수해야 할 문제인 것이다.

1966년 11월 17일

직책職責 높은 승려상僧侶像

직책이 좋다고 그 썩어져 버릴 몸뚱이를 어찌할 바 모르고 아끼는 사람이 있다. 만약 그 직책에서 물러나게 된다면 어떻게 하겠다는 건가. 아마 그때는 썩은 물도 좋다 하고 마실 것이다. 어디 지혜인이라면 자리가 높든 낮든 간에 이런 행동을 취할 수 있겠는가 말이다. 요사이 고위직에 있는 사람들의 부정부패 심지어는 사기꾼으로까지 전락轉落하는 원인은 이런 데에 있지 않나 싶다. 더구나 점잖아야 할 승려 측에도 이런 부류部類가 많은 것 같다. 그들이 우리보다 모자란 사람이냐 하면 그렇지 않다. 일류 학교에서 잘 배웠거나 똑똑하고 말깨나 하며, 많이 알고 있다고 자부하는 이들이다. 승려들은 중생을 교화하고 사찰을 수호守護하여야 하는 임무가 있는 법이다. 그런데 그들이 포교나 가람 수호보다는 어딘지 모르게 부처님을 등에 업고 세속적 명리名利에만 몰두하는 것처럼 보인다. 왜 그러느냐고 물어보면 "중생을 좀더 위하기 위하여"라고 대답을 하니, 나로선 할 말을 잃어버리곤 한다.

버스로 갈 수 있는 길도 택시요. 걸어갈 만한 장소에도 택시를 불러 타는 습성이고, 승복도 시대 감각에 맞게 입어야 한다면서 좋은 베로 만들어 입는가 하면 사실상 승복 입는 것 자체를 수치로 여기고 있는 눈치다. 이러하니 나머지 말은 하여 무엇하리오. 이렇게 물질적 생활을 풍요하게 누리다가 덜컥 그 위치에서 물러나게 되면 전에 편리하게 살았던 생각에만 젖어서 그 버릇을 계속하려 들 것이다. 전생활前生活에서 안면眼面은 많은지라, 이 사람 저 사람 찾아다니면서 사기 행각을 하게 되고, 그것이 뜻대로 되지 않으면 상대방을 모략 중상하는 치인痴人이 되어버리는 예例가 허다하다.

요는 직책이 아무리 높다 하더라도 인격적 생활을 잊지 말고 검소 절약을 신조로 삼으며, 떠버리생활을 하지 말자는 것이다. 그들도 배운 것은 있고 하여 바른 말은 하나, 행동이 개차반인 경우가 많아 구역질이 날 지경이다. 설사 내 자신이 종정 자리에 앉게 되더라도 두타행頭陀行은 할 줄 아는 사람이 되어야겠다는 생각이다. 현재와 미래 그리고 과거와도 하나로 일관하는 멋있는 불제자佛弟子가 그렇게도 아쉬운 세태世態에 나는 외롭게 서 있게 되고 마는구나.

1966년 11월 29일 총무원 집무실에서

큰스님을 모시면서

　입적을 준비하시고 계시는 큰 스님을 모시면서, 당신께서 여태까지 살아오셨던 생에 대해서 가끔씩 생각해 보곤 한다. 주어진 어떤 삶을 제 뜻과 같이 열심히 살으셨다고 생각한다. 입적하시는 그날까지 한시라도 쉼 없이 정진하려고 애쓰셔서, 육체를 놀리지 못하셨다. 비록 지금은 시봉들의 노고를 받고 계시는 처지이지만 그래도 입으로는 설법을 하셔서 시주에 보답하고 계신다. 또한 시봉들에게 일러서, 큰스님 자신이 쓰시는 모든 물자에 대해서는 근검절약 해 줄 것을 부탁하고 계신다. 또한 육체가 마음대로 움직여 주지 않는 지경임에도, 주문진 읍에 세워질 포교당 창건에 심혈을 기울이시고 계시는 것이다. 여태까지의 삶은 그저 불교 정토에 힘쓰셨고, 일이 잘 안 될 때는 관음보살님께 억지를 쓰면서까지 성취해 주실 것을 축원 아닌 요구를 하시며, 일을 진행시키셨다고 한다. 참으로 삶다운 생활을 살으셨다 해야 하겠다.

　이러하신 스님이시기에 어렸을 적에도 남과 달리 영특하셨다고 한다. 스

강릉 주문진 동명사 ⓒ이종욱전집1-지암화상평전

강릉 주문진 동명사 ⓒ최선일

지암종욱 ⓒ지암불교문화재단

님께서는 생후 7일 만에 생모님과 이별을 하시고 양부모 밑에서 자라다가, 13세가 되시던 해에 양양 명주사 백월白月 스님을 스승으로 하여 입산하시게 된 모양이다. 그런데 스님께서 19세 되던 때, 속가의 양부모님께서 풍수장이[7]의 꼬임에 빠져 그만 남의 선산先山 분묘 옆에 선친을 이장하시다가 들키는 바람에 꼼짝없이 선친의 묘를 다시 파야 하는 쓰라린 일을 당하게 되었다. 비록 입산했다고는 하나 속가의 양부모님인지라 가만히 있을 수 없어서 손수 엿을 만들고는 그 위에다 곱게 장식을 하여,

그 당시 강원도 감찰사에게 바치면서 사정 이야기를 하신 모양이다. 감찰사는 기특하게 생각되어 그 일을 무사하게 해 주었다고 한다.

또 한번은 승주 선암사에서 초군과 승려의 싸움이 있었는데, 승려 측에서 잘못 때린 것이 그만 초군 1명이 죽어버리고 말았다. 군민 전체가 선암사에 몰려와서 중놈이 사람을 죽였다고 소란을 피웠다. 스님께서 생각하시니 이렇게 일이 돌아가면 안 되겠다 싶어서 사교四敎를 보는 애동이에 지나지

7 풍수장이는 풍수쟁이의 비표준어.

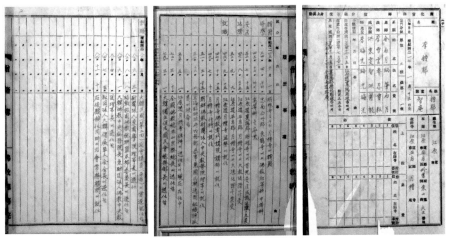

지암종욱 스님 승적부 ⓒ지암불교문화재단

않는 처지였지만 고서告書를 지어 올려보냈다. 인연이 묘한지라 전 강원도 감찰사가 영전하여 전라도에 계셨던 때문인지 금방 알아보시고 이 일을 무사하게 만들어 주셨다.

비록 나이 어리다고 하지만 영특하고 기특하여 모든 일이 제대로 무사하게 처리된 것이었다. 그래서 선지식 밑에 운집하면 의식에 걱정 없고 나아가서 삼재팔난三災八難[8]도 없는 것은 이런 것을 두고 하는 말이라 생각한다. 생전에 불교 정토 사업에 힘을 기울이실 것을 결심하시고, 열심히 공부에 힘을 쓰셨는데 학비가 부족하여 몹시 고생하신 때도 있었다. 갖은 고초

---

8 화재, 수재, 풍재의 삼재와 재지옥난, 재축생난, 재아귀난, 재장수천난, 재울단월난, 농맹음아난, 세지변총, 불전불후난의 팔난을 아울러 이르는 말.

끝에 공부하신 탓으로 한국의 승가를 중흥하시려고 각 본사와 결의하에 6천
석 거리를 만들어 놓으시기로 하셨다. 또 태고사太古寺[9]를 창립하셔서 중생구
제에 힘을 쓰시기도 하셨다.

그 당시는 학정이 심하던 시절인지라 민중의 고통을 볼 수가 없으셔서
독립운동을 하시다가 3년 동안이나 감옥살이를 하시기도 하셨다. 독립투사
들에게 아낌없는 후원을 계속 보내시기도 하셨다. 해방 후에는 혼란스러운
나라 걱정을 하시며 정치 발전에도 많은 공을 남기셨던 민중의 지도자이기
도 하셨다.

1967년

9 현재의 조계사

불쌍한 현의 상처傷處

석양 무렵 현이를 시켜 대자행 보살님 댁에서 가마니 2장을 가져오게 했다. 어떤 구속적인 생활에서 잠깐 그 생활의 범위를 벗어나면 해이감으로 인한 방종이 생기듯이 우리 현이도 그랬던 것 같다. 더욱이 어린애인지라 그저 즐겁고 자유로이 뛰고 달리며 마을로 내려갔는데, 그만 평생에 씻지 못할 원한 맺힌 사고를 저지르고 말았다. 마을애들에게 있어서 현의 존재는 기이한 놀림감이었던지 "까까중"이라고 하면서 장난치고 놀려대기 시작한 모양이다. 철이 아직 덜 든 애이고 해이감까지 있었던지라 힘닿는 데까지 놀리는 애들을 쫓았다고 한다. 다 도망가 버리고 14세 되는 벙어리이자 간질병 환자인 소녀만이 뒤쳐진 모양이다. 현이는 이 소녀를 쫓기 시작했다. 돌을 던지면서 무섭게 돌진해가니 무서운 나머지 그 소녀는 질겁을 하며 자기의 집으로 도망해 갔다. 집안에 들어가더니 그만 마당에서 쓰러지고 말았다. 그리고 다시는 일어나지 못하고 죽어버린 것이다. 소녀의 부모는 현이가 죽었다고 야단법석을 떨며 절까지 쫓아 올라오는 것을 동네 사람들과 대

자행 보살님이 만류한 모양이다

　사건은 이 정도로 끝나고 말았지만, 그 업은 평생 동안 씻지 못할 일이 되었다. 잠시 동안의 방종으로 저질러진 일이므로 그저 딱하기만 했다. 따지고 보면 현이 잘못만도 아니다. 같이 놀다가 손 한번 대지 않았고 그저 제 운명대로 질색해 죽은 것이 불과한 것이다. 그럼에도 남을 걸고 가는 속세의 원한 많은 인연을 만들고 말았으니, 그 인연들을 어이 하랴. 그 불쌍한 소녀를 위해 기도나 드릴까 하고 법당으로 발걸음을 옮겨 본다.

1967년 11월 6일

승가대학僧伽大學의 설립에 대한 소고小考

1968년 7월 14 일자 대한불교신문에 승가대학 설립 추진이란 제목 아래 교계 대표자들이 모여 방법을 논의했다는 기사가 실려 있었다. 대단히 기쁜 소식이었다. 좀 늦은 감이 없진 않으나 이제라도 서둘러서 우리 종교의 앞 날에 밝은 빛을 줄 수 있도록 해야 한다.

사실 말이지 우리의 선배 스님네들 중에서 좀더 안견眼見이 넓으신 분이 계셨더라면 그것이 이렇게까지 우리의 중대한 사업으로 남아 있지는 않을 것이다. 세속에서나 종교계에서나 교육의 중요성은 매우 크다고 하겠다. 특히 종교계의 도제 양성은 그 존립과 관계된 것으로서 중대하다고 하지 않을 수 없는 것이다.

여태까지의 불가의 교육방법은 폐쇄적이고 고루하며 배타적이었다고 할 수 있다. 한 스승 밑에 한두 사람의 제자가 있어 교육을 받되, 이 사제간은 생사고락까지도 같이한다. 그러니 자연히 종교적 맥을 이어감은 좋은 일이나 폐쇄적이고 배타적일 수밖에 없으며 현대 교육의 특징인 보통 교육과는 거리가 먼 것이다. 그래서 일찍이 그 단점을 보완하고 어느 정도의 수준을 유지하고자 강원을 차리고 불교 교리연구를 전문적으로 가르치게끔 해보고 있으나 불가의 전체적인 교육을 다 할 수는 없는 성격의 것이다.

이러한 시점에서 보다 전문적이고 체계적으로 연구하고 탐구할 수 있는 대학의 설립은 참으로 반갑지 않을 수 없는 것이다. 다만 걱정스러운 점은 현재 불교 학교가 머리부터 만들어져 가고 있다는 점이다. 즉 기초가 없이 지붕부터 집을 지으려 한다는 얘기다. 전문성을 갖는 대학을 세우려면 기초가 되는 교육이 먼저 선행되어야 할 것이다. 초등교육 그다음으로 중등교육이 실시된 후에 또는 그 교육 수준을 받은 자만이 대학에 입학할 수 있어야 한다는 것이다. 그래야만이 대학의 전문성을 유지할 수 있는 것이 된다. 속가의 교육제도처럼 우리 승려들의 교육도 초등, 중등, 대학 등으로 체계적이며 과학적으로 실시되어져야 할 필요가 있는 것이다. 이러한 시점에서 우리 불가 내 도제 교육의 전반적인 검토가 있어야 할 줄로 안다. 단지 한 가지 염려되는 점은 승려들의 교육이 이같이 체계적이며 과학적으로만 실시된다면 신심보다는 교리 위주가 되어버리지 않을까 싶은 것이다. 즉 대학에서는 불교를 하나의 철학이라는 학문으로 취급해 버리고 종교성을 잃을 염려가 있다는 것이다.

그리고 의무교육이었으면 한다. 무슨 말이냐 하면 승려가 되려면, 이러한 교육을 반드시 받아야만 승려의 자격을 준다든지 해서 꼭 교육을 받도록 해야 한다는 것이다. 이렇게 되면 무위도식無爲徒食[10]하는 승려는 없어질 것이고 어느 정도 인격과 교양을 갖춘, 비록 훌륭한 승려는 아니다 할지라도 자격資格을 가진 승려가 될 것이다. 이러한 교육 실시 후에, 훌륭한 도인 밑에서 또는 스스로 성불成佛할 수 있을 것이니, 우리 불가 내 도량이 얼마나 깨끗해질 수 있으랴. 하나의 망상에 지나지 못할 생각일 줄은 모르겠으나, 우리 불가의 교육에 좀 더 현대성을 가져올 필요가 있는 것 같아 몇 마디 부연한 것이다.

마지막으로 한마디만 더 한다면 이와 같은 승려들의 전문적인 교육뿐만이 아니라 일반 대중들에게도 종교의 문을 활짝 열어주기 위해 어떤 교육제도가 필요하다는 것이다. 중생구제의 가장 효과적인 방법은 아마 이것이 아닐까 한다.

---

10 일하지 아니하고 빈둥빈둥 놀고 먹음.

부처님과 스승님, 부모님의 정情

요사이 스승님의 병간호를 해드리면서 느껴지는 게 있어 적어본다. 불가에서의 스승이란 속가에서처럼 그저 단순히 가르치는 일에만 신경 쓰는 것이 아니라 더 나아가 부모 노릇까지도 한다. 말하자면 속가에서의 부모의 정과 불가에서의 스승의 정은 같다고 할 수 있겠다. 우리 부모님들께선 얼마나 자식들을 사랑하시었던가. 그 순수하고 사심이 없는 깨끗한 정, 당신의 피와 가죽을 말려서라도 덮어놓고 자식에게 주는 그 정열적인 정, 이 정이 있었음으로 인해 나를 이만큼 혼돈에 이러한 정은 출가해서 스승한테서도 받게 된다. 부처님을 대신해 주시며 부모님을 대신해 주신다. 정과 가르침을 동시에 주시는 그 은혜 그저 감사하고 황송할 뿐이다.

이젠 늙으셔서 이렇게 병마와 싸우고는 계시지만, 지금도 끊임없는 가르침, 시봉드는 제자 고달플까 걱정이 대단하시다. 얼마 남지 않는 생애 가시게 하려고 내 딴에는 힘을 쓰고는 있지만 정성 부족인지 병의 차도는 보이지 않고 있다. 사실 이렇게 맹종적으로 덮어놓고 존경심과 보답심에서 애

지암종욱 ⓒ지암불교문화재단

를 씀은 다 스승님에 대한 은혜닦음이다. 말하자면 결국 스승님을 위한 길이 아니라 나 자신을 위하는 길이란 뜻이다. 어쨌거나 그 은혜의 몇만 분의 일이라도 닦음이 될 수 있다면 무슨 일이든지 못하랴. 내리사랑이란 말이 있다. 정은 위에서 아래로 내려오는 것이지 아래에서 위로는 못 올라간다는 말로서, 자식이 또는 제자가 아무리 효도를 한다고 해도 여름날 물동이를 이는 어머니의 수고만큼도 안 된다고 한다.

이러한 두 사람 위에 더 커다란 사람이 있으니 바로 부처님의 정이시다. 너무나 커다란 정情이어서 바람처럼 손에 잡히지 않는 것이지만, 이 정을 조금이라도 맛보게 되는 날이면 앞에서 열거한 두 정情에 비할 바가 못 되는 것이다. 실상 부처님께서 안 계셨더라면 나의 신세가 지금쯤 어떻게 되어있을까. 고통의 바다 속에서 나는 누구를 의지하며 살고 있을까. 상상만 해도 정신이 아찔하다는 생각이다. 나는 이 부처님의 정情으로 내가 살아야 할 삶의 방향을 잡았던 것이며 어떻게 살아야 할 것인가를 알게 된 것이다. 살아가면서 날로 부처님의 가르침은 감사와 존경심과 의지심을 주고 있다. 그 은혜 갚음에는 생각할 여지 없이 원하시는 대로 해 드리고 싶은 심정이나 아직은 귀가 열리지 않아 은혜 갚음을 못해 드림이 그저 안타깝고 서러울 뿐이다. 업연에 끄달려 은혜 갚음에는 미치지 못하고 있으며 은혜 갚는다고 기껏 일을 해놓고 보면 도리어 업만 짓는 결과를 가져오기도 한다. 어서 나의 자성이 찾아져야겠고 이심전심의 경계에까지 올려서야 하겠다.

화엄사華嚴寺 주지住持를 승낙하고

　이번(1968년) 12월 12일자로 화엄사華嚴寺 주지직을 맡게 되었다. 원인은 대체로 뻔했다. 김모某 스님이 서울에서 화엄사 주지를 하며, 너무나 고자세高姿勢를 취하고 거기에 주지 판공비辦公費를 지나치게 씀으로써 주위의 빈축을 샀다. 말하자면 본사本寺 주지로서 너무나 사문격沙門格에 맞지 않는 처세處世만 하고 있어 소위 대중大衆은 가만히 있질 못했다. 주지란 절 살림을 도맡은 장長으로서 행정行政 사무는 물론이요. 사찰재정寺刹財政의 관리와 증진增進, 그리고 대중들의 수도修道의 뒷바라지를 충실히 하는 것이 그 본분本分이다. 그럼에도 불구하고 그 자리를 이탈하여 세속적世俗的 명리名利와 짝하고 절 일은 아랑곳하지 않는 그 꼴이 퍽이나 못마땅하다는 것이 나의 생각이었다.

　주위의 권고가 있기도 하여 나는 부족한 점도 많고 성질 급한 것이 탈이나, 절 권속의 입장과 화엄사의 장래를 위한다는 가냘픈 신념信念을 가지고 그 주지직을 승낙한 것이다. 물론 내 나름대로는 불법佛法에 맞게 주지직을 수행하겠다고 굳게 장담하고 심사묵고深思默考 하면서도, 자신을 돌이켜 보아 참으로 자격 없는 자신이 승낙했다는 점에서 괜히 부끄럽고 안타까웠다.

1968년 2월 5일 화엄사 가사불사 회향식 기념사진 ⓒ이종욱전집1-지암화상평전
(上 용인스님, 범정스님, 下 상송스님, 지암스님, 천운스님)

　　하지만 이쯤 되고 보니 이러쿵저러쿵 논할 수 없는 시기다. 전前 주지가 구속영장을 받았고 감찰원에서는 과거의 소송 관계 일체 서류를 가져오라고 하는 데다가, 주민住民들의 여론 또한 빗발치듯 하였다. 그리고 나라에서는 〈불교재산관리법〉을 공표公表한 이후로 더욱더 사찰의 행정 및 재정에 크게 간섭을 하게 되었다. 그러니 군郡에서는 이번 기회에 한층 더 간섭하겠다

는 배짱이요, 승려를 일개 관官의 하층 조무래기 취급하듯이 하는 판국이 되었다. 정말 어처구니없는 노릇이었다. 뿐만 아니라 종단宗團에서는 도道 닦는 무리는 적고, 그저 속인俗人 바지저고리 등을 보통 입고 다니는 형국形局이다 보니, 속화풍호俗化風湖11가 팽팽하였으며 자연히 국민의 신망도信望度는 낮아질 것이요 신도信徒의 함성은 커지게 마련이었다.

그러한 상황 속에서 그 주지직을 맡게 되었으니, 나 또한 속한俗漢12이가 된 기분이어서 어처구니가 없었다. 그렇다고 본래의 뜻마저 저버리고 그들과 합류合流할 수는 없는 노릇이고, 아니면 중노릇대로 하자니 그것 또한 사무적으로 놔두지 않을 것이니, 정말 진퇴양난進退兩難이었다. 그러나 발등에 떨어진 일이니 어찌하겠는가. 아직은 삼직三職도 못파놓은 형편이나 차차로 쇄신한 종무행정宗務行政을 수행할 것이요. 이런 김에 하여간 인간수업人間受業의 큰 시기로써 생각할 것을 다짐하였다. 지금보다는 더 낫게 가람伽藍도 수호守護하고 대중의 참다운 수도처 그리고 신도님들의 깨끗한 기도처로서의 도량을 가꾸기로 맹세하였다. 그리하여 진정한 불법佛法 도량을 갖춤과 더불어 조금이나마 사중사四重思13에 보답하여야겠다.

1968년 12월

---

11 俗化風湖는 俗化風潮의 오기로 보임.
12 품격이 낮고 속된 사람.
13 네 가지 중한 은혜.

생일날

　평온한 마음으로 맞는 새해 아침이다. 덕수행 보살님과 지처자 보살님께서 아침 일찍 오셨다. 내 생일이라고 해서 오신 모양이다. 출가한 사람이 생일을 찾아서 무슨 소용이 있으리오. 출가자의 생일이란 출가한 날이 생일이어야 할 것이다. 그러나 다 쓸데없는 것이라 생각하여 출가한 뒤에 누구에게도 생일날을 가르쳐 주지 않았다. 시주물 가지고 생일떡을 만든다는 것은 생각할 수 없었기 때문이다.

　그런데 이번만은 마음이 달랐다. 오늘은 양력으로는 원단元旦에다가 관음재일이기도 하며 내 생일날이기도 하여 이상스러운 기분이 드는 것이다. 두 보살님들의 정성과 상좌들의 효성심의 발로에 대단히 감회가 깊었다. 생일떡을 바라보는 내 눈에서 눈물이 나올 것만 같아 간신히 참았다. 오늘 하루를 여러 상좌들의 정성에 감사하는 마음으로 지내노라니 갑자기 희비쌍곡喜悲雙曲이라는 말이 머리에 떠오른다. 무언가를 하나 잃었다고 생각했더니 그보다 더 좋은 그 무언가를 하나 얻을 수 있었던 점을 생각해 본 것이다. 이

천운상원 스님 ⓒ향림사

러한 것들이 많이 인생의 삶 속에서 부침淨沈하면서 웃기도 하고 울기도 하는가보다. 아무튼 기쁜 날이다.

1968년 12월 3일

부처님의 덕德과 인정人情

　금정암을 올라왔다. 비로소 안정을 되찾은 듯싶다. 얼마나 시끄럽고 머리 아픈 나날이었던가. 이젠 오직 부처님만 바라보며 정진에 힘쓰리라 조용한 며칠을 보내면서 마음을 가다듬으니 발심했던 때의 심정을 다시 가질 수 있었다. 이렇게 조용한 나날을 보낼 수 있게 된 것은 덕수행 보살님과 지처자 보살님의 큰 덕이며, 가산 현산의 갸륵한 효성심이 크고 여러 상좌들의 시봉侍奉 또한 크다고 하겠다. 나를 생각해 주는 여러 사람들의 정성에 대단히 흐뭇한 심정이었다. 모두가 부처님의 자비로 말미암은 덕德과 정情이라고 믿었다. 한결 마음과 몸이 쉼을 얻으니 다시 거룩하신 제불보살님께 감사드리지 않을 수 없었다.

1968년 12월 31일

주지住持 유감遺憾

　나는 요즈음 화두話頭를 놓고 선禪에 들다가도 다른 망상으로 빠져들곤 한다. 그것은 요사이 나를 절망케 하는 번뇌가 생겼기 때문이었다. 승려들이 처음 수도하겠다고 나서던 때의 마음, 즉 발심發心했을 때의 그 마음을 존속시키지 못하고 타락해 버리는 것이며, 종단을 좌우한다는 지도급의 승려들은 왜 그렇게 시끄러운지 ……. 본사本寺 주지직住持職이라고 앉고 보니 하루에도 수없이 듣고 보아 넘겨야 하는 게 우리 불교계의 치부恥部들이다. 날로 심해지는 이러한 것들을 남의 일인 양 넘겨 버릴 수도 없어 손을 내밀어 보면 내 처지까지도 이미 이 치부 속에 허우적거리고 있었으니 앉으나 서나 끊일 사이 없이 달려드는 게 번뇌요, 망상이다.

　나 자신이 이미 깨달음에 도달한 인물이었다면 문제 시 될 일이 아니련만 아직은 부족한 수행자에 불과하니 심한 갈등을 겪을 수밖에 없다. 나 자신을 키워보고자, 인격을 갖춘 인간이 되고자, 절에서 다 보냈고 이젠 죽음을 향한 내리막길에 섰다. 요즈음에 이르러서까지 부족한 수행 탓으로 정신을 못 차리고 수선스런 환경 속에서 주지직을 맡아 놓으니, 이런 자질구레한 생활 속을 헤매야 함은 기정사실이었으며 자업자득自業自得인지라 달게 받아야 했다. 정말이지 세상에 나온 후로 안 할 짓은 이 주지직인가 한다. 수도자란 위치를 망각한 주지 쟁탈전은 그만두고라도 그 주지직 자체가 바로 돈 세는 직이라고 할 만했다. 세상이 아무리 돈 자랑하는 세상이라지만 절 자체 내까지 이렇게 되어가고 있었던 것이다. 청렴고고淸廉孤高를 외치며 대의명분大義名分에 입각하여 모든 일을 처리하고 본사本寺의 재산에 손해가 가지 않도록 살림을 관장하며 신도들의 신앙심을 흩트리지 않게 하고, 돈 자랑 대신 법 자랑의 경계까지 끌어올려 보려고 안간힘을 쓴 셈이다. 하지만 워낙 그 직 자체가 잔신경을 쓰게 하는 직이었고 현실적이고 영악스러우며 지극히 행정적이어야만 견딜 수 있는 직이었다.

오늘 저녁의 일이었다. 여러 도반들이 서울에 가봐야 한다기에 그런 경비 있으면 본사 고치는 데 쓰겠다고 했더니, 종기 곪는 데 정신 쓰다가 염통이 곪아 수술하려면 몇십 배 더 경비가 든다고 질색이 대단하다. 즉 본사를 위해서 주지는 명예심을 높여 놓아야 한다는 것이다. 말하자면 주지는 세월의 행정가와 같아서 권력, 돈, 명예 모든 것이 뒤따라야 한다는 것이니, 수도자로서 그리고 법적 가치성이 있는 직이라고 생각한 나로서는 할 것이 못되었다. 더구나 이런 직에 있다 보니 나 자신마저 그렇게 되어가고 있는 듯싶었다. 남을 의심한다든지 남을 생각하지 않고 나 혼자의 생각대로 해 버리는 습성들은 주지직이 준 부산물副産物이라 하겠다. 이런 걸 느낄 때면 죄업장罪業障 소멸게송消滅偈頌을 소리 높여 읊조려 보지만, 요는 수행이 덜 된

1968년 1월 15일 구례 화엄사 가사불사 회향식 ⓒ이종욱전집1-지암화상평전

나에게 있어서는 번뇌와 망상만 가져다주는 격이었다. 나의 수행을 잠시 길바닥에 내려놓는다 할지라도 불교의 정토淨土에 힘을 미칠 수만 있다면 더욱 다행한 일이나, 그렇지 못할 경우는 둘 다 흔들리고 말 것이다. 그러나 이 직을 맡은 이상은 전자의 입장에서 소신껏 해 보려 한다. 하루에도 몇 번씩 찾아드는 은신해 버리고 싶은 마음을 잠시 참기도 한다.

1969년 1월 30일 삼전(구례 화엄사)에서

올바른 삶에 대한 태도

요사이 흔히 제멋대로 무슨 일이나 저질러 놓고 책임은 상대방에게 씌우는 습성^{習性}이 두루 퍼진 세상인가 보다. 싸움을 당한 측에서는 해명^{解明}을 하느라고 진땀을 흘리며, 다른 일은 못 하고 마는 경우가 비일비재^{非一非再}하게 많다

거기에 보통 사람들은 싸움을 기술적으로 잘 하는 사람만이 진짜 사람이고 훌륭한 승려인 줄 알고 그를 유리^{有利}하게끔 함으로써, 본의 아니게 상대는 죄인^{罪人} 취급받는게 상식화^{常識化} 되어가는 듯하다.

문제는 더 연구하고 검토해야 할 일이로대, 하여간 삿된 짓만 골라가며 하는 무리들은 이제 "살판"났다는 식으로 온갖 권모술수^{權謀術數}의 경진대회^{競進大會}나 하는 것처럼 날뛴다. 참으로 그들은 그러한 방면에서는 천재적인 소질을 타고난 것 같다. 세상이 온통 그들의 손안에서 만들어지는 감이 없지 않을 정도로 타락한 세상에 세기말적^{世記末的} 증상과 비슷하다.

나에게 있어서 그들과 어깨를 나란히 하며 우열^{優劣}을 견준다는 것은 아무리 생각해도 "새발의 피"에 지나지 않는다. 그들의 제일의 무기는 권모술수에

의한 주먹과 돈이라고 할 수 있다. 권모술수는 기술이며 주먹은 집행관이고, 돈은 윤활유이며 기쁨이며 목적이다. 오로지 그것들만이 그들의 철학哲學이요 인생人生이요 삶인 것 같다. 그러니 내가 그들과 대결한다는 것은 죽고자 애쓰는 자살행위일 것이다. 내가 보건대 천불千佛이 출세出世한다 하더라도 그들의 각성은 멀고 먼 것 같다. 그들을 설득한다, 가르친다는 것은 아예 필요 없는 쓰레기 같은 이론이다. 그래서 나는 괴롭고 마음이 허전하지 않을 수 없다. 정말로 부처님의 말씀대로 "고해苦海"임을 뼛속 깊이 실감하는 기분이다. 도대체 무엇이 옳고 그른지 분간하기 어려운 세태世態가 되어버린 것 같다.

그러나 한편 돌이켜 보면, 현실이 아무리 그릇되고 범람할지라도 진리라고 하는 것, 부처님의 법이라고 하는 것이 전혀 쓸데없이 아무런 효용이 없어졌다고는 볼 수 없을 것이다. 마법魔法이 성한다고 하여 불법佛法이 없어지는 것은 아니다. 모든 것은 무상無常하지 않는가. 언젠가는 그 마법도 퇴색하여 갈 것이 분명하다. 마치 겨울이 가면 봄이 오듯이 말이다. 춥고 배고픔의 순간도 이젠 먼 기억 속에서 하나의 추억거리가 될지언정, 영원한 진리와는 짝할 수 없는 것이 되고 말 것이다. 그러므로 슬픔 속에서라도 웃음과 희망을 잃지 않고 살아야 한다. 현실의 고통 속에서도 넓은 웃음과 희망을 갖고 산다는 것은 보통의 마음의 훈련이 없이는 불가능할지도 모른다. 그래서 올바른 방법에 의한 마음의 단련과 희망에 찬 노력이 필요하다.

그러한 인간사人間事의 이모저모는 동서고금東西古今에 있어서 비슷하거나 반복하는 생활 양상일 것이다. 앞에서 이야기한 그런 고통의 세계가 인간류사人間類史에서 어제 오늘 일이 아니다. 인간이 사는 곳이면 항상 있을 수 있는 선악善惡의 현장이다. 인간 자체가 이미 선善과 악惡의 양면성兩面性 내지 모순성矛盾性을 지닌 존재이다. 인간이 있는 한 언제까지나 그 정正과 부否의 현실성現實性은 나타날 것이다. 그렇다고 내가 이원론주의二元論主義는 아니다. 인간이 사는 삶의 현장에는 적어도 그러한 긍정적 요소와 부정적 요소가 내재內在해 있어, 우리의 생활을 윤택하게도 또는 빈곤하게도 하는 미묘한 것들이란 이야기이다. 말하자면 인간은 선악의 어느 쪽, 아니면 둘 다 될 수 있는 가능성可能的인 존재로서 삶을 산다는 것이다. 따라서 이원론적二元論的으로 선악이 있다기보다는 인간이 존재하니까 그 인간의 취향趣向이 단지 그렇게 나타났을 뿐이라는 것이다. 그러한 점에서 우리는 인간의 현실적 고통에 지나치게 슬퍼할 가치가 없다는 퍽 무관적인 입장에 서게 된다. 왜냐하면 모든 것은 무상하여 무아無我이므로 고락苦樂이 뒤섞인 삶이라는 것을 깨달으면 훨씬 인간 삶에 대한 태도가 나아지기 때문이다.

그러므로 인간이 존재하는 어느 때나 어느 곳이면 항상 있을 수 있는 그러한 삶의 현장을 보고 내가 수용受容하는 마음의 자세가 어떻게 기울어지느냐가 필수적으로 요청되는 것이다. 인간 본래의 자리가 무아無我이고 공空인 만큼 그것을 작용하는 다른 무엇은 없다. 따라서 인간 삶에 있어서는 외부 세계에서 오는 자극이나 내부 세계에서 일어나는 충동을 수용하는 "마음의 씀"에 달렸다. 마음의 씀 즉 용심用心에 모든 것이 전개된다. 그러니 오늘도 그 마음 공부에 매진할 일이다. 조용히 마음을 가다듬고 삶을 가꾸어 갈 것이리라.

1969년 4월

어떤 묵언默言 대사大師의 설법說法

일제日帝 말기末期 무렵에 각황전覺皇殿을 보수하게 되었다. 그때 어디서 왔는지 누더기를 입은 청수淸秀한 스님 한 분이 오셨다. 말이 없고 언제 자는지 또 언제 일어나는지를 알 수 없었으며 걸망을 항상 메고 있었다. 다만 공양 시간이면 발우를 들고 나타나선 밥을 담아 주면 소리 없이 가지고 나가는데 어디서 먹었는지 버렸는지 알 수가 없었다. 그저 각황전 보수하는데 묵언默言과 묵념默念으로 보고만 있는 것이 그 스님의 일과였다. 아침 일찍 어느 누구보다도 먼저 일하는데 나와 계시는 것 뿐 이었다. 하루는 발판을 만드는 도중에 억센 폭풍우가 몰아쳐 일꾼과 목수들이 헛일했다는 실의失意로써 하루를 지내고 폭풍우가 개인 이튿날 나가 보니 커다란 나무가 발판 밑에 받쳐 있었고 발판은 아무 탈이 없었으며 여전히 그 묵언 스님은 앉아 계셨다. 누가 했는지 알 수가 없었으며 누구도 모르는 신기한 일이었다.

하루는 흙짐 지는 사람이 오십五十 척尺이 넘는 높은 곳에서 흙을 지다가 떨어졌는데 다 죽은 줄로만 알았으나 정신을 차리고 눈을 떠보니 그대로 일

구례 화엄사 각황전 ⓒ국립중앙박물관(건판 441)

어나 일을 할 수 있더라는 것이다. 대중들이 참다 못하여 묵언 스님께 벙어
리인지를 묵언을 하는 스님인지 알아보려고 하였으나 소용이 없었다. 장난
으로 등도 밀어 보고 손을 당겨 보고 했으나 끄덕도 하지 않을 뿐만 아니라
옆에 오지 못하게 제지를 하는데 장사라는 스님도 가지를 못했다고 한다.

장난이 점점 심해져 송곳으로 찌르니 끝내 말을 듣지 않는 스님네들을
보시고는 두 팔을 뒤로 잡고 뜰에 내던지시는데 허수아비 다루듯이 가볍게
하는지라, 그때서야 온 대중들이 보통스님이 아님을 알았다.

각황전이 다 되어 회향식을 하는데 총독부, 문공서, 도지사, 군수 등 인
사들과 31 본산本山 스님들이 모인 가운데 묵언 스님이 사회를 보시는데 그

위력에는 감탄을 아니 할 수가 없었다. 다 끝난 다음에 설법하여 가로되, 우리 인간이 만물의 영장인데도 육신을 마음대로 가누지 못하는지라, 부처님께서 마음으로 육체를 다룰 수 있는 법을 말씀하셨다고 역설하면서 그 말씀을 쫓지 못하고 승복만 입은 스님네들이 여기에 많이 모였으니 대단히 섭섭한 일이라 했다. 진실된 마음으로서 육체를 자유자재할 수 있도록 연수할지어다 하면서, 떠나가는데 뒤를 쫓아 보았으나 어디로 가셨는지 알 수가 없었다.

1969년 5월 27일 영산전에서

늙은 시절時節이 나타난 꿈

승려 생활이란 수행이 잘 되면 늙어서도 좋은 것은 사실일 것이고 그렇지 못한 경우는 비참하기 이를 데 없으리라.

어젯밤 꿈에 늙은 나의 시절이 비치는데, 시봉侍奉 하나 없이 처절하게 살다가 죽을 무렵, 혜봉이를 만나 우는 장면이 비치더니 곧이어 석가모니 부처님을 뵙고 생각하면서 마음 편안히 죽음을 맞는 장면이 비치는 것이었다. 사실 말해서 죽을 때 석가모니 부처님만 관觀하다가 이 옷을 벗는다 해도 그것은 정말 말할 수 없는 기쁨이요. 나의 행복일 것이다. 비록 꿈에서나마 비친 장면이긴 했어도 나에겐 상당한 기쁨을 가져다준 것이었으며 교훈이 되고도 남음이 있었다.

현재 나의 현실을 돌이켜 본다면 슬프기 짝이 없다는 생각이 든다. 이대로 가다가는 참담한 처지로서 맞을 수밖에 없는 죽음이 될 것 같다. 정신이야 정진에 힘쓰려고 애쓰련만, 육체가 상당히 늙은 형편이니 해태심解怠心보다는 자꾸 피로가 앞서 한없이 도道의 정진에 계속된다. 마음대로 되어주지

광주 증심사 ⓒ최선일

않는 정진의 길, 딱하기만 하다. 설상가상격雪上加霜格으로 본사本寺 주지직住
持職에 있으면서 육체의 피로만 가져왔는데도 불구하고, 천은사와 증심사 주
지까지 맡아야 한다니 이것은 정말 어불성설語不成說이다. 나의 각성이 절대
로 필요한 이 사람더러 본사 주지를 맡기다니 당치도 않다. 천은사, 증심사
는 다 뭐란 말인가. 이쯤 되고 보니 제불보살諸佛菩薩님께서 그렇게 시현示現
을 하셨음직도 하다.

　오늘도 화엄사에 들어가면서 신근 스님께 신장기도神將祈禱를 일주일간
부탁하고 나 자신도 다시 한번 가다듬어 볼까 생각해 보았다. 관세음보살을
염念하면서…….

1969년 6월 28일 증심사에서

송년送年 유정遺情

　주지住持 사표를 총무부장 스님 앞에 내놓고 돌아섰다. 어수선한 본사本寺를 그래도 승려들의 도량으로 만들어 보고자 애쓰던 마음을 포기한 것이다. 불가佛家의 사정 특히 이 본사의 실정은 걷잡을 수 없이 혼돈 속에 빠져 있는 것이다. 비구 대처 싸움은 당장 해결할 수 없다 할지라도, 가장 신성해야 할 수행인의 집인 절에 세속적 생활의 여파로 대중들은 안정을 잃고 있으며 승려는 수행할 엄두도 못 내고 있는 실정이 안타깝기만 하다. 아무리 생각해 봐도 이 중의 부덕不德한 소치요. 수도修道 부족인 것만 같았다. 더이상 대중들을 이끌 자신이 없을 뿐만 아니라 정진하기 위해서라도 금정암으로나 올라가 조용히 지내려 하는 것이다.

　참으로 다사다난多事多難했던 한 해였다. 신병身病에다 구설口舌에다 관재官災와 음해모략陰害謀略을 받은 해였기 때문이다. 이런 일 저런 일 그 많고 많았던 사건들에 부딪치고 번민하여 해결책을 찾으려 애를 썼던 지난 나날들, 일이 잘못되면 나의 인격 부족을 탓해 보기도 하고 다른 사람들을 책망해 보기도 하며 지낸 나날들이었다. 이 넓은 세상천지에 이 두 발 들어 놓을 만한 땅 한 평 없는 몸이지만, 그래도 무슨 일이든지 자신 있게 큰소리를 쳐 가며 지냈던 나날이었다. 생각해 보면 우습다. 내가 내어놓을 만한 것이 뭐가 있다고 그리 큰소리를 쳤는지 …….

이 무상無常함 속에서 영원히 변치 않는 참 진리를 찾아보자고 입산入山하여, 이렇듯 늙어 가면서도 꼭 찾아야 할 것은 못 찾고 허수아비 흉내나 내면서 살아왔던 자신이 부끄럽기도 하고 슬퍼지기도 한다.

허전하고 씁쓰레한 마음 가눌 길 없어, 금정암으로 올라가는 발걸음에 힘을 주어 본다. 올라가면서 바라보니 아직 철이 들지 않은 우리 아이들은 이리 몰려다니고 저리 몰려다니면서 남의 눈에 거칠어 보이게 한다. 참 철 없는 것들 같으니…….

1969년 12월 28일

기도祈禱

관음정진을 일과로 시간을 보내다가 대중 전체에게 시켜온 기도이긴 하지만 내게 있어서 더욱 의의 있는 기도인가 싶다. 정말 얼마 만에 불러 보는 그리운 이름이던가! 이제야 정신이 바짝 차려지는 듯하다.

어디까지나 승려는 본분本分 속에서 살아야 하는 것인데도 쓸데없이 사업한답시고 정신을 해이하게 만들었다. 수행 공부는 물론이려니와 거느린 권속이나 제대로 정신적으로 구제하지 못했으니 그동안의 삶이란 게 살았다고 할 것이 없었다. 수행을 위주로 하는 사업이라야 중생 하나라도 구제할 수 있는 것이다. 물론 그것이 수행을 벗어나는 사업이라고는 할 수 없다. 모든 수행인을 위하는 길이기도 했기 때문이다. 그런데 이상하게도 진행시켜 보니 순전히 물질 놀음에 불과했으며 철저하게 속세적이고 음해모략의 무서운 업을 짓는 결과를 가져왔던 것이다.

업이란 무서운 것이어서 고치기란 도저히 어려운 일이다. 많은 설법과 경전을 듣고 본다 해도 쉽게 고쳐지지 않는 법인데, 이와 같은 부처님 사업에서 업을 짓는다면 영원히 윤회의 고에서 벗어나지 못하리라.

　이제라도 깨끗한 마음을 더 가져보기 위해서 관세음보살님께 매달려 보는 것이며 가장 자비의 시현示現이 많은 관세음보살님이신지라 금일도 종일토록 염불해 보는 것이다. 그리하여 지난날의 경험을 토대로 부처님 법에 어긋나는 일이나 언동은 삼가하고, 염불, 주력呪力 및 기도로써 마음과 몸을 닦아 나가야겠다. 신성한 부처님의 도량에서 거룩한 해탈의 법문을 자꾸 익히고 또 그것을 이웃에게 가르쳐 교화하게 되면 이보다 더 훌륭한 부처님 사업이 어디 있겠는가.

1970년 1월 2일

사업事業과 수행修行

사람은 허기증이 없어야 한다. 먹을 것이든 입을 것이든 이름 내는 것이든 배고픔이 심하면 결국 자멸하고 마는 법이다. 항상 뒷사람에게 양보하고 미루어 주는 것만이 자멸에서 헤어나는 방법인 것이다.

우리들은 어쩔 수 없는 범부에 지나지 못한지라 아무리 실수 없이 잘해 놓은 일이라 할지라도 시시비비는 언제나 따르기 마련이다. 또한 자기가 한 일에 대해서 잘못했다는 사람은 적으며 잘했다고 스스로 칭찬하기는 쉬운 일이다. 그리하여 어떤 일에 남보다 잘해 보겠다는 성의는 좋으나, 꼭 자기가 아니면 남은 할 수 없으리라는 자신에 찬 아집은 아주 위험한 것이 아닐 수 없다.

아무리 자기가 자신 있는 일이라도 겸손한 마음의 자세가 실수를 훨씬 적게 가져오며, 여기에 봉사와 희생하는 정신으로 임해준다면 더욱이나 바랄 나위 없을 것이다.

그런데 우리 주위에는 봉사보다는 이름을 빛내기 위해서 일하는 사람이 많으며 능력도 없으면서 명예 때문에 일하는 이들이 적지 않다. 특히 우리 불가佛家 내內 지도자들 중에도 많으니 자각을 해야 할 것이며 개인 수양이 철저하게 이루어진 다음에 중생을 위하는 사업에 나서야 할 것이다.

1970년 1월 3일

정목수의 사정事情

정목수가 찾아왔다. 비록 품삯 관계로 찾아오긴 했으나 옛정 때문에 반가웠다. 본사에 보수를 해야 할 곳 또는 증축을 해야 할 곳이 있으면 이 분을 꼭 청하여 맡기곤 했었다. 사실 본사는 이 분의 손이 아니 간 데가 없을 것이리라. 그러니 비록 돈을 주고 하는 일이기는 하지만 그의 공은 큰 것이며 부처님께 큰 보시를 한 셈이다. 더욱이나 마음이 워낙 착한 분인지라 그흔한 욕설 한마디를 못 하는 분이다.

그러나 전생에 업장이 두터웠던지 가난하며 상처傷妻까지 하여 고생이 말이 아니었다. 하는 일이라고는 자나 깨나 망치를 드는 일뿐인데, 주로 본사에 와서 일을 하고는 품삯을 제때에 받지 못하여 빚을 쓰다 보니 세간살이마저 엉망이라 한다. 이런 착하고 어려운 사람을 우리들은 그 사정을 몰라주고 품삯을 제때에 주지 못했으니 얼마나 큰 죄를 지었는가. 더구나 이번 후임 주지는 엉뚱한 이야기를 하여 품삯을 주려고 하지 않는다고 한다. 그래서 날 보고 주지에게 말 좀 잘하여 품삯을 받아 가게 해 달라고 찾아온 것이다. 보내놓고 앉아 있으려니 갑자기 서러움의 덩어리가 올라온다. 수행을 본업으로 한다는 사람들이 왜 이다지도 속세인과 다를 바 없이 야박스럽기 그지없을까. 그렇게도 인간미가 없고 인색해서 무슨 수행이 될까. 오늘도 어쩔 수 없이 머리를 도리질하며 한숨을 쉬고 만다.

세간과 출세간이 둘이 아니라고 하던데 그 더러운 꼴의 속티가 산사인심 山寺人心에도 그대로 오염되어서 그런가. 아니면 원래 그래서 오히려 더러우니 숨기려고 탈을 쓰고만 있단 말인가.

1970년 1월 5일

남평 대성사에 들르다

한천면에 들렀다. 대접이 너무 극진하다. 미천한 이 수행승은 그저 부끄럽기만 하다. 양조장 조일재 선생, 각심화보살, 선심행보살, 병환이 어머님, 다보행보살, 안중수 어머니, 학동보살, 반야행보살 등 모두 정성이 지극하다. 성불하시길 마음속으로 기도드리며, 남평 대성사에 들렀다. 온 식구가 환하게 영접을 한다. 도량은 깨끗하게 청소가 되어 있었고 식구도 많이 늘었으며, 깨끗한 가사 장삼을 갈아입고 수행에 힘쓴 흔적이 보여 반갑고 흡족하였다. 다만 경신 수좌가 옴에 걸려 고생을 하고 있어 측은한 마음 가눌 길 없었다.

인간살이가 덮어놓고 살다 보면 하루 밥 세 끼 먹자는 놀음에 불과한 것처럼 되기 쉽다. 그래서 우린 어떻게 살아야 할 것인가를 생각하고 결국 이와 같은 수행 생활을 택한 것이 아닌가 생각해 본다. 우리 절의 생활도 자칫 잘못하면 웃음거리의 생활을 면하기 어렵게 될 것 같다. 수도인이 사는 곳이니 좀 더 나아야 할 것이 아닌가.

아무튼 이 대성사가 날로 발전을 거듭하여 가는데 대하여 참으로 반가우며 지도하는 보람을 느낀다.

1970년 1월 5일

성속^{聖俗}의 차이

요즈음 종단에서는 정화다, 재건이다하며, 뚫어진 흠집을 부처님 말씀과 뜻대로 키워보고자 애쓰는 모습을 볼 수 있다. 어느 종교이든지 뚫어진 흠집은 있는 법이다. 한 치의 앞을 내다볼 수 없는 어리석은 중생들의 모임인지라 모순이 없을 수 없고, 현실지향적이지 않을 수 없다. 서양 중세의 종교는 그 대표적인 예일 수 있을 것이다. 그 후 얼마나 많은 종교인들이 종교의 본 위치를 찾으려고 피를 흘렸던가. 인간의 어쩔 수 없는 모순을 극복하고자 피를 흘렸다고 볼 수 있다.

우리 종단에서도 어떤 큰 계기가 있어야만 한다. 이런 식으로써는 한국 불교의 발전을 기대하기는 어렵다. 요사이 우리 승려들의 동태는 더욱 암담한 기운만 몰고 온다. 비구승은 비구일색화比丘一色化를 하기 위해 혈안이 되어 정신을 못 차리고 있으며, 대처승이라는 사람들은 처자식 먹여 살려야 하니 완전히 속세인과 다름없을 뿐만 아니라 비구승 험담에 하루 해를 보낸다. 이러한 지경이니 본래 승려들의 목적인 수행에는 아랑곳하지 않고 비구와 대처승의 쟁탈전이 곳곳에서 일어나고 있으니, 이러고도 우리가 감히 세상 사람들에게 종교인이라고 내세울 수 있겠는가. 선지식도 많고 철학자도 많으며 대학자도 많다는 우리 종단이라고 하는데, 어찌 이렇게도 수습을 하지 못한 채 혼란만 계속되는지 모르겠다.

그리고 보면 인간이란 원래부터 아주 혼탁하고 악독한 본질을 지닌 존재일지도 모른다. 오히려 속세보다 불교 집단이 더 할 정도로 못된 짓만 골라가며 하는 것 같은 인상을 풍기고 있기 때문이다. 말하자면, 세상에는 성속聖俗이 있어서 성聖은 속俗보다 신선하고 아름답고 깨끗하며 낫다고 하는 인간의 막연한 호압기대好壓期待에서 나온 상식이 지배하기 마련이다. 그래서 인간은 합리화合理化 또는 정당화正當化라는 수단을 통하여 더러움을 깨끗한 것으로 입혀 고자세를 취하는 것이 많다. 특히 이웃을 누르고 일어서려는 인간이면 그러한 위선僞善의 가면을 자주 쓰게 된다. 그런 뜻에서 보면, 소위 종교인의 자세와 양심이란 무엇일까?

1970년 1월 10일

고달픈 마음

이달 5일 자로 천은사 주지도 내놓아 버리고 한천, 광주, 남평, 나주 등을 돌아왔다. 이젠 종단을 위해서 무엇을 해보겠다는 열의는 없어졌을 뿐만 아니라 아예 뒤조차 돌아보기 싫은 심정이다.

우리 종단은 이제 재생이 힘조차 없는 것처럼 부정적으로 보이기만 한다. 사실 진실한 출가자는 썩은 냄새 때문에 달아나 버리고, 세속에서 살 수 없는 자만이 먹고살기 위해서 출가라는 허울을 쓰는 자도 있다. 그래도 몇몇 뜻이 있는 스님네들의 노고로 인해서 그나마도 불법佛法이라고 내놓을 수 있는 처지이긴 하지만, 도저히 이 아수라장에서 살맛이 나지 않는 심정이다. 더구나 나의 작은 힘으로는 영향을 줄 수도 없다.

내가 생각해 보건대 우리나라 불교는 국가와 너무 밀접한 관계를 가진 데서 오늘날까지 종맥宗脈 하나 제대로 정리하지 못하는 나약한 종단으로 변질된 것 같다.

신라 통일기의 불교는 완숙기였는데 고려에 와서 국교로 만들면서 너무나 기복적인 취급에 승려나 신자들의 인식이 왜곡되어 버렸기 때문에 바른 부처님의 말씀에 귀가 열린 사람이 적었고, 빈번한 불사로 국가의 기강마저 흐려 놓은 요인이 되자 조선이조시대에 이르러 그만 정책적으로 불교를 억압하게 되었다. 이때부터 은둔과 도피로 불교는 산속에만 있게 되었고, 더구나 잇따른 일제 치하로 내부를 정리할 여념이 없어져 결국은 이렇게 종지宗旨나 종맥宗脈 하나 제대로 세우지 못하고 있는 실정인 것이다. 더욱이나 승려들의 아집이 심해 해방이 되었다 해도 참신한 종단을 만들지 못하다가 눈뜬 몇 분이 계시어 겨우 돌파구를 찾아 놓았는데도 여태까지 전진을 못 하고 있는 것이다. 그 돌파구밑에서 승려들은 우왕좌왕 떠들기만 할 뿐이다.

언제 40 고개를 넘어도 수행이 덜 된 나의 입장과 종단의 처지 또한 제도濟度 받아야 할 중생들의 사정이 왜 이렇게도 슬프게만 보이는지. 누가 제도를 받아야 하고 누가 제도를 해야 하는지 구분이 서지 않는 우리네 사정…….

그래서 오늘도 관세음보살님 앞에 엎드리어 기도드리며 여쭈어보았으나, 나의 정성이 부족한지 감응이 없다. 그저 마음만 고달플 뿐.

1970년 1월 12일

지장보살地藏菩薩 개금불사改金佛事 회향廻向

　　지장보살님 개금불사 회향을 원만하게 마치고자 도광 주지스님께서 오셨다. 모든 것을 내가 책임지고 해야 하는데도 이처럼 도광 스님이 오셨을 뿐만 아니라 관수 스님께서도 노고가 크셨다. 덕수행과 지처자 두 보살의 노고 또한 말이 불필요하다고 하겠다. 부덕한 탓으로 남의 신세만 지게 되니 부끄럽기 한량없다.

　　더구나 구산 스님께서 와 주셔서 빛내 주시니 더욱 보람 있는 불사의 회향이 되었다. 오늘은 구산 스님의 법문 내용을 적는 것으로 그칠까 한다.

　　지장보살님께서는 중생을 제도치 않고는 성불하지 않겠다고 하셨다는데 우리들이 금을 입혀 드린다. 요는 대원보존으로 모신다 하는 것은 결국 부처님으로 되는 것인데 이것은 원래 지장보살님의 뜻과는 차이가 난다는 것이다. 중생으로 다만 보살로서 지내시겠다는 지장보살님의 본뜻을 거역하는 죄를 범하고 있는지도 모르겠다. 그러나 우리로서는 지장보살님을 부처님과 다름없이 모셔야 함이 도리일 것이라고 생각한다. 그리고 우리도 차별심을 갖지 않는 경계에 도달하고 보면, 아무 사심邪心 없이 중생을 위하는 마음의 경계에까지 도달한다면 바로 우리가 지장보살이 되는 것이다. 이러한 개금불사의 목적도 우리들이 중생들에게 조금이라도 환희심을 갖도록 하는 데 있는 것이다. 더 나아가 좋은 일만 할 수 있는 마음을 가져서 성불이 이루어지도록 도와주는 계기를 마련하고자 하는 데 있다.

환희심을 내어서 윤회고輪回苦를 벗어난 이야기가 있다. 소가 들에서 놀다가 하루는 들 가운데 있는 절을 우연히 들어가게 되었다. 그곳에서 소는 부처님을 보고 저렇게 거룩한 사람도 있는가 해서 환희심을 낸 인연으로 죽은 뒤에 천상낙天上樂을 받아 지내다가 결국 인간계에 다시 태어나서 훌륭한 아라한과를 증득한 스님이 되었다는 것이다. 우리 승려들은 간혹 극락세계에 갈 수 있다 하더라도 지장보살님과 같이 인간계에 다시 태어나도록 서원을 세워 다시 불제자가 된 다음, 이 세상을 성불작조成佛作造할 수 있는 분위기를 만들어서 극락세계와 같은 현실 극락을 만들어야 하겠다고 보는 것이다. 항상 지옥적인 번민으로 지내는 승려들이여! 우리 좀 더 자기 수행에 힘쓰고, 이것이 어느 정도 된 다음에는 중생구제에 힘을 쓸 일이다. 그런데 하물며 자기 눈이 어두우니, 어찌 중생 구제는 커녕 자기 구제도 어렵겠구나.

1970년 1월 17일

승려僧侶 결혼結婚 문제問題 시비是非

관수 스님이 오셨다. 이런 얘기 저런 얘기 하다가 시간 가는 줄 몰랐다. 관수 스님은 부처님의 가르침은 개인의 인격 완성, 다음에는 불국토 건설에 헌신하라는 가르침이라고 말씀하시고서는 그러니 결국 우리들 몸은 교화 사업에 힘써야 함이 당연하며 만약 그렇지 않으면 부처님 법을 어기고 사는 것이나 다름없다고 하신다.

그러나 그런 것인 줄을 알면서도 어떠한 방법으로 실천할 것이냐에서 문제는 발생하고 만다. 이야기는 계속되어서 승려들의 결혼에 대한 얘기까지 나왔다. 결혼 문제에 있어서 내 생각은 승려는 독신이어야만 많은 일을 할 수 있고 수행도 가능하다고 본다. 그러나 만약 결혼할 것을 주장하는 승려가 있다면 일정한 조건을 갖추어야 한다고 생각한다. 일정한 조건이란 속세 인들의 결혼 생활이 아닌 좀 더 차원 높은 생활의 경지를 보여주어야 한다는 따위이다. 그러려면 상대되는 부인 역시 인류의 스승은 못 된다 할지라도 그 지방의 지도자는 될 수 있는 인격과 교양을 가져야만 가능하다. 두 사람이 중생 구제에 뜻을 같이하고 열심히 뛰어 준다면, 독신으로 자기 수행만 고집하는 승려보다는 나을 수도 있다는 생각인 것이다. 비구와 대처승 싸움의 근본 원인을 여기에서 끌어낼 수 있긴 하지만, 대처승들이 좀 더 차원 높은 생활을 보여주었다면 아마 이렇게까지 심각하진 않았으리라. 아무튼 앞으로 불가佛家의 큰 과제라 하겠다. 그리고 우리 불교에 대한 잘못된 인식과 선입관도 아울러 제거하여야 할 일임이 분명하다.

1970년 1월 18일

정情과 기대期待의 불일치不一致

인간이 따사로운 정情을 씀으로 해서 자신에게도 좋고 더 나아가 이 사회에도 이로움을 가져온다. 정情이란 이상스러운 것이어서 잘 쓰게 되면 그 이상 바랄 것이 없는 상태를 가져오지만 잘못 쓰게 되면 가장 못된 악을 부르기도 한다.

우리 수행이란 다름 아닌 바로 이 정情을 효율적으로 쓰는 데 있는 것이 아닌가 한다. 그러나 이것이 그리 쉽지가 않다.

또한 사람과 사람 사이에서 주고받는 정情이란 주는 사람과 받는 사람이 있어서 주는 입장에서 비록 순수하게 준다 할지라도 받는 입장이 여러 가지로 나올 수 있다. 내가 "안"이에게 준 정은 평소 대승사상을 좋아한 연유로 그저 남을 돕고 싶은 순수함에서 준 정이었다. "안"이가 어떻게 받아들였던지, 나에게 있어서는 문제가 되지 않았다. 하지만 인간의 업을 아직 벗지 못했는지라 순수하게 받아들이지 않고 도리어 이걸 이용해 버리는 점에서 다소 허탈감으로 마음의 동요가 있게 된다. 하기야 따지고 보면 이용물의 대상이 되었다는 것은 이용할 가치가 있다는 의미도 되는 것이니 차라리 기뻐해야 할 판이다. 그렇다면 좋은 방향으로 이용해 보라고 말하고 싶다. 아무 곳이나 값어치 없게 쓰지 말고 값있는 곳에, 장래를 생각하고 남보다 더 좋은 결과를 가져오도록 써 보라는 것이다. 몸 묻을 땅 한 평 없고 몸에 붙일 옷 하나 변변치 못한 나이지만, 부처님 법에만 의지해서 사는 것이니 나의 이 몸이 다하는 날까지 정신을 활용해 달라고 부탁하고 싶은 것이다. 잠시 그저 아쉬워서가 아니라 영원히 부처님 경지에 이를 수 있는 길에 뿌려 달라는 것이다.

1970년 1월 19일

수행修行은 고독孤獨해야

어쩌면 난 고독을 가져보기 위해 항상 오욕五欲과 싸워 왔는지도 모른다. 고독을 갖기 위해 싸우며, 찾으며, 배우고 즐겨 온 것이다. 어떠한 조건도 고려치 않았다. 남들이 뭐라고 이야기하든지 간에 동정적이건 배타적이건 그것은 상대적인 것에서 나오는 말들이기 때문에 아랑곳하지 않았다. 그저 덮어놓고 찾으며 배우며 즐기며 싸우는 것이다. 금생今生에 즐겨하지 않고 싸우지 못하고 배우지 못하고 찾지 못한다면 고독을 영원히 가질 수 없을 뿐만 아니라, 살아있는 사람이 아닌 죽은 사람이나 다름없을 것이다. 하지만 세상에서는 이런 나를 가만두지 않는다. 현세적인 일에 끌어들이려고 애를 쓴다. 에라 모르겠다. 바랑을 짊어진다. 나와 같이 고독을 찾는 사람들이나 만나봐야 하겠다. 서산사, 도림사, 옥과 수도암을 돌아다니면서 자꾸 생각되어지는 게 왔다는 생각이다.

고독이 무엇인지 알지도 못하는 사람들이 고독의 수련장에서 살고 있었다. 그 장소를 멋없이 자기들의 생활, 즉 오욕의 충족 생활로 하고 있다는

곡성 수도암 ⓒ황호균

사실에서 그만 섭섭한 생각이 든 때문이다. 그래서 마음조차 피곤해진 지친 몸을 이끌고 수도암에 도착하여 어렵사리 살고 있는 두 비구니를 대한다.

고독의 노래를 이 두 비구니와 더불어 불러 본다. 우린 한시도 고독을 놓아서는 안 되며 수련 장소 하나라도 고독할 수 있는 분들에게 갖게 해야 한다면서 말이다. 그러한 점에서 고독은 수행자에게는 필수적인 구비 조건이 되는 셈이다. 고독이 없이는 수도나 출가의 의미는 사라지고 말기 때문이다. 그래서 오늘도 마음껏 고독을 놓치지 않고 음미했다.

1970년 11월 21일

우리 지암 스님

오늘도 귀가 따가운 소리들을 듣고 앉았노라니 지암 스님이 절로 생각난다.

지암 스님은 종단에도 큰 공이 있는 분이시기도 하지만 사람 다룰 줄을 아는 분이셨다. 한번은 평창 월정사에 긴급히 백만 원이나 필요하시어, 빚 낸 돈을 영호사 형님께 주어 성동역에 먼저 나가 있게 하셨다. 그런데 우리 영호 형은 대합실에 돈을 놓아두고 화장실에 가는 실수를 범하고 말았다. 임자가 집어가 버릴 것은 사실인지라 노장님께서 나중에 나와 보니, 영호 상좌가 드리는 말이 "돈을 누가 가져가 버렸습니다"라고 고하니 스님께서 하시는 말씀이 "그랬다면 할 수 있느냐 다시 만들어 봐야지" 하시며 도리어 부드러운 표정을 지으셨다고 한다. 얼마 후에 최원종 스님께서 "스님보다는 영호가 더 도인입니다. 스님 같으면 그 돈을 가지고 화장실에 가실 뻔 했습니다"라고 말씀하시자 "그렇지"하고 웃으시더라는 것이다.

큰 영도자는 아랫사람의 실수를 잘 수습해 줄 수 있다. 우리 지암 스님이야말로 큰 영도자이시며 수행이 다 된 스님이셨다. 지금의 영도자라고 하는 분들은 자신들이 먼저 사고를 낸다는 이야기이고 보면 아랫사람들의 실수를 제대로 수습해 줄 수 있겠는가. 그러니 종단에 그렇게 공이 큰 스님들은 멀리하고 있는 것이다. 오늘도 들려오는 소식이란 그저 머리 아픈 소식들 뿐 이니 우리 지암 스님 같으신 분이 그립다.

1970년 1월 23일

지암종욱 대종사 ⓒ지암불교문화재단

바쁜 산중山中 일과日課

날씨가 너무 춥구나. 어제 음력 설날이었던지라 오늘까지도 거리는 한산하기만 하다. 무엇보다 복잡한 것이 인간살이로다. 인간이 만들어 놓고 이행하느라고 고생이 심하다. 명절을 만들어 놓은 의도는 좋지만 이행하는 과정에서 우린 얼마나 불편해 하고 있는가 말이다.

청춘을 불사르고

동생에게 부모님 마음은 그런 것이 아니니 어머님 곁에서 설을 지내고 오도록 했더니 그냥 돌아와 버렸다. 무심한 자식인지고! 찬밥 한 덩이라도 자식 목구멍에 더 넣어주고자 하시는 어머님의 마음을 저리도 무심히 흘려 버리다니. 쯧쯧.

김일엽 스님이 입적했다고 한다. 너무나 파란만장한 생生을 산 한 여성이 갔다. 비록 비구니였지만 그 화려했던 속세의 생활을 던져 버리고 번뇌와 싸우며 어렵게 살다 간 사람 중의 하나다. 생전에 문학계 특히 불교문학에 공이 컸으며 비구니 교육에 큰 몫을 차지했었다. 잘 가시오. 장하신 스님이시여 부디 환세하여 중생제도에 다시 힘써 주소서!

불공이 하나 들어왔는데 너무나 순진하신 보살님이시다. 처음으로 절에 오신다고 한다. 우선 부처님께 절하는 법부터 가르치기 시작했다. 늦게나마 이렇게 부처님을 찾아준 것이 고마워서 잔소리를 늘어놓았는데 이해를 하셨는지는 알 수가 없다.

1970년 1월 28일 목요일

책의 산실散失

오늘은 책들을 정리해 보았다. 십여 년 전부터, 없는 주머닛돈을 털어서 사기도 하고, 더러는 얻기도 하여 책을 모으기 시작한 것이 약 사오백 권쯤 되길래 우선 용암사에 보관했다. 제자들이 들랑거리며 한 권씩 집어가 급기야는 상당수가 없어지고 말았다. 책 도둑은 도둑이 아니라는 옛말도 있듯이 공부해 보겠다고 가져가는 책이니 나무랄 수도 없고 도로 찾아올 수도 없어서 방치해 버렸더니 그만 모은 보람도 없이 상당수를 잃게 된 것이다.

얼마 남지 않은 책들을 모아 본사에 도서실을 꾸며볼까 하고 영산전 옆에 문고를 만들던 중 주지를 사임하게 되자 이것 또한 실효를 거둘 수 없게 되었다. 할 수 없이 상좌에게 맡기면서 대중들이 골고루 읽어 불교에 대한 개념이라도 알 수 있도록 하라고 했더니 책을 소중하게 여길 줄 모르는 대중들이 몇 권을 소유해 버리거나 아무 데나 뒹굴게 하다가 읽어지기도 하고 파지가 되어 나가기도 했다.

오늘은 아무리 생각해도 안 되겠기에 수좌를 시켜 거두어 보았더니 쓸

만한 책은 거의 없어졌고 볼품없는 몇 권이 모아진다. 십여 년 동안이나 애써 모았던 보람이 없어지고 말았다. 여러 사람들에게 골고루 읽게 하고픈 욕심이 그만 이런 식으로 해서 없어지고 만 것이다. 씁쓰레한 웃음으로 허탈한 마음을 대신하면서 몇 권 남은 책을 정리하기 시작했다. 파지가 다 된 책은 종이를 새로 바르고 꿰매고 책 표지가 없는 책을 다시 만들고 하여 한 권 한 권 정성 들여 쓰다듬어 본다.

1970년 2월 7일 토요일

육체가 병들면 정신도 병든다.

××가 선방으로 가기 전에 인사차 들러 주었다. 공부하기 위해 선방에 가는 것은 좋은 일이나 우선 좀 더 마음의 자세에 대한 재검토를 하라고 당부했다. 승려 생활이란 학자라든가 그 어떤 특정인이 되기에 앞서 안眼이 열리는 것이 더 중요하기 때문이다.

특히 요즈음의 승려들은 머릿속에 지식은 가득하나 참 수행을 못 하고 있다. 입으로는 얼마든지 수행을 한다고 떠들고 있지만 행동거지는 속세인과 다름없게 하는 유類가 많다. 그럴 수밖에 없는 것이 지식은 인간의 인성과 합해져야 만 되는 것인데 머릿속에만 들어 있는 죽은 지식을 가지고 있는 경우가 많다. 신심이 없는 데다가 그 지식을 받아들일 수 있는 마음의 그릇을 미처 마련하지 못한 채 지식만 쌓아 놓았기 때문에 비롯된 현상이 아닐 수 없다. 이렇게 얻은 지식은 아주 위험하다. 잘못 사용하면 몇 만겁 업을 만들 수 있는 무기로 사용될 우려가 있기 때문이다. 그러니 선방에 가기에 앞서 자기가 공부했던 모든 것을 총정리해 본 다음, 자기 자신의 마음의 그릇을 점검해 보고 신심을 다시 한번 불러일으켜서 길을 떠나는 것이 좋을 듯 싶었다.

차라리 몰라서 행동거지가 그 꼴이라면 모르니까 그런다고 인정하겠지만 명색이 공부한 스님들이 말과 행동이 일치하지 않고 저속하다면, 종교가 이 세상에 존재할 가치가 없어질 것이다. 공부한 사람들은 공부한 만큼 책임을 질 수 있어야 한다. 요컨대 승려들은 지식보다는 우선 마음의 준비하는 것이 시급하다는 것이다. 그리고 이 그릇은 지식량이 많아져 갈수록 더 담을 수 있어야 한다. 이것이 바로 올바른 눈을 얻을 수 있는 길이 아닌가 생각해 본다.

그리고 견성見性 공부함에 열중하되 육체를 학대하지 말 것을 부탁했다. 육체 또한 정신 못지않게 중요한 것은 우리 범부 인간들이기 때문이다. 육체에 마魔가 들면 정신 역시 흔들리기 마련이다. 부처님께서도 처음 수도하실 때 그 당시 인도의 다른 수도자들처럼 육체를 학대해 가며 수도에 임하셨으나 육체가 쓰러지시니 수도를 계속하실 수 없음을 깨달으시고, 중도中道의 길을 걸으셨던 것이다. 육체의 집착함은 지옥의 고苦를 벗지 못하는 행위이나 너무 자신이 유지될 수 없을 지경까지 학대함은 바른 수도자의 자세라고 할 수 없는 것이다. 그래서 "육체가 병들면 정신도 병든다. 그것은 둘이 아니다"라는 격언은 너무나 옳다고 생각한다. 부디 몸 건강, 정신 건강하기를 빌어 본다.

1970년 2월 29일 토요일

업식귀業食鬼와 법식귀法食鬼

　　승려가 부처님 말씀을 이용하여 신도나 일반 대중들에게 괴로움을 끼치고 나쁜 행동거지를 하며 사는 것은 법식귀에 지나지 않는다. 신도가 부처님 말씀을 알고도 해야 할 일을 못 한 채 자신이 가장 잘하는 양하는 것은 업식귀에 불과하다. 이 세상에서 가장 미천한 사람을 가리킨다면 이런 법식귀와 업식귀에 걸려오는 사람들이라 하겠다. 그렇기 때문에 말법중생이 참신한 행을 해서 자기 수업하기란 여간 힘이 드는 때가 아닐 수 없다.

　　본사 주지 사임 후 조용한 생활을 할 수 있으리라 생각하는데, 이것 역시 잘못 생각한 것 같다. 이러한 업식귀와 법식귀들이 내 앞에 자꾸 들랑거리는 바람에 그만 침착할 수가 없는 형편이다. 오늘도 이 조그만 암자까지 올라와 가만히 앉아 있는 나를 밀어 버리려고 갖은 애를 쓰다가 돌아가는 무리가 있었다.

　　업식귀들에게 있어서는 나라는 존재가 손바닥에 박힌 가시인가 보다. 어찌하여 그들은 춤추는 행위를 멈출 수 없단 말인가, 모든 수행인들을 어지럽게 하고 그 춤 속으로 끌어들이려 한다. 처음 입산한 초발심자初發心者들을 어리둥절하게 만들고, 뜻있는 승려들은 토굴로 돌아가 버리며, 이것도 저것도 싫어진 승려는 그만 환속해 버린다. 왜 아름다운 우리 불교 도량을 이 지경으로 만들려 하는가. 의분심을 죽이고 인욕정진하며 덜된 나의 수행이나 해 볼까 하던 자세가 흐트러지고 만다.

아~! 법 속에서 법을 찾을 수 없으니 그저 슬프기만 하구나.

1970년 3월 26일 목요일

비구比丘와 대처승帶妻僧 간間 싸움의 종식終熄

16년간이란 긴 세월을 두고 싸워 왔던 비구와 대처승의 싸움을 종식시킨다는 명분을 오늘 내세우고, 문공부에서 대처승을 태고종太古宗이란 독립된 종단으로 등록시켰다. 그래서 오늘부터 형식상 대처와 비구의 싸움은 끝난 것이 되었다. 이것이 한국 불교를 위해서 바람직한 것인지 아닌지를 분간하기는 어렵지만 결국은 정부가 개입해야만 해, 견딜 수밖에 없는, 자율적으로 해결할 능력이 없는 종단이라는 점이 씁쓰레할 뿐이다. 따지고 보면 누가 잘했고 누가 잘 못했는가를 말할 수가 없다. 비구측은 비구측 대로 통합을 시도해 놓고도 여전히 배타적인 자세를 취했으며, 대처승 역시 자체 내를 정화해야 했고 생활의 경지를 높이고 통합에 힘써야 했었다.

아니, 이러한 내부의 문제가 해결이 안 되었다고 하자. 그러나 비구나 대처승이나 모두 수행자의 본분은 다 해냈어야 하지 않겠는가. 스스로 승려의 자질을 지키면서 도제 양성과 아울러 착실한 수행과 포교사업을 충실히 이행하여야 옳지 않았을까.

이념이 다른 두 단체가 있어서 국가에 위기가 온다면 이 두 단체는 힘을 합해야만 국가를 건질 수 있다. 서로 헐뜯고 서로 죽여 없애버린다면, 그 국가는 망하고 말 것이다. 내부의 문제에만 정신이 팔려서 승려 자신들의 본분을 잊어버리고 갖가지 추태를 보여 세상 사람들의 웃음거리가 되어 왔다. 이제는 어쩔 수 없이 두 개의 종단으로 나뉘고 말았지만, 이제라도 승려들의 본분을 다하고 열심히 수행하면서 중생 구제에 힘쓴다면 수행 방법쯤으로 싸우는 일은 없을 것이라고 생각해 본다.

1970년 5월 8일 토요일

인간의 모순성予眉性과 참회懺悔

　한 사람의 인간성人間性이란 여러 가지 측면에서 나타날 수 있는 것이지만, 대개는 인격과 교양에서 읽어 볼 수 있다. 그러나 한 인간을 아는 데 있어서 인격과 교양으로 그 전부를 알 수도 없다. 칸트도 말했듯이 인간은 모순적인 존재인 것이다. 신神적인 부분이 있는가 하면 동물적인 면도 있다. 즉 완전한 신도, 완전한 동물도 아닌 것이 인간의 모습이다. 그래서 신적인 이성을 추구하면서도 동물적인 감정을 계속 가질 수밖에 없는 모순 때문에 인생살이는 번민과 고통 속에서 헤매야 하는 것이다. 산다는 것은 바로 이 고통을 갖는다는 것을 뜻하며 성현들은 열심히 이 고통을 사랑해야 한다고 위로하여 왔던 것이다.

　인간들은 끊임없이 번민과 고통 속에서도 살기를 열망한다. 그리고 수많은 모순을 낳고 한편으로는 수없는 참회를 한다. 그렇다. 이런 삶 속에서 인간일 수 있는 점이 바로 이 참회가 아닌가 한다. 남에게 피곤함을 주는 행동을 저질러 놓고도 참회를 하면서 다시 삶의 정상 궤도로 돌아갈 수 있는 것이다.

오늘 참회할 줄 모르는 한 불쌍한 중생을 만나, 가슴에 와닿는 복잡한 느낌이 있어 몇 자 적어보았다.

1970년 5월 16일 토요일

가르침의 어려움

요사이 범이의 시봉을 받고 산다. 우리 범이는 순진하고 결백하며 의리가 강한 아이라서 가르침대로 따르는 편이다. 그런데 영화를 좋아하는 탓으로 가끔씩 극장에 가는 게 흠이라면 흠이라 하겠다.

사람이 영화를 본다는 것을 나쁘게 생각할 필요는 없다. 오락적 기대로 즐거움을 줄 수도 있고 정서를 줄 수도 있으며, 내용에 따라서는 상당한 교육적 효과를 가져올 수 있기 때문이다. 하지만 승려들의 경우는 좀 다르다. 물론 일반 사람들과 다를 바 없겠지만, 승려들은 그런 것에 신경을 쓸 여유가 없어야 함이 다르다는 것이다. 즉 수도 정진과 부처님 시주은施主恩에 보답하고자 노력하는 승려라면 그 나머지 것에 신경 쓸 여유가 없다는 얘기다. 그래서 애들에게 극장을 못 가게 막는 것이며, 꾸중하는 이유가 여기에 있는 것이다.

인간은 육체가 편안하면 항상 사고를 내고 만다. 일찍이 공자께서 "혼자 있기를 삼가하라"는 말씀은 이것 또한 사고의 원인이 되기 때문이었다. 사고라 함은 정도正道를 갖지 못함을 이르는 말이다. 승려들이 해야 할 공부를 게을리하고 외도를 걷게 됨이 사고이며, 신도들이 신심을 갖지 못하고 부처님 말씀에 따르지 못함이 사고다. 이러한 사고가 생김은 육체가 편안해져서 정신적 긴장이 해이한 데서 비롯되는 것이다.

우리 범이가 자꾸 극장으로만 발길을 돌리는 것은 사고의 하나인 것이 정신이 해이된 탓이다. 정신이 해이될 만큼 이 녀석은 공부에 힘쓰지 않았다는 증거이다. 너무 육체를 편안하게 만들었다는 얘기다. 이렇게 해이하게 만든 죄는 이 녀석에게만 책임이 있는 것은 물론 아니다. 나한테도 책임이 있는 것이다. 이것은 가르침 가지고 바로 잡아주지 못했으니, 그 어찌 책임을 벗을 수 있으리오.

비록 범이에게 무서운 꾸중을 내려놓긴 했지만 실은 나를 꾸짖는 것이나 다를 바 없었다. 그래 그런 식으로서는 안 되겠다. 우선 뭔가 체계를 잡아놓은 다음, 바른 가르침을 애들에게 내려야 하겠다. 나는 그래서 송정리 쪽에 모범적 수도원을 만들려고 하는지도 모른다. 아니 그렇게 꼭 하겠고, 꼭 만들어야 하겠다.

1970년 6월

복잡한 대흥사^{大興寺} 일

이젠 조용하게 정진이나 하며, 인연에 매이는 것을 여의고 부처님 세계에 나아가려고 하였다. 그러나 어찌 된 일인지 옆에서 나를 가만히 놓아주질 않는다. 업장이 두터운지라 인연의 사슬이 끊임없이 나를 이끌어 맨다. 업연의 줄에 끄달리다 보면 고생은 고생대로 하게 되고, 구설과 관제, 음해 모략 속에 허덕이는 지옥고^苦가 아니랴 싶어, 그 주지라는 직책만 아니면 일체의 시비에서 벗어날 수 있으리라고 생각하며 사임을 한 것이다.

그러나 우리 문중에 마군이 쳐들어온다고 하는데 나 혼자만 수행을 잘하겠다고 가만히 앉아서 바라볼 수가 없었다. 결과적으로 나는 인연의 끈에서 벗어날 수 없었던 셈이다. 오늘도 대흥사 주지 스님의 이야기를 듣고 그냥 내버려 둘 수가 없다고 생각되어 대흥사 일을 돌봐 주기로 결정했던 것이다. 절을 운영하는 데 있어서 뜨끔한 맛을 본 내가 다시 대흥사를 돌봐 주겠다고 나섰으니 참 한심한 일이었다. 더구나 대흥사 일은 쉽게 풀릴 전망이 별로 보이지 않았다. 거기다가 다리의 신경통까지 괴로움을 준다. 애들마저

도 제멋대로 행동하며 속을 썩인다. 이래저래 나는 구설과 음해 속에서 헤매는, 업연이 중한 인간인가 보다. 가는 곳마다 처리할 문제는 많고, 아니하고 방관하자니 본래의 성미에 안 맞고, 하자니 갖은 어려움 속에서 쓴맛을 보지 않을 수 없구나.

1970년 7월 5일

칠석七夕 기분

　오늘은 칠석이라 하여 사내寺內가 사뭇 술렁이는 듯하다. 어제 주지 스님께서 오셨고 신태양 보살님도 오셨으며, 서인덕 가족들도 오셔서 제법 칠석 있는 것이다. 이젠 공직은 그만 가져보리라 했던 것인데 막상 이 절의 일을 돌봐 주겠다고 나서고 보니 공직 아닌 공직에 있어야 했다. 거기에 따른 책임감이 없을 수 없어 대중 통솔이니 접대니 하여, 그만 나도 모르게 칠석의 분위기에 젖고 말았다. 알 수 없는 묘한 기분에 빠져들고 만 것이다. 아마도 나만의 생활이 아니다 보니 그런가 보다. 그 말썽꾸러기 상좌 놈들을 생각하지 말아야겠다. 그 녀석 때문에도 더욱 이런 기분이 드는 것이다.

1970년 8월 8일 토요일

상처傷處 받은 인정人情

　　빌리11호가 온 천지를 강타한다. 이 태풍만큼이나 매몰찬 내 주위의 인정이다. 광산군 송정읍에 보문 향림원이라는 이름이라도 지어 놓고 상좌 하나 데리고 갈 생각이었는데, 그것이 마음대로 되어 주질 않는다. 인정이 무엇인지 없어서는 안 되겠고, 있다 보니 얄궂은 것이로구나. 업인의 발산물인 그 얄궂은 심성물인 인정이 가지각색의 현상계를 벌린다는 진리에 다시 한번 부처님께 머리를 숙인다. 그리고 업을 소멸하고 깨끗한 중생 생활로 부처님의 세계를 보게 하옵소서 하고 기도드린다. 그래도 섭섭함을 달랠 길 없어 염불을 소리 내어 하고 있는데 운정 화상께서 방문해 주셨다. 방문이 아니라 찾아 주신 것이며, 같이 사시겠다고 오신 것이다. 매몰찬 인정이나 상한 마음을 활짝 걷어 올리고 이 따뜻한 인정을 받아들였다. 감격스럽기만 했다.

　　아~! 이것이 생활인가 싶다, 빌리호와 같은 강풍 뒤에는 운정 화상님 같은 따뜻한 인정이 있었으니 ……. 그래서 어떤 시인도 이렇게 노래했나 보다. 폭풍우가 지나간 자리에서 맑은 샘물은 솟아나고 있다고.

1970년 8월 30일 일요일

상좌가 달아나버리다

애써서 가꾼 채소가 어느 날 아침에 무서리를 맞아 박살이 나 버린 기분이다. 나의 마음을 그렇게도 몰라주고 옆길로만 가버릴 수 있을까. 설사 애들에 대한 나의 정성이 부족했다고 하더라도, 자신들의 장래를 생각하는 조그마한 이성을 가졌더라면 이렇게까지는 행동하지 않았을 것이다. 애들을 많이 거둬 주고 있는 처지이지만 오고 가는 것을 탓할 수는 없었다. 자신들의 업 때문에 그만 절을 떠나는 것이고 절에 오는 것이니 어찌 인력으로 막을 수 있으리오.

그러나 전생의 업대로 사는 것이 인간사삶이라지만 운명의 운전대를 자신이 갖고 있다는 것이다. 그래서 자기 업대로 환경이 만들어진다기보다는 자기 자신이 이를 만들 수 있다는 희망을 가져 볼 수 있다는 가르침이다. 그래서 교육의 필요성을 느껴보는 것이고 가르치는 보람을 가져 볼 수 있는 것이다. 오늘과 같이 마음의 운전대를 옆길로 돌려 버리는 제자들을 볼 때면 속이 쓰리고 아픔 또한 절망적이지 않을 수 없다. 그 애들이 이러한 것을 깨닫지 못한 데서 온 것이며, 나의 가르침을 받아들이지 않음에서도 비롯되었다. 또한 애들을 가르쳐 보고자 하는 나의 욕망을 한꺼번에 무너뜨림과 동시에 나의 능력이 한계에 다다른 것 같다.

하지만 어쩌랴. 아픈 마음이지만, 허탈한 가슴이지만, 업대로 가버린 녀석을 위해서 관세음보살님께 기도나 드려 볼 수밖에 없었다. 평소에 너희들은 업장이 두터워서 하고자 하는 일이 제대로 되어 주질 않을 것이니 인욕심을 가지고 정진에 힘쓰라고 그렇게 가르쳤다. 또한 산정에 먼저 오르고 못 오르는 것은 자신의 마음에 달렸듯이 인욕심이 강하고 약한 것은 다 자신의 마음 하나에 달렸느니 마음 다스림에 힘쓸 것이라고 가르쳤다. 그러나 그 적은 인욕심으로 번뇌 많은 속세로 들어갔으니 결국에는 회의론·자살론이나 펴지 않을까 싶다.

그러나 죽지는 말아라. 부처님께서는 자살도 살생이라 하였느니라. 아~! 왜 이렇게 가슴이 답답한지, 아니야 잘 살아줄 거야. 어서 기도나 드려야지.

1970년 9월 4일

금정암의 무더위

날씨가 너무 더워서 견디기가 무척 힘이 든다. 말끔히 면도를 하고 세수를 해 보아도 소용이 없다. 더위 탓만은 아닐 성싶다. 그제 이후 관세음보살님께 계속 기도를 드리며 마음을 가라앉히려 애써 왔으나, 아직까지도 그 후유증은 가시지 않고 있는 것이다. 이 답답한 가슴에 더위마저 기세를 부리니 견딜 재간이 없다.

본사에서 4년간 고치고 바르고 쓸고 하여 일심전력으로 살기 좋은 도량을 만들려고 애를 써 보았으나, 이권利權에 눈이 어두운 자들에게는 소용없는 듯싶어서 훌쩍 던져 주고 말았다. 본래 털기를 좋아하는 성미라서 배짱에 맞지 않으면 먼지 털듯 툭툭 털어버린다. 하지만 털어놓고 보니 가르치고 있던 애들의 학교 문제가 해결되지 않아 본사를 훌쩍 떠날 수가 없었다. 갖은 중상모략을 받으면서도 이 조그마한 암자로 밀려나 머무르고 있음은 단순히 애들 때문이었다. 애들만 아니라면 이 금정암에 머무를 이유가 없는 것이며 이런 고초 속에 살 필요가 없는 것이다. 그런데도 애들은 이러한 나

구례 화엄사 금정암 ⓒ연일스님

의 맘을 몰라주고 그제와 같은 행동을 하여 괴롭히고 있다.

부처님께 기도드리며 마음을 가라앉히리라. 3일째 이런 기분에 있다면 아직 정성이 부족한 탓이 아니고 무엇이랴.

오후엔 풍수 어머님의 간곡한 청이 있어 범문이를 내려 보냈다. 권선문 10권을 들려서 전해 드렸었는데, 발심화 보살님께서 다른 곳에 돌려보낸다고 더 보내달라는 청이 있었기 때문이다.

1970년 9월 6일 일요일

공부 부진不進과 어머님 생각

오늘은 백로일이다. 오늘부터 벼 이삭이 나오기 시작한다는 날이다. 벌써 세월이 이즈음에 이르렀나 싶으니 허망한 마음이다.

요사인 공부조차 제대로 되어주질 않고 있어서 가뜩이나 산란한 마음이다. 이러한 지경에서는 고개를 드는 게 병인 듯싶다. 맹장 수술 후 후유증이 심해 뱃속이 편한 때가 없으며 오른쪽 다리도 신경통으로 잘 쓰질 못하겠으니 이것이 늙어간다는 징조인지……. 그래서일까. 첫째 결정된 업을 멸하지 못함. 둘째 인연 없는 중생은 제도하지 못함. 셋째 중생계를 다 제도하지 못함. 이 중에서 첫째 것은 생각할수록 가슴 떨리는 말씀이다. 업이 얼마나 무서운가를 말씀하시기 위하여 하신 말씀이라기보다는, 전생에 지은 업 때문에 아무리 정진한다 하더라도 벗을 수 없을 거라는 절망을 주는 말씀으로 받아들여지기 때문이다. 특히나 이렇게 공부에 진전이 없을 때는 이러한 생각에 사로잡혀 헤어나질 못한다. 아 이게 지옥 고苦가 아니고 무엇이랴. 부처님은 중생에게 빛을 주신 분이다. 이러한 말씀을 어둡게 받아들여서는 안 된다. 안 되고말고.

　오후엔 속가의 어머님께 글월을 올렸다. 공부가 아니 되니 어머님 생각
또한 간절하다. 한 집안의 기둥으로 키우고자 온갖 노력을 다하시며 이 불
효자식 하나 믿고 살으시려 하셨던 어머님이시다. 큰아들이었으니 마땅히
부모님께 효도하고 선조들을 제사 지내면서 집안 화목하게 살았어야 할 터
인데, 나 하나 잘살아보겠다고 훌쩍 출가해 버렸으니, 어머님의 아픈 가슴
이야말로 다 할 수 있으리오. 이렇게 출가해 버린 자식이지만 그래도 지금
까지 이 자식을 믿고 의지하려 하시는데 돌봐 드리지 못해 죄송할 따름이
다. 책 속에 슬쩍 돈 1,000원을 넣어 드렸다. 생각을 가져보았다는 정표로써
이렇게라도 해야 할 것 같았기 때문이다.

1970년 9월 8일 화요일

불효不孝와 효도孝道의 차이

참선으로 일과를 시작해 본다.

오늘이 추석날이기 때문에 그 많은 사람들의 추석 기분에 나까지 휩쓸릴까 봐서 다져보는 행동이리라. 솔직히, 이렇게 불가에 몸을 담고 있으며 부처님의 은혜를 직접 받고 있는 처지이지만 속가의 어머님을 잊어 본 적이 없으며 이런 명절이면 더욱이 생각나는 것이다.

우리들의 탄생은 부모들의 몸을 잠시 빌린 것에 지나지 않는다지만, 그래도 부모님이 아니었다면 현재의 내가 어찌 이렇게 생존할 수 있으리오. 낳는 고苦, 키우는 고苦, 어찌 말로 다 할 수 있으랴 우리네들은 조상이 있었기에 존재할 수가 있고 그러므로 세상사의 이런저런 단맛과 쓴맛을 맛볼 수 있는 것이 아니겠는가. 그래서 그 많은 사람들이 조상을 위하여 감사제를 지낸다며 이렇게 법석을 펴는 것이 아니겠는가.

입산하기 전의 일을 생각해 보면 감회가 서린다. 그중에서도 송편을 빚으시는 어머님의 모습은 숭고하기까지 했었다. 조상에게 바치기 위해 온갖 정성을 다하는 그 착하고 순박한 사람들. 이러한 마음을 오래오래 그리고 많은 사람들이 가지게 된다면 이게 바로 정토가 될 것이며 극락이지 않겠는가.

난 비록 불제자가 되어 살아 계시는 단 한 분의 어머님마저 모시지 못하고 있으며, 조상을 생각하지 않고 있는 것 같지만, 조상의 은혜는 항상 잊지 않고 있다. 조상을 위하는 길을 불법에서 찾고 부모님께 효도하는 길도 거기에서 찾아보건만, 직접 하지를 못해서인지 이런 날이면 나의 처지가 그저 안타깝기만 한 것이다.

저녁때는 오보살님 댁에서 저녁 공양준비를 한다기에 가 보니 정성껏 차려 놓은 음식들이지만 과일 외에는 먹을 것이 없었다. 109번 보살님께서 수술을 하고 계신다기에 오보살님댁을 나와서는 바로 그곳으로 달려가 예방을 해 드렸다.

모든 것이 인간적人間的이요 인정적人情的이었다.

1970년 9월 15일 화요일

제자들 교육 教育

비가 온종일 줄기차게 내리퍼붓는다. 요사이 내린 비로 홍수가 나서 서울에서만 5명이 죽고 충청도, 경상도 등 전국적으로 인명 실종이 많다고 하니, 전 국민이 물 때문에 고생이 심한 모양이다. 그래서인지 사람들의 마음이 우울한 만큼이나 나 또한 심사가 편치를 못하다.

범이가 해남읍에 가서 "인삼양위탕"을 두 첩 지어 와서 달여먹는 중이며, 피로 회복제를 사다 먹어 보아도 기분은 여전히 무겁기만 하다. 기도를 드리고 선을 해도 머리는 깨질 듯이 아프기만 하다. 정신적 운전법이 건강 유지에 60% 이상 차지하여야 할 것인데, 수행이 적은 탓인지 잘 되어 주질 않는다.

이러한 중에도 애들은 철딱서니 없는 행동을 해댄다.

부처님 앞에 무릎을 꿇려놓고 참선하는 법을 비롯하여 남의 물건 손대는 법, 청소하는 법 심지어 휴지 쓰는 법까지 일러 보았다. 우리는 수행인으로서 자신의 시간을 많이 가져서 수행을 원만하게 이루도록 할 것임에도, 모두 남의 시간 속에서 살고 있으니 답답한 마음 금할 길이 없어서, 불편한 심

제8회 창립기념 ⓒ향림사(1989.9.30)

사에도 불구하고 타일러 보는 것이다. 제발 지知와 인격人格이 갖추어진 사람
이 되어보라고 당부해 보지만 글쎄다. 아직 어리고 젊어서인지 제대로 노력
하려고 하지 않으니.

　　오후엔 보현이가 책값을 가지고 이 호우 속을 뚫고 순천으로 되돌아갔
다. 배워 보겠다고 이 못난 스승을 열심히 찾아다니니 가상한 아이다. 없는
주머니지만 털어 보태 주었더니 마음이 한결 가볍다.

　　훌륭히 키워 봐야지.

1970년 9월 17일 목요일

어려운 절 살림

요즈음 사중寺中의 경제 형편이 말이 아니어서 공부하는 4명의 아이들에게 학습장을 사주지 못했다. 학습장 한 권을 사주지 못하는 스님의 마음을 읽으며 눈치만 보는 애들을 바라보는 내 마음은 그저 쓰리고 안타깝기만 하다. 보다 못한 젊은 수좌들이 사준 모양이다. 대단히 부끄러운 일이 아닐 수 없구나.

용이와 심이 두 수좌는 잣나무 열매를 딴다며 법석을 떨었다. 잣 한 되에 12원이니 사중의 경제 형편에 보탬이 되리라는 계산에서 시작한 행동인 모양이다. 그러나 이것도 복이련가. 씨가 없는 잣나무 열매들인지라 헛수고만 하고 말았던 것이다. 은근히 기대했던 내 마음을 쓸쓸하게 되돌릴 수밖에 없었다.

관세음보살님께 기도드린 후 책을 보다가 그만 잠이 들었던 모양이다. 15세 정도 되는 아이가 와서 얌전하게 인사를 한다. 엉겁결에 반갑게 맞아 대해주고 보니 꿈이었다. 낮꿈이었지만 하도 이상해서 대중방에 대고 오늘 무슨 제가 없느냐고 물었더니 전남대 김 교수의 아들 49재라고 한다.

　청계심 보살님께서 오셨다. 반가웠다. 나를 위해서 전을 맛있게 부쳐주셔서 잘 먹었다. 퍽 고마웠다. 보답은 수행을 쌓는 도리밖에 없다. 하지만 이런 생활로서 크나큰 이 시주은을 어떻게 갚을 것인가.

1970년 9월 20일 일요일

제자, 상순과 철원의 문제

애들을 대동하고 해남읍에 도착하여, 성이는 109번 보살님한테 1,500원을 빌려 백양사로 보내주고, 관음회 클럽을 소집하여 불교 세계대표자회의 때 선물로 가져갈 가사모의금을 협의, 배당시킨 다음 목포행에 몸을 실었다.

단암 스님은 불사 관계로 서울에 가셨으며 달성사 주지 스님과 지죽 스님께서도 안 계신다는 연락이고 보니, 목포에 온 것이 말짱 헛걸음이 된 것 같다.

조영호씨 댁을 들려 상순네 집에서 신세를 지게 되었다. 철원과 상순이의 장래 문제에 대하여 상순 어머님과 밤늦게까지 이야기를 나누었다. 철원이나 상순이나 다 마음이 곧은 사람들이어서 양심적이요 인정이 많은 사람들이나, 인욕심이 적어 항상 옆 사람들의 마음을 수고롭게 하며 피곤하게 만드는 것이 큰 흠이 되고 있다. 그러나 언젠가는 정신을 굳세게 만들어서 주위 사람들의 위안이 될 수 있는 인간이 되리라고 기대해 본다. 여지가 있는 사람들이지만 인생을 길게 살려고 할 필요는 없다고 생각된다. 상순은 저녁 다과를 훌륭하게 차려 내놓는다. 정성은 고마우나 달가운 마음은 아니다. 어린 사람에게 너무 폐가 된 것 같아서였다. 상순의 방은 간소하면서도 고상한 티가 흐르고 있었으며, 동심의 세계까지도 생각해 보려 애쓴 흔적이 보인다. 짧은 웃음이 잠깐 입술에 와닿는다. 그래 이런 생활도 괜찮겠구나.

반드시 수행자만이 생을 잘살고 있다고는 말할 수 없을 테니까 ······.

1970년 9월 23일 수요일

축성암 정감情感

10시 30분 배로 목포를 출발하여 11시경에 축성암에 도착했다. 듣기보다는 너무나 초라한 토굴이었다. 공부하기에는 그런대로 좋을 성도 싶었다. 이 절 창건주는 고려 나옹스님의 제자라고 한다.

어떤 승려가 낙지 속에 든 웬 돌을 먹고 이 절에서 성불했다는 전설이 남아 있다. 돌집을 지우당이 잘 정리해 놔서 제법 안온한 기분이 돈다. 옆에 있는 영단靈壇을 뜯고 윗방을 수리해서 이곳에 영단을 다시 만들었다. 내일 제를 원만하게 지내려고 수리한 것이다. 영단을 새로 꾸미고 깨끗하게 내부 정리를 한 셈이다. 법연 스님 등의 노고가 많았다. 지우당은 찬거리를 봐 가지고 두 보살님과 함께 돌아왔다. 무척 피곤해 보인다. 그래 중생들을 위하는 길인데 쉬울 까닭이 없지. 고단하고 고통스러워야 당연하지.

범신 수좌는 백일기도가 끝났으니 가겠다고 졸라댄다. 여기 주지 스님도 큰일이다 싶었다. 사람은 없고 불사는 밀려드니 어떻게 감당하랴. 말사 생활하는 것은 자유로이 공부하겠다는 것에서 비롯된 생활인데, 그렇지도 못

하고 사업만 하다 보니 사람들이 그리울 수밖에…….

　이런저런 생각이 귀찮아져서 바닷가로 나와 버렸다. 가끔 옆 섬으로 가는지 배가 고동을 울리며 지나갈 뿐 조용하기만 하다. 잔잔한 물을 한참 동안 바라보니 마음이 차츰 가라앉기 시작한다. 신을 벗고 발을 가만히 물에 밀어 넣었다. 시원한 감촉이 그저 좋기만 하다. 갑자기 개구쟁이 시절에 꽤나 좋아했던 물장구가 치고 싶을 정도였다. 가만가만 억제하면서 손으로 물을 움켜쥐어 본다. 한 방울도 빠짐없이 다 달아나 버린다. 이러한 내 행동을 나 자신이 바라보면서 방울 대사를 생각해 냈다. 언제나 커다란 방울을 지니시고 사심 없는 얼굴 표정과 너털웃음과 어린애 같은 행동을 하시면서 성불에의 길을 가셨던 대사를…….

1970년 9월 24일 목요일

가을, 나는 무엇을 추수秋收하는고?

대관령에 서리가 내렸다는 소식이다. 엊그제 삼복더위인가 싶더니 벌써 이렇게 되었나 보다. 나뭇잎들은 단풍이 곱게 물들었고, 이것을 구경하기 위한 관광객들은 설치기 시작한다. 농부들은 내내 땀 흘리며 가꾼 곡식을 거둬들이는 데 여념이 없다. 그렇다. 가을은 뿌린 씨앗을 거둬들이는 수확의 계절이다. 그런데 난 이 가을에 거둬들일 것이 있는가. 무엇을 추수해야 하는가.

나의 일을 알고 살아야 하겠다. 누가 뭐라 해도 나의 종단이요, 내가 해야 할 종단 일이다. 뿌리에만 거름을 준다고 해서 잘 되는 것은 아니다. 잎에도 충분한 거름을 주어야 하고, 기생하는 벌레들을 없애 주어야 한다. 나는 잎에 영양을 보급하는 일을 해야겠다. 나마저 포기해 버린다면 부처님 일을 누가 하려고 하겠는가. 이는 부처님을 배신하는 행위가 될 것이다. 사는 날까지 힘닿는 데까지 달리고 뛰어보리라.

불교 정화사업이라면 무엇이든지 어떠한 방해와 난관이 있다 해도 굴

복하지 않으리라. 끝까지 싸워보는 것이다. 깨끗하고 높다란 것을 위하여…… 그리하여 나의 가을이 오면 거두리라. 흡족한 마음으로 수확하리라. 펑 뚫린 가슴을 안고 고통스러워 하진 않으리라.

오후엔 두옥 동생에게 편지를 보냈다. 아무래도 부처님 사업이 더 중요한 것 같으니 동생 부처夫妻가 살고 있는 집과 터를 나에게 달라는 내용이다. 무리한 요구인지를 아는 바이나 동생이니 이해하리라 믿고 써 보는 글이다.

1970년 9월 29일 화요일

인생人生 허무감虛無感

청신암의 정민 수좌가 아무 탈도 없었는데 갑자기 어젯밤 죽었다는 것이고, 재무 스님은 신장 결석증으로 입원 중이라는 보고다. 제중병원으로 달려가 보니 한심스럽다. 너무나 지쳐 있다. 원장 스님에게 잘 치료해 달라고 부탁드리고 병원을 나서는 발걸음은 무겁기만 하다. 인연에 따르다 보면 무상을 아니 느낄 수 없고, 집착을 하다 보니 헤어지는 슬픔이 너무 크다. 맺지 않는 인연 속에서 맺는 인연을 생각해 보려 하지만, 어디 그 경계가 쉬운 일인가. 무슨 말로 위안을 할까. 철원 수좌는 무슨 인연이길래 해년마다 송장을 치워야 하는 팔자인고. 습골 사골 찾아드는 허무는 뼛속을 후빈다. 부처님을 찾는 굳센 마음이 없다면 어이 견딜 일인가. 쑤시는 가슴 달랠 길 어려우리라.

세상은 이렇게 무상한데, 세상 사람들아, 살아있다고 뽐내지 말 것이다. 제 자랑을 하고 살 까닭이 없단다. 무상을 느끼고 공부나 열심히 할 일이지 무엇이 잘났다고들 으스대느냐.

제중병원

　괜히 마음이 스산스러워 이 생각 저 생각에 마음을 주고받으며 가다듬어
본다. 이런 일쯤으로 내가 이래서는 아니되지.

1970년 10월 6일 화요일

　요즈음은 승적 정비 문제로 여간 신경이 쓰이지 않을 수 없다. 스승으로서 마음을 아니 쓸 수 없었기 때문이다. 애들은 많고 거주지가 곳곳인데 다 이해심이 부족한 수좌들이 많아 애를 먹고 있다. 오늘은 인이를 시켜 일차 정리를 하도록 했다. 그런데 성이가 왔다. 여러 가지 물어보고 싶은 것이 있었으나 어머님을 잃은 슬픔이 오죽했으랴 싶어 그냥 참기로 했다. 경제 형편이 말이 아닌 탓으로 그때 넉넉한 여비를 주지 못해 마음 아프기 그지없다.

　점심 공양 후에는 지서 주임主任이 방문을 해주었다. 여러 가지 이야기 끝에 후진교육 문제에 대한 이야기가 나왔다. 지서 주임은 초등학교부터 실업교육이 실시되어져야 한다고 주장한다. 문제는 교사진이 교육대학 2년을 수료한 인문계 출신들이어서, 국민학교를 졸업한 많은 아이들이 진학을 하지 못하고 농촌에서 부모를 돕는다든가 아니면 남의 집 고용살이를 해야 하는데, 이러한 성격을 띤 교사들의 교육을 받고는 사회에 직접 참가할 수 없어 어린 것들이 당황한다는 요지였다. 그러니 직업 교육은 못 시킨다 할지라도 스승들의 생활 차원에서 충분히 사회에 나아가 당황하지 않게 참여할 수 있도록 실업계 출신들로서 교사진이 구성되어져야 한다는 것이다.

진학을 많이 못 하는 현 농촌 실정이고 보니 일리가 있긴 했으나 그래도 초등교육은 교육의 기초로써 기초 지식만을 습득시키는데도 바쁜데, 실업 교육까지 시킴은 너무 무리이지 않을까 싶었다.

중학교와 고등학교는 진정 실업교육이 필요한 단계라 하겠다. 서유럽이나 선진국의 교육제도를 무조건 답습할 것이 아니라, 우리나라 실정에 맞는 교육제도를 마련하여 교육시켜야만이 기울지 않는, 눈이 멀지 않는 국민 교육이 될 것이다. 지금 고등학교나 대학을 나와도 놀고 있는 애들이 수두룩한 상태이다. 인문 교육으로 머리만 커지고 직업에 대한 의식은 없는 데다가 인문계 출신들이 들어갈 취직자리는 소수에 불과해서 이런 바람직하지 못한 현상이 빚어진 것이다. 앞으로 우리 국민의 바른 교육은 실업교육을 강화시키는 데 있지 않으면 안 된다. 특히 공업 부분의 교육은 필수적이라야 하겠다.

저녁 8시경에는 전대생全大生들의 오락시간을 참관했다. 간단히 당면한 우리들의 자세 문제를 놓고 이야기를 해보았으나 그네들에게는 생소한 이야기인지 놀란 얼굴들이다.

1970년 10월 10일 토요일

국형사 풍경風景

아침 공양 후, 상송 스님의 호의로 택시를 타고 국형사에 도착했다. 절은 좋은 위치에 있었다. 소나무가 울창하고 공기도 맑으며 깨끗한 도량이어서 신심을 낼만 하였다.

이 절이 지금 이렇게 정화된 것은 전 스님네들의 공덕이라 한다. 옛날엔 땡초들이 40여 명이나 살고 있어 도량이 더럽혀져 있었는데, 힘이 센 성곡당이라는 스님이 못된 승려들은 모조리 쫓아버리고 개간을 하고 중창을 다시 하여 지금의 깨끗한 도량을 만들었다 한다. 천수 상좌를 시켜 1,000일간을 기도케 하며 중창하였다 하니 여간한 정성이 아니었던 모양이다. 헌데 지금은 이러한 정성을 유지시키지 못하는 것으로 보인다. 하기야 현재 전국의 모든 사찰이 절다운 절이 얼마나 되리오. 원주 주변의 사찰들은 이루 헤아릴 수 없는 가운데 절집인지 속가 집인지 분간키 어려웠다. 영천사에 들렀더니 아는 비구가 있었다. 반가운 모양이다. 덕산사도 그곳에 있었다. 여러 곳을 둘러 보아선지 몹시 피곤했다.

원주 국형사 ⓒ 김원중

　　머리를 깎고 목욕을 하니 기분이 상쾌하다. 요사이는 식욕이 좋고 기분
도 좋아 건강해진 듯싶다. 체중도 늘어서 64.5kg이나 되었다. 오히려 비대
해질까 걱정이 되기도 하다.

1970년 10월 20일 화요일

스님 기제린祭

오늘 오전까지는 권속들이 모일 줄 알았는데 통 소식이 감감하다. 단결이란 매우 어려운 것 같다. 이럴 때 모이면 얼마나 뜻있는 모임이 되리오.

영암 노장 스님께서 오셨고 법선 스님 그리고 여러 보살님과 함께 제사를 모시게 되었다. 제사는 오후 3시에 시작됐다. 이영무 교수의 추도사가 있었다. 그 내용은 국가도 위하고 불교도 위하는 종교인이셨다는 것이었다. 다시 말해서 마음에 정해 있는 뚜렷한 보살행을 하신 분이시며 일을 하시기 시작하면 진심과 성심이 아니시면 일을 보시지 않으셨다는 요지다. 또한 쓰라린 국가의 수난기에 태어나셔서 모든 면을 이기고 싸워주셨으며, 상대가 막강한 방해자라 하더라도 감화력있는 설교로써 일을 잘 처리하실 수 있었다고 덧붙인 추도사 내용이었다.

추도사를 듣고 있노라니 생전의 모습이 떠올랐다. 그분의 훌륭하신 모습을 생각만 해도 용기가 솟곤 했었는데, 이젠 고인이 되어 뵙지 못한다. 무상! 승려는 서러워해선 아니 되지만 왜 이렇게 서글픈지. 권속들마저 나타나 주지 않으니, 더욱 마음이 말이 아니다.

1970년 10월 22일 목요일

영암스님 ⓒ불교신문

바쁜 절 행정行政

돌아다니다가, 이제야 안정을 찾은 듯싶다. 그러나 도착해 놓고 보니 다시 너무나 많은 사무가 밀려 있었다. 훈이까지 동원해서 말사에 승려 분한 통고, 진도군수·영암군수에게 쌍계사·망월사 주지 임명 건 통보, 총무원 교구·본사 승려 분한 신고, 심사위원 통보, 축성암·달성사 주지 심사위원 위촉 통보, 등등 수 없는 통보와 송부 등으로 정신을 차릴 수가 없다. 특히나 승려 분한 신고에 따른 절차 후유증엔 골머리가 아플 지경이다. 주민 등록 번호까지 기재하게 되어있으니 복잡하기 이를 데 없다. 권속들을 많이 거느린 죄로 수많은 애들에게 편지를 써야 하고, 개개인의 일이 잘 안되고 누락된 것조차 많아, 정말이지 지옥에 사는 기분이다.

행정! 승려에게 행정 사무는 애초부터 맞지 않는 것이 아닐까? 이 행정이라는 게 왜 그리 사람을 시끄럽게 만드는지 모르겠다. 하던 일을 던져두고 중국 무협지를 잠깐 들여다보았더니 아이들이 좋아할 만도 하겠다는 생각이 들었다.

머리를 식힐 겸 밖으로 나와 보니 상당히 쌀쌀한 날씨임을 느꼈다. 따뜻하게 불을 지피고, 철이가 천수심경을 녹음해 달라고 하던 것이 생각나, 녹음하기 시작했다. 배우고 싶다는 그 마음이 아름다워 성의를 표해야 될 것 같아서였다.

1970년 10월 28일 금요일

망월사의 샘

　망월사 때문에 걱정이다. 책임을 맡은 이상 좀 더 깨끗한 부처님 도량을 만들어야 할 터인데, 똑똑한 아이 하나 없으니 누굴 믿고 맡겨야 하나. 쓸쓸하고 답답한 심정으로 망월암에 도착해서도 한참 동안 망연히 앉아 있었다.

　그리고 신비하다는 망월사 샘을 바라보았다. 조금만 환경이 달라져도 물이 나오지 않는다고 한다. 주지가 바뀌게 되면 물의 양에 반드시 변동이 있으며 승려들의 비행이 있을 때에는 절대로 물이 나오지 않는다는 것이다. 사실 여부야 어찌 되었든 말 못 하는 샘이 좋은 교훈을 주고 있다. 그러나 이젠 샘도 승려답지 않은 승려들을 질책하는데 지쳐버렸을 것이다. 지금은 승려다운 승려를 찾기가 너무 어려워진 세상인지라, 너무나 많은 사이비 승려들을 샘물 정도로 질책하기엔 벅찼음이 틀림없다.

　이런 생각에 잠겨 있다 보니 시간이 꽤 흘러버려서 얼른 대중들을 모이도록 했다. 뚜렷한 대안이 서질 않아서 우선 경각심만 일으키도록 차근차근 얘기해 주었다. 형식적으로는 지켜야 할 계율을 말하였다. 음식으로서는 어

魚·육식肉食을 금하고, 신도들도 경내에서는 흡연을 금하며, 노래와 춤 등 마음을 들뜨게 하는 행동을 금하며, 육신을 놀리는 일이 없도록, 작업과 참선과 간경으로 정진해야 할 것이다.

그리고 신도는 부처님 말씀을 따르되 속된 말로 대하지 말 것이며, 승려들은 신도들에게 바른 교육을 베풀어야 할 것이다. 예불시간은 절대로 엄수해야 함도 강조했다. 이상과 같은 열거사항을 준수해 준다면 우선 누가 보아도 부처님 도량임을 알 수 있을 것 같았다.

저녁 공양은 상추쌈으로 맛있게 먹었다. 밤늦게 관이와 성이가 왔다. 앞으로 이 절을 이끌 애들인지라 사찰의 바른 운영 방법을 연구하도록 이르고는 잠자리에 들었다.

1970년 11월 26일 목요일

인생무상 人生無常

날씨가 몹시 거칠고 춥다. 폭풍우 경보가 내렸다고 한다. 겨울철에 비는 별로 반가운 것이 못 된다. 사람들 마음이 답답한데 전깃불마저 오락가락한다.

프랑스에서는 드골 대통령이 서거했다며 떠들썩하다. 장기집권을 한 그이지만 정치는 잘 했던 모양이다. 국민들의 애도가 이만저만이 아닌 걸로 봐서. 그래 프랑스에서 패권을 잡고 전 세계의 평화를 한 손에 쥐었던 드골이지만 갈 때가 되니 가고 마는구나. 가고 또 가고, 오고 또 오는 것이 인생이려니.

항상 번뇌에 싸여 하루도 밝지 못한 내 심성, 무상을 절실하게 깨닫는다면 없어질 것도 같은데 털려지지 않는 번뇌다. 세속인이 눈에 쓸쓸하게, 고독하지만 청아하게 살고파서 출가를 했건만 업장이 두터운지 세상은 그렇게 살도록 나를 가만 놓아두지 않는다. 그러다 보면 남을 원망하는 업을 하나 더 쌓게 된다. 이제 원망은 하지 말고 살자. 이것저것 모두 무연無緣으로 보내 버리자. 출가의 근본 정신을 되살리자.

　발심화 보살님께서 영 기운을 못 차릴 것 같은 모양이다. 그럴 만도 하다. 이 못난 중 먹여 살리겠다고 자신의 몸 돌보시지 않고 뛰셨으니, 몸살이 나신 것이리라. 아프고 쓰린 인생이로다.

1970년 11월 10일 화요일

어느 날

재齋일이다. 육근六根이라는 나의 이 주체主體가 육경六境이라는 대상을 접하게 되면 육식六識이 발동發動하여 삶을 가능케 하는데 인간人間은 보통 삼독심三毒心에 빠져 생활하게 되기가 쉬우므로, 그러지 못하도록 바른 수행 생활로써 심신을 단련하여 업장을 녹여 보자는 날 중의 하나다.

아침 일찍부터 대중공사를 붙여 대중 생활에 경각심을 일깨우고자 했다. 예불 관계 등 용상방을 짜서 대중들에게 강조한 다음, 범신 수좌를 입승 찰중으로 선출했다. 보통 때의 날보다는 다르게 보내야 할 것 같아, 대중공사를 부쳐보는 것인데 대중들은 의도를 아는지 모르는지 그저 수동적일 따름이다.

오후엔 생각지도 않던 일을 하나 해야만 했다. 내 상좌도 아닌데 수계를 해 줘야 하는 변을 겪어야 했던 것이다. 주지 스님도 안 계신 터에 갑작스런 청탁이어서 어색스럽기 짝이 없었으나 사정이 그럴듯하여 해주게 된 것이다. 사무실에 접수시킨 다음 계戒를 설해 주고 나서 내 방으로 돌아오는

데, 무슨 관광회사 촬영 과장이란 사람이 사진을 찍고 다녀갔다 한다. 어떻게 생각하면 어처구니없다. 우리 조사님들은 수도하시겠다고 만든 절이건만 그네들은 돈 벌겠다는 수단으로 쓰고 있으니 나 원참, 쯧쯧⋯⋯.

1970년 11월 13일 금요일

절 건립建立 태동胎動

　광주 상무동에 절을 짓는다는 게 아무리 생각해도 가능할 것 같지가 않다. 손에 한 푼의 돈도 없이 시작하려니 번뇌만 생기는구나. 우선 두옥 동생의 힘을 빌어야만 하겠다.

　대성사를 출발하여 학동에 도착해 보니, 강말례 보살님께서 신도 몇 분을 모시고 반가이 맞아주시며, 기금 6,000원과 신도 명단을 주신다. 너무나 감사한 분들이다. 현님이에게 들렀더니 저금통에서 2,905원을 기금으로 내놓는다. 정말 지극한 정성이요 신심이다. 더구나 이만 원까지 차용해서 가져오게 되었다.

　두옥에게 가서 우선 불하금 30,000원 중에서 25,000원을 내주었다. 이젠 절을 건립할 수 있다는 자신이 선다. 두옥이 살고 있는 집을 개조해서 우선 쓰다가 차차 형편이 되는 대로 도량을 넓히면 되리라.

　이 주 일요일에는 대성사에 있는 짐을 일단 옮기기로 했다. 조금씩 조금씩 준비해 나가야 할 것 같다.

저녁엔 서 선생님 댁에서 묵기로 했다. 술을 너무 심하게 마시는 것 같다. 술을 잡수시려면 주정도 곱게 해야 할 것이라며, 자식들 심정을 괴롭히면 아니 되는 것이고, 자식으로 하여금 말대답을 하게 만들면 부모의 자격이 없게 되며, 좋은 사람들 마음을 괴롭게 하면 아니 된다고 말했다. 어찌 됐든 인간관계를 점잖게 하실 것이며 남에게 실의를 주지 않도록 노력해 보시라고 권하였더니 많은 참회를 하시는 듯싶다. 다 본성은 좋으신 분들이다.

1970년 12월 3일 목요일

말사末寺 감사監査

사무감사 차 할 수 없이 또 대흥사를 출발했다. 애들이 치아를 닦지 않고 나왔기에 호통을 쳐서 닦도록 하고서는 망연히 서서 생각에 잠겨본다. 정말 이젠 사업을 하지 않겠다고, 공적인 일에 나서지 않겠다고 결심하던 때가 언제였던가. 인연에 끌려 어쩔 수 없이 다시 맡게 되는 이 팔자, 이렇게 하고 다니다간 늙은 말년에 부족한 수행심으로 어찌 견딜 수 있으려는지 답답하기만 하구나.

목포 일대에 있는 말사들을 차근차근 감사해 나갔다. 어디를 가나 엉망인 상태이다. 속가집 보다 더 처절한 환경들이다. 기와는 다 날아가고, 방은 비가 새는 곳이 많았으며, 벽지는 누덕누덕 기워놓았다. 특히나 대중들이 먹고사는 것을 보니 한심하기 짝이 없다. 오신채五慎菜를 다 먹고 있었으며 승려들은 신도들의 본위로 생활하고 있어서 위계질서마저 엉망이었다. 어딜 가나 답답증만 더해줄 뿐이었다.

해제로 오는 동안 차창 밖을 바라보며 시름 속에 잠긴다. 눈에 익은 논과 밭인데도 겨울이어서 그런지 삭막하기만 하다. 옛날에 비하면 많이 발전된 것도 같은데 땅만은 여전히 박토라 한다. 쓸쓸한 황무지를 연상케 했다. 유채밭인 듯싶은 게 눈에 들어온다. 과거 해운사에서 찬이 없어 쩔쩔매다가 유채를 얻어다 먹었던 일이 생각나 감회가 새로웠다.

인간은 육체를 받은 이상 어쩔 수 없이 음식을 먹어야 하고, 배설해야 하며, 물질적 유혹에 시달려야 한다. 이것을 거부하면 죽음이 다가온다. 석가모니 부처님께서 깨달음을 얻어 영원의 존재인 붓다가 되시고 영원의 세계인 열반을 획득하셨던 것이지만, 육체 자체의 유한성은 어찌할 수 없는 것이어서 죽음을 맞으셨다. 죽음에 의해서만 육체를 제거할 수 있었던 것이다. 그리하여 우리들이 완전한 열반을 말할 때 제거할 것이 남지 않는 상태 즉 죽음에 의해서 육체가 제거된 상태를 말하여 완전한 열반(무여열반無餘涅槃)을 획득했다고 말하는 것이다. 그래서 사람들은 누구나 어느 경지에 이를 때까지는 육체를 보존하려 애를 쓰는데, 세속인들은 그 정도가 지나쳐서 육체가 영원한 듯이 착각들을 하고 있어서 문제가 생긴다 하겠다.

이 생각 저 생각에 시간 가는 줄 몰랐더니 벌써 해제에 당도한 모양이다. 차에서 내려 근처 말사들을 둘러보았으나 역시 마찬가지였다. 더구나 이곳은 간섭이 없어 방자하기까지 했다. 도량에서 돼지 · 닭 · 가축 등을 기르는 곳도 있어서 인상이 과히 좋지 못했다. 삶의 바른 길, 마땅히 걸어야 할 승려의 본분은 어느 곳에서 찾아야 할 것인가.

1970년 12월 7일 월요일

또 한 아이의 입산入山

내 상좌가 되겠다며 한 아이가 또 찾아왔다. 상좌는 이젠 그만두겠다고 생각하다가도 이렇게 불쌍한 아이가 오면 그만 그 생각을 거두고 받아들이고 만다. 어린 것들이 무슨 업장으로 이렇게 일찍부터 고생을 해야 하는지. 불행 속에 사는 아이들! 너희가 무슨 죄가 있으리오. 이 사회와 부모가 죄로다. 그러나 인연이어서 이러는 것이니 지금부터라도 밝은 길 가자꾸나. 항상 상대를 위해 노력하는 마음 자세를 가진다면 우린 이런 불행 속에서 헤어나올 수 있으리라.

나를 본위로 산다면 언제나 불평불만 속에서 나 자신을 죽이는 것이 된다. 누구를 막론하고 인간들은 물질로서는 행복할 수 없느니라. 언제나 마음은 자족하고 풍부하게, 깨끗하고 맑게 하는 데서 행복이 올 수 있느니라. 그러니 좁은 소견을 버리자. 넓은 시야를 얻어 이해와 믿는 마음으로 살아야 할 것이다. 누가 뭐라 해도 분별할 수 있는 밝은 지혜만이 행복의 첩경이니라.

우리가 이렇게 머리를 깎고 먹물 옷을 입는 것은 다 행복하기 위해서 이러는 것이며 밝은 지혜를 얻고자 함이란다. 나를 버리고 상대를 위하는 보살행을 갖기 위해서란다. 금생에 업장이 두터워 밝히지 못할 지혜라면 내세에서라도 벗겨야 할 업장이니라. 그러니 업장이 두터워 가지고 죽을 수 없느니라. 이런 상태로 죽게 되면 또다시 윤회 속에 서 더 두터운 업장을 쌓게 될 것이니 부지런히 노력해 보자꾸나.

1970년 12월 9일

수련修練 법회法會 지도指導

내 생일이라고 호수심 보살님이 사과와 양말을 가지고 오셨다. 그저 감사할 뿐이다.

동국대학교 수련생들이 수련을 마치고 가는 날이다. 수련이 잘된 것 같은데 학생들 자신은 어떠한지 의문이다. 저녁마다 좌담회를 가져 여러 가지 좋은 이야기도 해 주었고 참선법부터 시작하여 강설에 이르기까지 성심껏 일깨워 주려고 노력했다. 또한 그네들이 생각한 바람직한 제언을 듣기도 했다. 제대로 이해가 갔는지는 모르겠으나 본사까지 방문한 이상 그냥 돌려보낼 수 없어 성심을 다해 본 것이었다. 대중들도 그들의 수련에 같이 행동하도록 하여 경각심과 새로움을 맛보도록 하였다. 아무튼 무사히 열성적으로 잘해주어 고마웠다.

그런데 산에 살고 싶다면서 한 대중이 찾아왔다. 사정이 워낙 딱해서 받아들였지만 견디어주려는지 의문이다.

1970년 12월 12일 화요일

인간人間 가치價値의 상품화商品化

　　몸이 피로하고 고단하나 옥천사 인수인계 문제로 고금도를 가야만 했다. 여러 가지 사중물寺中物, 개인 물건 구분으로 시간을 많이 소비해 버렸다. 신상덕 스님의 승려 정신에 입각한 사무 처리로 매사가 순조롭고 이곳의 보살님도 여러 가지로 이해가 깊었다. 어느 절보다도 기분이 좋은 인수인계였다. 더구나 주지 스님은 우선 신주지가 먹을 수 있도록 곡물을 상당히 남겨 놓았다.

　　밤에 여러 가지 이야기 끝에 세속인들이 직업으로 사람의 가치를 정한다는 얘기가 나왔다. 어찌 그래서야 되겠는가. 인격을 보고 사람의 가치를 정해야 바른 처사거늘 쯧쯧. 더욱이나 고등교육을 받은 사람들이 이런 생각을 심하게 가져 항상 많은 직업을 선택하려고 출세욕에 눈이 뒤집혀 있는 판국이라니, 오~아서라. 아수라 지옥이 따로 없구나. 육체의 유한성을 깨닫지 못하고 물질에 끌려가니, 그 인생 알아볼 만한 인생이로고.

1970년 12월 23일 목요일

고독한 스님의 입적^{入寂}

효성 스님께서 입적하셨다는 순천약국의 소식이다. 그렇게도 고독을 이기지 못해 고통스러워하시더니 어디로 누구와 가셨는가. 아~ 본고향을 그렇게도 그리워하시더니 정말 찾아가신 걸까. 소리 없이 말없이 울면서 사시더니 지금은 웃음만이 있는 곳에 가신 것인가.

부처님께서는 자신의 고향보다는 남의 고향을 찾아주어서 마음의 번뇌를 끊게 해주라고 당부하셨지. 우린 이 말씀보다도 우선 스님과 나의 본고향을 찾기로 약속했었지. 가고 옴이 둘이 아니요. 여기저기 둘이 아닌 경계, 두륜산이 보인다 할지라도 그 고향 찾아보자고 약속했었더니 그래 결국 혼자 찾으러 가버리셨는가!

한 생각 뒤집으면 바로 고향이라는데, 번민과 방황 속에서 범부 경계를 헤매고 다니시더니 한 생각 돌려, 임 그리운 고향을 찾아가셨는가. 스님과 약속한 나, 말로는 고향을 말하지만 보지 못하고 듣지 못하고 느끼지 못하고 있다네. 구름이 걷힌 데 둥근 달이요, 달빛은 높고 낮은 데 가리지 않고 두루 비치며 찬 수풀 깊은 골짜기 허허탕탕한데 아름다운 음악 소리가 그윽하게 들려오는 곳. 그래 그 경계를 우린 이렇게 비유해 놓고 너털웃음을 웃었었지. 무겁던 번뇌 보따리를 훌훌 벗어 우리들에게 던져 버리고, 그래 스님 혼자 그곳으로 가버리셨단 말이지.

사시마지巳時摩旨 시간에 절 대중들이 효성 스님을 위해서 축원을 드리기로 했다. 우리 대흥사와 인연이 많았던 분이시기 때문이다. 또한 너무나 많은 번뇌 속에, 보살행 속에 고통스런 삶을 사신 분을 위한 나의 자그마한 성의이기도 했다.

1971년 1월 8일 금요일

종이 쪽지 하나

정기 법회 날이다. 읍에서 약간의 신도님들이 오셨다. 그럭저럭 법회를 끝내고 있던 차에 효성 스님의 주민등록증과 승려증이 도착했다. 이젠 이 세상 사람이 아닌 표적들을 보고 있노라니 이상하고 묘한 기분이 들었다. 형식적이긴 했으나 이 두 가지 서류는 효성 스님을 나타내는 표적이었다.

생각해 보면 사는 것이 우습기도 하다. 종이쪽지 하나가 인간을 대신할 수 있다고 생각하니―. 구산 스님께서 모셔 보겠다고 모셔 가더니만 치상만 치르게 되신 것 같다. 알만한 곳이면 어디라도 부고를 내고 싶다. 어쩐지 이 길이 고인을 위하는 길인 듯싶은 게 이상하다.

오후엔 재덕 스님께서 오셨다. 교통사고를 당하시어 앞 치아가 부러지셨다고 한다. 불행 중 다행이었다. 너무 불사에 열중한 탓인지 얼굴이 많이 수척해 보였다. 고마우신 분이다.

1971년 1월 11일 월요일

말사末寺 주지住持 회의會議

16개 말사 주지 회의가 열렸다. 주지로 나간 상좌들도 다 참석해 주었다. 고생들이 많은 듯싶다. 한참씩 신세타령을 들어야 했으니까. 한참 듣다 보니 승려 말은 하지 않고, 그저 먹고 사는 얘기만 늘어놓고 있다. 아직도 철딱서니 없는 것들이다. 어찌 하루인들 마음을 놓고 믿어 볼 수 있으리오. 관이는 폐에 또 병이 생긴 모양이다. 어찌하여 그 모양에서 벗어날 줄 모르는가. 삼재팔난이로다. 가엾은 것 같으니라고.

주지 회의는 대체로 잘 된 편이었다. 모두들 열심히 성의껏 수련을 끝맺어 주었다. 떠나는 뒷모습을 바라보고 있노라니 늠름하다는 생각이 든다. 군인이 되어 돌아온 아들을 바라보는 부모의 심정 만큼이나…….

오후에는 종무 회의를 열었다. 좀 더 본사를 잘 운영하기 위한 삼직 모임인 것이다. 각자들의 애로담으로 시작하여 단점을 이야기하여 좀 더 건설적인 방향으로 유도해 나갈 것을 이야기의 주 요지로 한 다음, 간단하게 끝냈다. 하루 종일 회의를 주관하다 보니 몸이 피곤하다. 그러나 게을러서는 안 되지 곧 정진으로 들어가야겠다.

1971년 1월 19일 화요일

불교의 무속적巫俗的 경향傾向

　불단을 만드는 날이다. 몸살이 날 것처럼 불편하다. 그러나 멈출 수는 없다. 일을 해야만 한다. 일이 나를 부른다. 중생을 교화시키는 전당을 얼른 만들어야 한다고 재촉이다. 그렇다면 이 정도의 아픔으로 쉴 수는 없다. 신심을 내자.

　오늘 신문을 받아 보니 놀라운 사설이 나와 있었다. 전라남도 보사국이 집계한 전남 내에 거주하는 점쟁이와 무당의 수는 무려 3,889명인데 해를 더할수록 숫자는 많아져 간다는 보고다. 이 중에서 여자는 1,491명이고, 남자는 2,398명인데 광주시만 해도 354명이 성업 중이라고 한다. 거의 대부분의 점쟁이들이 부처님을 팔아서 점을 한다는 사실에는 기가 찰 노릇이다. 불교가 우리나라에 토착화하는 과정에서 우리나라 고대 제諸 종교들과 연합하면서 토착한 것은 사실이나, 이것들을 흡수하여 완전하게 불교화하지 못했기 때문에 무속적巫俗的 불교가 되어버린 것 같다. 그래서 그와 같은 점술이니 하는 것들이 불교에서 나온 것처럼 생각하고 부처님을 팔아 돈을 번다니, 참 가증스럽기 한량없다.

　모든 것이 이해 부족에서의 소치요, 어리석음에서 나오는 행동들이다 싶어서 하루빨리 일을 마치려는 것이다. 그러한 어리석은 중생들을 제도하기 위해서도 도량을 어서 만들어야 한다는 말이다. 오늘도 발이 닳도록 돌아다니고 온몸에 불이 날 만큼 일을 했다. 허나 혼자서는 어렵구나. 보살님들의 협조가 부족하고 경제 형편이 말이 아니어서 절 건립 사업이 자꾸만 지연될 듯싶다.

1971년 2월 5일 금요일

구례 화엄사 구층암 목탁 ⓒ신학태

불상佛像 봉안奉安

이상한 꿈이다. 내가 무슨 특별하게 생긴 법복法服을 입고 사람들을 가르치는데 어떤 법당인지는 모르나 훌륭한 법당이었으며 많은 대중들이 모여 있었다. 마당가에 서서 한참을 생각해 보아도 이상했다. 그것은 하나의 미래를 예시해 주는 것도 같았다.

오늘 부처님을 모시는 날이라고 발심화 보살님과 자비행 보살님이 오셨다. 몸은 고단하고 아프나 부처님을 모셔야만 하겠다. 짐을 제자리에 모두 챙겨 넣은 후 부처님을 모시었다. 금강경을 복부에 안겨드린 다음 창호지로 잘 발라 드렸다.

깨끗이 청소한 다음 모시는 의식을 오후 4시쯤에야 치를 수 있었다. 심란하기만 한 사원 건립 사업이다. 방 한 칸 마련하여 그것도 동생이 살던 방을 빼앗아 부처님을 모시긴 했으나 엄청난 도량을 어떻게 만드는고……. 어렵다고 마음이 흔들리면 아니 된다. 이런 때일수록 수양의 태도가 필요할 것 같구나. 정진하자. 마음을 굳게 먹어도 한없이 닥쳐오는 고난을 맞으면 또다시 마음이 약해지고 만다. 앞으로 얼마나 달려들지, 그 지긋지긋한 고

순천 선암사 ⓒ황호균

난이……. 한쪽에서 막고 이겨나가면서 또 한쪽에서는 건설해 나가자. 다시 쓸고 닦고 털어 보자.

군센 수도인이 되어가는 거다.

1971년 2월 7일 일요일

기공식 起工式

오늘 기공식을 갖긴 하지만 물만 빼놓고 전부 사 먹어야 하는 도회지 살림살이인지라 답답하기만 하다. 더구나 부엌은 물이 고여 연탄을 넣을 수가 없다니 설상가상이로구나. 오전 중에 대자행 보살님과 박보리심, 화덕이 약방 주인께서 찾아주셨다. 길을 잘못 들어 상당히 고생하신 모양이다. 고마우신 분들이다. 정임, 정희, 소영 어머니의 식구들 등 여럿이 찾아주셔서 못난 이 중은 그저 송구스럽기만 하다.

6시에 식式을 시작해서 시식施食까지 끝내고 보니 신심이 나기 시작한다. 박보리심께서 종을 책임지셨고 반야행, 대자행, 옥출이, 각심화, 조일재씨 등 모두가 건립비에 성의를 표시해 주셨다. 고마우신 분들이다.

두옥 장모님께서 장을 담그셨다. 고생이 대단히 많으셨다. 성품이 아주 바른 어른이시다. 모두 모두 성불하소서. 그 은혜에 보답하는 길은 좀 더 정진에 힘쓰고 중생제도에 힘쓰는 길이라고 생각합니다. 그저 부디 잊지 마시고 성불하소서.

내일부터는 터를 깎고 다듬는 일을 시작해야겠다. 며칠이나 걸리려는지 해봐야 되겠지만 쉽게 될 것 같지는 않구나.

1971년 2월 24일 목요일

아미타회지 발간에 즈음하여

이 사람이 광주에 온 지도 어언 7년이 되었다. 힘은 없고 미완성인 인간인지라 타인他人을 상대하는 방법이 어색하기 짝이 없다. 다시 말해서 인격적 생활에서 미흡한 점이 많다는 말이다. 그런고로 하는 일의 결과가 항상 남의 마음에 차지 않을 것은 당연한 노릇이다. 이런 상황에서 포교라는 과제는 내게 있어 너무 무리가 아닌가 하는 회의도 가끔씩 인다. 분에 넘치는 일을 하고 있는 것은 아닌가라는 생각이 들 때면 어서 바삐 더 수도 정진하는 길을 택하고 싶을 때가 한두 번이 아니다. 그러나 내가 몸담아 있는 광주의 포교 현실을 놓고 볼 때 너무도 마음 아픔을 금할 길이 없다. 누구의 허물을 탓하기 전에 우선 결과가 이렇게 되어서야 과연 누가 무슨 포교를 어떻게 했는가 한 것이 의심스러울 뿐이다.

20세기, 기계 문명의 돌파구를 찾아 총매진해야 할 현시대, 이 시점에서 이치에 어둡고 현실에 집착하여 그 업장을 두텁게 하는 어리석음은 마땅히 제거되어야 할 것이다. 이러한 현실 상황에서 우리 아미타회의 창립은 여러

모로 뜻이 깊다 아니 할 수 없다. 더욱이 회지의 발간으로 일생을 무지無智하게 살고 헛된 아집에만 끄달려 가정이나 사회에 악영향만을 끼칠 무리에게 등불이 되어 줄 것을 기대하니, 이 얼마나 반가운 얘기가 아닌가?

현재가 아닌 부처님 당시에도 그릇된 무리들은 얼마든지 있었다. 부처님께서 잦은 방편과 여러 가지 좋은 말씀으로 누누이 설하셨던 것을 보더라도 알 수가 있다. 다시 말해서 정법이 성하던 부처님 당시에도 부처님의 그런 법문이 아니면 교화할 수 없었는데 지금이야 오죽하겠는가 말이다.

그런 의미에서 아직은 미약하기 짝이 없고 작은 회지이지만 부처님 말씀을 대변하기 위해 온 힘을 경주하여 만인을 교화하는 데 일익을 담당하는 것을 믿어 의심치 않는다. 누구나 할 수 있는 일이면서도 누구나 하지 못 하는 일을 하는 사람은 많지 않다. 따라서 회지 발간에 노고가 많은 임병권 군을 위시한 회원 여러분이 고맙기 그지없다. 남이 못 하는 일을 하는 사람들이니 말이다. 부디 영원토록 좋은 회와 회지가 되어 미혹에 헤매는 중생들의 등불이 되어 줄 것을 기원한다.

1976년

나의 변辨

인연이 없는 중생은 어쩔 수 없고 업이 정해진 중생 건지지 못하며 그 많은 중생을 다 한꺼번에 구제하지 못한다는 부처님의 말씀을 뼈저리게 느끼면서 정사丁巳년을 보내고 새해 무오戊午년을 맞이하는가! 불가에 귀의한지 30년이 넘도록 꼭 송년送年의 마음과 새해를 맞는 심정이 이토록 같을 수가 있을까. 물론 나의 욕심이 너무 큰지는 몰라도 그토록 애써 보는데 결국은 모자란 나 자신의 힘에 대하여 회의를 느낀다. 좀 더 열심히 해야 되겠다는 심정으로 귀착되곤 하니 말이다.

이 사람의 능력의 방향을 포교布敎로 정한지도 어언 여러 해가 거듭됐건만, 일 년을 지내고 보아도 뚜렷한 성과 없이 또 한해가 저무는구나 하는 생각에 미치곤 한다. 그런데서 오는 무능력이 제삼 부처님의 위력에 존경심을 금할 길 없게 하며, 더 노력하여야겠다는 각오로 치닫는 것이다. 신도들은 한 달에 초하루 보름날 및 정기 법회를 갖고 있으나 별 진전이 없는 것 같은 느낌이다. 중·고등부 학생, 청년부법회 역시 마찬가지이다. 다시 말해서 부처님의 능지能知, 능변能辯, 능사能事하시는 그 위덕威德에 최상의 존경심이 솟구치면서 나의 무능력에 너무나 뼈저린 자책감에 빠지곤 한다. 좀 더 열심히 무언가 하여야겠다는 실천의 정진이 아쉽다.

더욱이 열심히 해야 될 문제는 날로 이지적理知的으로 발달해 가면서도, 실천이 없는 현시점의 생활 태도로 군중들을 어떻게 종교적으로 이끌어 가야 할 것인가? 정신적으로 나약한 그들에게 어떻게 하면 강한 생활 자세를 심어줄 수 있을까. 경제적 빈곤과 더불어 지적·정서적인 열등감을 어떻게 해결할 수 있을까. 이와 같은 문제에 대한 해결의 의무와 권리는 실로 성직자에게도 매우 크다고 생각하지 않을 수 없는 것이다.

따라서 일 년을 보내고, 또한 새해를 맞이하면서 과연 나의 의무를 다 했는가 의심스럽다는 말이다. 부처님의 말씀 가운데는 무진장한 법문이 있기 때문에 얼마든지 그러한 병자에게 약방문을 줄 수는 있으나, 그것을 믿고 실천하도록 하는 문제는 성직자에게 달려 있다고 본다. 성직자의 언행일치의 생활은 현대인에게 이해시킬 수 있는 유일한 행동 양식이다. 경계에 부딪혀서도 일심一心을 보이는 성직자의 태도는 말로는 쉬운 것 같으나 사실은 어려운 문제에 속한다. 그러나 쉬지 않고 성직자는 그러한 문제들을 해결하여야 한다. 그것이 성직자의 의무이며 또한 등한시할 수 없는 일이기에 더욱더 거기에 대한 연구와 도움이 아쉽다.

성직자는 적고, 장마에 커가는 죽순처럼 신도의 수는 날로 증가해 가는 현시점에서, 모든 신도들을 자상하게 개인적으로 살필 수 없다는 데도 안타까움이 없지 않다. 실행하려고 하는 힘이 부족하거니와 실행하도록 하는 힘도 적으니 어찌 되겠는가 말이다. 이런 데서 우리 성직자의 힘이 부족할 때에 가짜 성직자가 생기기 마련이다. 원래 나약한 군중들의 요행심은 큰지라, 사회 전반적으로 사이비 신앙시대는 오고 마는 것이다.

자연계는 본래 신神이 없는 것이요. 진선미眞善美도 규정지을 수 없는 것인데, 인간이 짓고 말고 한다. 명확한 현실에서도 어떠한 신이나 절대자를 스스로 만들어 속박하게 하는 것이다. 그것이 바로 인간이 지닐 수 있는 나약성이다. 앞서 지적했듯이 외부적 환경조건이 나아짐에 따라 상대적으로 정신적 빈곤은 더 심해진다는 것에서, 인간의 못된 사이비성마저 편승하여 인간 생활을 혼란하게 만들 수 있다. 그러므로 성직자의 할 일은 굉장히 많다고 할 수 있다. 그들에게 올바른 삶의 태도를 가르쳐야 한다. 진리와 아름다움과 질서를 가르쳐서 참다운 부처님의 제자가 되도록 하여야 한다.

어떠한 곤란, 무슨 장애라도 좀 더 인욕심으로 타개해 가는 우리의 자세가 아쉽다. 내 갈 길은 내가 찾자. 〈중생들에게는 중생에게 유효하게 들려주는 수행 방법이 그 얼마나 요청되는 시기인가.〉 이것이 지금 부처님 믿는 사람들의 각성할 바다. 남이 잘한다, 못한다. 대안 있는 수행은 다시 말해서 원願이 있고 알맹이 있는 수행에서 세상을 구제할 수 있는 방법이 생긴다는 것이다. 그러할진대 말로 되는 시기는 지나갔고 행으로써 본받게 하는 시대가 왔다는 것이다. 뜻있는 자가 참 수행인이 되어서 열심히 하게 되면 자기가 머무는 곳마다 모두 불국토가 된다.

따라서 거울 속에 꽃이 없고, 물속에 달이 없듯이 겉치레보다는 분명한 원願에 의하여 수행을 해야 되겠다는 말이 된다. 그래서 참된 나 속에서 현상을 포용해서 진실한 인간미가 흐르는 현실로 순화시키는 우리의 지혜스러운 수행의 본받음이 극락으로 변화되어지도록 말이다. 이렇게 만드는 힘을 우리는 스스로 갖고 있으며, 하면 된다는 의지만이 우리의 삶에 대한 태도이다. 부처님께 이렇게까지 이해하고 수행할 수 있도록 기도하자. 그리고 감사하는 마음으로 보불은報佛恩의 자세를 갖추자. 부처님의 탄생하신 의의를 되새기면서 그 은혜 갚음을 항상 잊지 않도록 공부하자. 그러므로 우리 불자들은 더불어 명철明哲을 요하는 것이다.

옛날 큰스님네들은 부처님의 은혜를 갚는데 자신의 부족함을 알았다. 더 정진하는데 업장의 두터움을 알아, 눕지 않고 먹지 않고 정진을 했나 보다. 그래도 부족할 때에는 머리를 땅에, 팔을 땅에 피가 나도록 절을 했다. 그래도 안 될 때에는 참는 힘을 기르기 위해서 돌을 한 짐씩 짊어지고 10리, 20리를 다녔다. 그래서 성 안 내고 고됨을 참고, 인욕심을 쌓으라고 정진의 선방禪房을 만들었다. 그리고 대신근大信根과 대책심大債心과 대의정大疑情을 내도록 온 중생에게 보이셨다. 모든 악한 것을 하지 못하게 하고 사회를 위해서 국가를 위해 온 인류를 위해서 공을 위해서 사를 버리고, 봉사와 희생심을 보이셨고 그것을 위하여 부처님은 수많은 방편설을 내놓아 가르치셨다. 우리는 그 용법用法을 하루빨리 터득하도록 수행하여야 할 것이다.

새해를 맞는 입장에서 지나치게 변辨을 늘어놓았나 싶다. 변명辨明이랍시

천운상원 스님과 불자들 ⓒ향림사

고 몇 마디 하다 보니 온갖 상념想念들이 일어나 그대로 적어 놓았기 때문이다. 정말로 송구영신送舊迎新하는 성직자의 심정心情도 그 사회적 위치라는 이미지가 있어서 곱절이나 힘든 삶의 연속이다. 더욱이 포교布敎하는 일선一線에 몸담은 나로서는 항상 역부족力不足과 고달픔을 맛보지 않을 수 없다.

1978년 2월

병상病床 생활生活에서의 느낌

    1978년 9월 22일, 두현증頭眩症이 극심해서 김기창병원으로 달려갔으나 다시 조선대학교 부속병원으로 쫓겨 갔다. 김기창 병원 과장님이 자꾸 눈을 뒤집어보는 바람에 심상치 않음을 알았다. 하기야 죽어서 살아온 지 2개월 이나 지났다. 그것도 하루에 죽을 한 끼나 두 끼를 먹고 세 끼를 먹는 날이 적었으니, 항우장사項羽壯士라도 에너지가 남아 있을 리 없었을 것이다. 그것 도 그럴 것이 사는 것이 어찌나 복잡하든지 후원 사람들이 나를 돌볼 틈이 없음이요. 둘째로는 철이 든 애가 없어서 스님 상이라고 하여 먹음직스러운 음식이 있으리라 믿고 항상 스님은 먹든 아니 먹든 간에 와서 먹어 치우니, 후원에서는 그것을 스님이 다 먹은 줄만 알고 사니 이것이 큰 병폐였는지도 모를 일이다. 그래서 굶고도 먹은 대접을 받고 사는 신세가 된 것이며, 그러 다가 결국은 중환자가 된 것이리라.

    입원을 하고 보니 40pp이면 사람이 죽는다고 한다는데 나는 45pp이라 한다. 환자 중에서 하찮은 병인데도 중환자 말을 듣게 되니, 이것이야말로 웃지 못할 일이 아니고 무엇이랴? 그래서 아파 죽을 지경까지 온 것 아니겠는가? 십이지장궤양, 췌장염, 대장염의 세 가지 병인지라 자칫 잘못하다간 죽기가 십중팔구十中八九이다. 박사라고 하는 의사분들이 세 명이요, 보통 의사가 한 분이다. 다시 말해서 네 분이 병을 보는 것이요. 거기다 또 한 분의 박사되는 의사분이 측면에서 관찰해 주시는 것이다. 그러나 병은 호전의 기미가 없어 일주일을 그저 넘어가는 것이다. 병에 대한 감을 잡지 못한 것인지, 이것을 치료하다 보면 저것이 악화가 되어서 갈팡질팡하는지, 열이 38도, 39도로 오르락내리락이요, 혈압은 50에서 90이요, 70에서 80이요, 이렇게도 되고 저렇게도 되어서 정상을 잡을 수가 없다고 한다. 그러니 앓아누운 사람은 누운 사람이려니와 옆에서 간호하는 사람들은 혈안이 되어 주시하는 것이다.

담당 의사와 간호원 외에 출입을 엄금한다는 패를 부쳐 놓고 온정성을 다 하는 모양이다. 정말 내가 생각해 봐도 큰일이다. 모든 것을 거부하고 저 세상을 향할까도 생각해 봤으나 그것은 잠시 잠깐이다. 첫째 노모가 계시며, 둘째 낙성심이 있고, 셋째 빚이 남아 있으며, 넷째는 화주 보살님의 사기 문제이다. 승려의 종말이 이렇게 복잡해서 되겠는가 말이다. 그러니 죽을래야 죽을 수도 없는 처지인가 보다. 이러지도 저러지도 못하고 그 고통을 참느라 정말 애를 썼다. 아파 보지 못한 사람은 정말 알지 못하리라. 그러나 내가 아파하는 것은 그 아픔 자체보다 내가 왜 공부가 되지 않아 이 아픔을 이기지 못하고 신음하는가 하는 정신적 아픔이었다.

속된 말로 중노릇을 어떻게 하였기에 이 아픔을 이기지 못하는고. 어떤 놈이 이렇게 와서 아파하는고. 어떠한 관계에서 아프다고 하는가. 그 원인은 어디에 있으며 왜 그 원인을 파악치 못했는고 하는 것이다. 중노릇의 말로가 아픔으로 일관해서 되겠는가 말이다. 중생의 스승이 되어야 하는 건데 의衣·식食·주住에 그 얼마나 허덕이었으면 번뇌가 치성하여 이렇게까지 아플까. 중생의 스승은 커녕 중생과 더불어 독심毒心에 절인 장아찌가 되었으니 한심한 노릇이다. 병석에 누워서 부처님의 말씀 따라 생활을 좀 더 철두철미하지 못했음에 더 아파 헤매는 것이라 눈물이 자꾸 나온다. 현재의 원인인 생활이 좋지 못하면 결국 미래의 결과는 엉망이 될 것은 분명하지 않는가.

그러므로 병자는 과거의 업임을 깨달아 울어야 하고, 참아야 하고, 참회해야 했다. 죽음을 달게 받지 못하고 더 살아서 업을 녹여야 하겠다는 또 다른 욕심이 생겼다. 나를 도와 불사에 전념하는 여러 화주에게 좀 더 복이 되는 일을 수행시켜 다 같이 성불의 길로 매진하자는 욕심이 들었다. 모든 복福이 나로 인해서 생기는 이치, 모든 화禍가 나로 말미암아 일어나는 도리를 분명히 가르쳐 주어서 남으로 하여금 열심히 공부할 수 있도록 하여야 하겠다.

아픔이 영양실조다, 피로가 겹쳤다 하지만, 밝지 못했으니 밝은 지혜가 있을 리 없어 이 모양이 되지 않았겠는가. 하루에 몇십 명 위문객이 올수록 부끄러움이 앞서야 하는 현실이라면 그것은 분명히 무엇인가 해보아야 할 일이 아닌가. 부처님의 은혜 속에서 할 일 없이 지나온 그 무상 속을 이제라도 다시 정신을 가다듬어 정신 차린 생활이 되어야 하겠다. 그래서 부처님의 은혜를 갚는 자가 되어야 하지 않겠는가. 하기야 말로는 무엇이든지 하지만 실제로는 실행하기가 정말로 어려우니 이것이 탈이라는 것이다. 누구나 보면 말로는 하나도 틀림없는 이야기를 하고 있다. 그리하여 그 사람을 높이 평가하고 싶었는데 실재하는 행이 엉망이면 낮추어 보게 되는 것이다. 지도자가 되고 보면 등용 인물이 없어 쩔쩔매다가 자기도 그 자리를 놓고 나오는 경우를 여러 사람을 봤다. 언행일치의 인격과 품위를 갖춘 사람이 되어야겠다.

허송세월이 그 얼마나 무서운가를 다시 한번 경각해야 하겠다. 그런 사람은 이중생활을 할 수밖에 없다. 말과 행이 너무 엉뚱한 것이다. 지옥고를 생각한다면 우리는 그 무서운 이상의 고된 공부를 해야 되지 않겠는가. 전광 스님은 젊은 친구가 죽는 것을 보고 또 염라국을 꿈에 보시고 큰마음을 발해서 도인이 되었다고 한다. 업이 지중하니 공부를 하려 하면 잠이 먼저 온다. 잡담, 시비, 음해, 오욕락은 왜 그리 재미가 있는지 우리는 알아야 한다. 그것은 억만겁에 익혀 온 습성이요, 공부의 습성은 없기 때문에 그저 공부하면 잠이 오는 것일 거다.

그러므로 우리는 선지식 옆에서 공부를 해야 되는 것이며, 길을 가다가 모르는 장소에서는 물어야 되는 것이다. 우리는 선지식 옆에서 지도받고 업을 녹여가야 한다. 다시 말해서 헛길을 걷지 않기 위해서 선지식을 꼭 필요로 하는 것이다. 선지식 없는 공부는 헛길을 걷고 있는 것과 같다.

자기들의 공부에 이유를 붙여서 하지 않음은 살생 중에 그 이상의 살생은 없는 것이다. 부처 될 성품을 죽였으니 자기도 죽이고 남도 죽이는 이중

살생이 되는 것이다. 그래서 우리는 우리의 행行의 잘못으로 남의 불성佛性을 죽여서는 아니 될 것이다. 내 마음이 부처님을 모시고 살면 거기가 극락이요, 내 마음이 미혹을 헤매면 바로 내가 구계중생이니 지옥중생, 아귀중생, 축생중생이 바로 그것이다.

마음의 견실심이 없는 자는 항상 윤회 속에서 헤맬 것이 자명하다. 헤매는 중에 병마가 없을 리 없으니 가련하도다. 우리의 생활상의 모순이여. 건지고자 분발치 않겠는가. 그래서 부처님의 은혜 갚는 자 될지언정, 중생의 적은 되지 말아야 할 것이다.

이 병의 교훈이 여기에 있다. 나는 울며 탄식에서 분발로 향한다. 고통에서 인욕심을 기르며.

1978년 10월 대성사 일우에서 천운 적음

청소년에게 한마디

　서기 1978년도부터 점차적으로 청소년 범죄가 늘고 있다는 사실에 이 글을 씁니다. 더욱이 놀라운 사실은 포악성이 점차적으로 높아졌으며 더 놀라운 사실은 부끄럼이 전혀 없다는 것입니다. 그리고 죄의식이 없으면서도 책임은 왜 부모님들과 기성세대에게 돌리는 것인지 모를 일이며 죄의식이 없다면 상대가 없는 것이니 책임 전가도 없어야 하는 것입니다. 그럼에도 책임만은 기성세대에게 또는 부모님에게 돌린다니 그것은 결코 잘못을 스스로가 인정했다는 사실인 것입니다. 그것을 가리켜 자가당착이라고 하거니와 마음속에서 죄의식을 느꼈다고 한다면 이미 늦은 시간에 죄의식을 느껴 후회의 시간이 왔다는 이야기이니 그렇다면 왜 사전에 선과 악을 구분 못하는 모순 속에서 살아왔느냐 하는 것입니다. 그것은 한 마디로 성장 과정에서 어떠한 뚜렷한 목적의식 없이 살아왔다는 것입니다. 중요한 것은 학교에서나 가정에서나 상대하는 자기의 소재가 그렇게도 불투명한 환경이었는가 하는 것이며, 그렇지 아니했다면 상대한 모든 사람들과 환경이 모두 벌이다, 선이다, 악이다 하는 것인데 사실은 이 사회가 그렇지는 않다는 것입니다. 그렇다면 자기의 목적의식 없는 생활상의 모순의 결과로 밖에 볼 수 없는 것입니다.

현재 우리나라는 수공업을 벗어나 중소공업을 넘어서 고도성장의 과정인 시대에 돌입하고 있는 것입니다. 여기에 기성세대가 발을 맞추다 보니 옛날은 남성만의 외출·작업의 시대였으나 지금은 여성도 필요로 하는 시대가 온 것입니다. 이때에 출생한 우리 청소년들의 눈이 초점을 잃어서는 아니 되는 시대입니다. 또 한 가지는 이기문명이 발달함에 따라서 우리가 알아야 할 과학적 정립과 철학적 이해의 폭도 너무나도 많이 넓어졌다는 사실입니다. 그래서 우리 청소년에게 공부해야 하는 시간의 폭이 많아지고 기성세대의 요구가 날로 더해 감을 인식하여야 한다는 것입니다. 여기서 우리는 자칫 잘못하면 이기문명의 물질문명에만 신경이 쓰여져 정신문명의 결핍증이 됨을 우리는 배우고 알아야만 합니다. 여기서 각성됨이 우리 스스로가 학교에서 배우고 학원가에서 배운 것을 토대로 해서 장점은 나의 것을 삼고 단점은 버리는 정신을 가져야 되며, 절에 와서 스님네께 배워 일치·동일성을 띤 인격자가 되라는 것입니다. 그러한 정신 자세가 되지 못한 사람은 범죄의 소굴에서 살 것이고, 그렇지 않고 사회나 학교에서 일관된 정립의 생활이 되어 진 사람은 밝은 지혜를 갖추었기 때문에 사리 판단력이 생겨서 실수 없는 생활이 되어 집니다. 말하자면 시대가 시대인지라 우리 스스로가 우리의 앞날을 위해 살아가는 도리밖엔 다른 방법이 없는 것입니다. 부모님이나 기성인들이 우리 앞날을 위한 생각은 하늘과 같으나 그것이

직장에서 시간을 다 소모하다 보니 우리에게 미치지를 못한 것뿐입니다.

돈만 가지고 대하는 점만을 보게 된 우리의 소견이 나를 망치게 한다는 것입니다. 거기다 우리 청소년들이 우리의 일을 다 하게 되면 위로의 말을 그 바쁜 일정을 가진 부모님이나 기성인들의 태도에서 볼 수 있으나, 우리의 도리를 다 못했을 적에는 꾸중만이 더 야속하게 들려서 육체가 정신을 이기는 시대인지라 자칫 생각이 비뚤어져 나가게 마련입니다. 그래서 우리 청소년은 정신이 육체를 이기는 인내력을 길러야 하는 것입니다.

1978년

여성회지에 부침

    인류의 선진성은 첫째, 문화적인 면이 앞서야 하고, 둘째는 위생적인 면이 청결해야 하며, 셋째는 예의범절의 면이 준엄해야 합니다. 이 말은 교육이 잘되어야 하고, 생활이 깨끗해야 하며 도리를 잘 지켜나가야 한다는 말입니다. 그런데도 우리 불교佛敎 여성들은 전全 신도信徒의 태반을 점유하고 있으면서도 전근대적인 사고방식에 이끌려 미련을 버리지 못하고 견색堅塞된 사상으로 불교 발전의 저해 인물로 전락하는 사례가 하나둘이 아닙니다. 그 한 예로써 육십년六十年 전에 우리 찬불가가 나왔건만 지금까지도 보급에 지장을 주는 분이 많으며 아예 부르기조차 싫어하는 현실이고, 보면 너무하는 것입니다. 절에서는 그런 노래를 부르면 아니 된다는 견색성을 가지고 살아가는 분이 상당수라는 것입니다. 이교도異敎徒들은 억지로 우리 말을 자기 것으로 도용하는가 하면, 가져다 쓰는 정도가 아니라 자기 것이라고 우겨대면서까지 포교에 전력을 다하고 있는데도, 우리 여성 불자들 가운데는 그 말이 우리 것인지조차 모를 정도이니 이것은 너무나 시야를 좁게 하고 살아가는 우리 불자佛子의 탓임을 알아야 하겠고, 좀 더 문화성에 귀와 눈을 돌려야 하겠다는 것입니다. 더 나아가서 경經을 많이 보고 스님네의 글과 설법을 많이 들어야 하겠다는 것입니다.

남편을 지키며 아들을 보호하는 책임 있는 생활에 앞서 방법론을 먼저 체득하고, 그 후에 책임 있는 생활에 임해야 하겠다는 소신이 아쉽습니다. 여성 불자들의 선진성이 부족함은 불교 발전의 큰 저해요인임을 감득感得하고 하루빨리 잠에서 깨는 각성覺醒이 절실히 요구되는 시점에 우리 전남에서 여성회를 결성하여 선진성을 부르짖게 되었음이 비록 늦은 감은 있으나 매우 다행한 일이요, 더욱이 글로 홍보하면서 정진해 가겠다니 반갑기 그지없습니다. 그것은 즉 주지 스님을 대신한다 해서 화주化主인 것인데 너무 저질적인 화주가 많아 포교 상 막대한 지장을 초래해 왔습니다. 여성 불자들은 누구나 문화성을 가진 화주가 필요함을 자주 느껴 왔을 것입니다. 그러면서도 자기 자신이 이행치 못했음 역시 시인할 수 있을 것입니다만 이것은 불평불만자 노릇을 해 왔다는 사실이 될 것입니다. 못나고 못 배우고 못사는 사람들이 하는 소행임을 잘 알면서도 서슴없이 우리 스스로가 해왔다는 현 시점에서 각성과 고침을 부르짖게 되는 여성회지가 되어주기를 간절히 바라면서, 뜨거운 감로수가 되어 주소서. 이것이 "부처님께 감사합니다"하는 사례謝禮가 되어질 것입니다.

1984년

기쁜 삶

-법화法話-

영무장靈茂長의 소금장수

본관本貫은 전주全州이며 지금의 금마에서 태어난 얼굴이 검고 붉은 큰 스님이 계셨으니, "검단黔丹", "흑두타黑頭陀"라고 불리웠답니다. 법명法名은 혜소慧昭요. 뒤에는 진감국사眞鑑國師라 하셨는데, 이 분의 사적史蹟은 현재 쌍계사雙溪寺에 고운孤雲 최치원崔致遠이 쓴 진감국사비문眞鑑國師碑文이 남아 있어 스님의 행적行蹟을 알 수 있습니다.

또한 전북 고창 선운사禪雲寺에 가보면 "검단선사지위黔丹禪師之位"라 적힌 비碑가 있는데 의운 선사와 더불어 "도솔산兜率山 산신山神님"으로 모셔져 있음을 볼 수 있습니다. 말하자면 국사國師에 관한 이야기가 쌍계사에 있는 비碑에도 있지만 전설傳說처럼 저 선운사를 무대로 하여 그 분의 중생교화衆生教化에 관한 흔적도 많다는 것입니다.

그런데 오늘 여러분에게 말씀드리려고 하는 것은, 그 검단 선사께서 우리나라에서는 처음으로 소금 만드는 법을 가르쳐 주셨다는 고창군 심원면 검단리라는 마을과 삼인리(이곳도 검단, 의운, 진흥왕의 3인人 전설이 있다) 마을에서 전해 오는 어떤 소금장수 이야기 한 토막을 하고자 하는 것입니다.

그러니까 검단 선사께서 소금 굽는 법을 가르쳐 주시기 전까지는 석염石鹽이란 돌소금을 중국中國에서 실어다 먹었답니다. 그런데 스님께서 선운사禪雲寺를 짓기 위해 삼인리, 검단리 사람들에게 소금 굽는 법을 가르쳐 주심으로 인해, 최근까지 그곳은 염전업鹽田業이 성했던 것입니다. 당시만 해도 그곳 소금은 이웃 지방은 물론 멀리 경상도, 강원도까지 운반하여 팔았다고 합니다. 교통수단이 불편한 것을 생각하면 당시의 소금장수들의 역할과 노고는 대단한 것이 아닐 수 없습니다. 지금처럼 한 가마, 두 가마 사는 것이 아니고 한 되, 두 되씩 사는 시절이고, 게다가 밥해 먹을 그릇과 찬饌도 함께 짊어지고 이 동네 저 동네 다니면서 소금을 판매한 때문이지요. 다행히 좀 넉넉한 이들은 나귀를 이용해서 소금 짐을 싣고 다녔으나 고달픈 소금장수임에는 마찬가지였습니다.

자, 그런데 어떤 소금장수가 소금 짐을 지고 가다, 전라남도를 넘어 저 경상도 어느 시골까지 갔더랍니다. 마침 16세쯤 되는 총각을 만났는데, 소금은 어디서 오며, 식구食口는 몇이며 이득利得은 얼마나 있어서 여기까지 오게 되는 것인지 등을 꼬치꼬치 물어보더랍니다. 그리하여 이야기를 사실대로 빠짐없이 했더니만, 그 소년 하는 말이, 그럴 것이 아니라 우리 집에 홀어머님이 계시는데 며느리를 그렇게도 못 살게 하시기 때문에 당신이 우리와 함께 살되, 밤에는 아버지가 되고 낮에는 외삼촌 노릇하여 주시면 그 몇 배의 삯을 보내드릴 터이니 고향을 잊고 살아주실 수 없느냐고 하더랍니다.

그 소금장수 대답하기를, '심원면이 옛날에는 무장현에 속한 행정 지역이지만 영광靈光과 장長땅을 합해서 영장靈長이라고 부르는데 거기를 자네가 어떻게 사람을 놓아서 나는 여기 자네 집에 있게 하고 돈을 보내주겠는가' 하고 반문했더니만, '당신이 그 역할만 잘해준다면 제가 그런 문제 따위는 착실히 잘 해 드리겠다'고 하더랍니다.

그래서 '그 일은 그렇게 한다손 치더라도 어찌하여 나 같은 사람을 아버지로 섬기려는 생각이 들었는가' 물었더랍니다. 그랬더니 그 어린 사람이 말하기를 옛날 할아버지 되시는 분이 자기 아버지가 어린데도 장가를 들여서 공부를 시켰는데, 그 마을 뒷산 관음암이란 절 주지 스님께 맡기어 공부를 시키는 도중에 아버지께서 이성異性에 대한 감정을 못 누그리고 밤에는 아무도 모르게 집에 와서 마누라와 자고 다녔다는 것입니다. 그것이 자기 할아버지 눈에 띄게 되었는데 자기 아들이 그렇게 다니지는 아니할 것이고 저 며느리 되는 애가 처녀 시절에 안 총각이라 생각이 드니 분하기도 하고 또 그냥 둘 수도 없고 하여 호되게 혼을 내주리라 하고, 하룻밤은 그 자식이 넘어오는 담장을 알아 두었다가 그곳에서 지키고 있었다 합니다. 그런데 어김없이 그 시간에 들이닥치는지라 몽둥이로 어깨를 사정없이 때린다는 것이 그만 머리를 치게 되어 그 자리에서 즉사卽死시켰다 합니다. 죽은 뒤에 살펴보니 자기 자식이라 어찌할 수 없이 암매장을 해버리고 한숨만 쉬고 살아가는데 마침 유복자遺腹子가 생기게 되었는데 바로 자기였습니다. 그리하여 애지중지愛之重之 키워서 이 정도 자랐는데 어머님이 자기를 키우실 때 온 정성을 다하느라고 이성에 눈뜰 사이 없이 살아오시다가 갑자기 작년에 자기를 장가 보내더라는 것입니다. 그 후로는 자기 아내를 그렇게도 미워하며 못 살

하동 쌍계사 진감국사비 ⓒ최선일

게 하신다는 것입니다. 그래서 옛날 아버지의 스승이신 관음암 주지 스님께 그 사정 이야기를 했더니 남편을 얻어 주어야 한다 하시기에 이렇게 간청을 드린다는 것입니다. 낮에는 외삼촌으로 행세해 달라는 것은 동네 사람들과 집안사람들의 눈을 속이기 위해서라는 것이지요 하고 얘기하더랍니다.

소금장수는 아닌 밤중에 찰시루 떡인지라, 그렇게 하자고 허락을 하고 몇 달이 지나도록 다정다감하게 살면서 좋은 반려자의 생활이 계속되는 사이에 섣달그믐이 돌아온 것입니다. 그러니 영무장 고향을 가야 하겠다는 말씀이지요. 일 년 막 가는 날에 고향을 등지고 객지에서 섣달을 맞이할 수는 없는 것이고, 자손된 도리·남편된 의리·부모된 정情으로써 도저히 다정한 반려자가 있다고 하더라도 고향을 등질 수는 없었지요. 하는 수 없이 고향에 다녀오겠다는 데는 며느리 들들 볶는 시어머니일지라도 다녀오시라고 할 수밖에 없는 딱한 실정이었습니다. 그래서 그 소금장수가 고향으로 가게 되었는데, 정월 14일 날 꼭 온다는 약속을 하고 떠나게 된 것입니다. 고향에 온 소금장수, 집에 와서 보니 사정은 달라졌습니다. 남편을 보고 시집을 온 것이니, 남편이 없는 집을 무엇하러 지키겠느냐는 것이지요. 그러면서 본 마누라 하는 말이, 이제는 소금장수 그만두고 밭이라도 갈아서 먹고 살았으면 살았지 남편을 멀리 보낼 수가 없다는 것입니다.

소금장수, 이러지도 저러지도 못하고 세월만 보내는데, 며느리 볶는 시어머니는 14일이 지나도 오지 않는 소금장수를 기다리다 지쳐서 그전보다 더 악한 마음으로 며느리를 볶기 시작하여 말로 할 수 없는 히스테리를 부렸다는 것입니다.

따라서 그 효성이 지극한 아들은 다시 관음암을 찾아 주지 스님께 또 사정 이야기를 아니 할 수 없게 된 것입니다. 이제는 주지 스님께서 목탁과 염주 한 벌을 주시면서 하시는 말이, 이 목탁을 구성지게 맞추어 치면서 "관세음보살!"하라는 것입니다. 한번 관세음보살 하면서 염주알 한 개씩 돌려가며 겉으로는 관세음보살하고 부르지만 속으로는 "영무장 소금장수 온다는 날 아니 오고 언제나 오려나"하면서 지극히 정성으로 하게 되면 곧 온다는 것이지요. 이렇게 일체의 망상과 번뇌를 떨어버리고 그저 영무장 소금장수만 생각하면서 관세음보살만 외워대라는 주지 스님의 말씀을 올려드리고 그렇게 하고자 간청을 드리니 그러겠노라고 하는 것이지요. 그래서 몇 날 몇 달을 두고 목탁을 쳐대면서 관세음보살 정근이 시작된 것입니다. 그러나 아들이나 며느리가 있을 적에는 관세음보살이라고 외워대지만 아무도 없는 성싶다 하면 "영무장 소금장수 온다는 날 아니 오고 언제나 올라요"하면서 목탁을 쳐대는 것입니다. 그러다가도 옆에 누가 있는 기척이 나면 누가 듣지나 아니했나 하여 양심의 가책을 느꼈음인지 "아니, 아니, 관세음보살!!" 이렇게 하더랍니다.

　그런 세월이 상당히 흘렀던지 하루는 생각하기를, 내가 미친년이구나, 하게 되었답니다. 그리고 보니 마침내 자식에게 부끄럽고 며느리에게도 볼 낯이 없어, 그렇게 그립던 소금장수마저 보기 싫은 생각이 들더랍니다. 그 날부터는 마음 속에 영무장 소금장수 생각은 지워버리고 진실로 관세음보살께 매어 지내게 되었으며, 이제껏 욕정에 끌려 자식 며느리 앞에서 추태를 부렸음을 부끄러워하고 마음속 깊이 참회하더랍니다. 그 후로 진실한 부처님의 제자가 되기를 발원했으며 관음암 주지 스님 교화 방편의 고마움을 뼈저리게 느끼고 오로지 관음정근만 하였지요.

그러나 이러한 상태로 있을 수만은 없어서 절로 가기로 마음을 굳히고, 자식들과 상의하여 짐을 꾸려 입산入山하였습니다. 열심히 염불念佛 공부부터 시작해서 참선參禪 공부까지 하게 되는 영광된 생활이 계속 되었던 것이지요. 그리하여 백화행百華行이란 불명佛名까지 받고 열심히 정진하여 화주化主 노릇까지 하게 되었다는 이야기입니다.

우리도 마찬가지입니다. 깨치지 못하면 추태 생활이요 깨친 지혜적 태도이어야 인간다운 생활을 할 수 있는 것입니다. 깨치지 못한 유치한 생활은 집안 식구나 동네 사람에게 더러운 꼴만 보이는 것이고, 깨친 지혜적 생활에서는 항상 상대에게 밝음을 주는 생활이 되는 것입니다. 우리는 몸과 마음의 악습惡習 욕망을 버리고 진실된 생활상을 구현하려면 부처님 경전부터 먼저 본 다음, 자기 적성適性에 맞는 수행 생활로 일관하는 밝은 생활을 유지하여야 하겠습니다. 그래서 나도 이롭고 남도 이로운 생활을 영위하도록 다 같이 노력하고 애써야 할 것입니다. 좁고 순간적인 정욕情欲보다는 넓고 영원한 보살도를 행함으로써 자신과 가정, 사회 및 국가가 복 되고 평안한 삶을 누리도록 해야 할 것입니다. 그것은 무엇보다도 각자의 마음씀에 달렸다는 것입니다. 한마음 잘 쓰게 되면 전 국토가 깨끗하고, 그릇되게 쓰면 모두가 혼란과 고통에서 헤매게 된다는 이야기입니다.

마야리의 귀의불歸依佛

　　부처님 당시에 유야리라는 나라에 마야리라는 부자가 있었다고 한다. 부처님의 말씀은 한마디도 듣지 않으며 다만 지독한 구두쇠여서 돈 모으는 데만 열중하는 사람이었다. 그러나 부처님께서 출현하신 것은 그런 인간들을 구제하기 위해서 출현하셨음이라 그냥 넘어갈 수는 없는 법이었다. 그래서 인물 좋은 아난존자를 그 집에 보내어 우유를 얻어 오도록 하셨다. 그 불쌍하고 가련한 마야리는 부처님 제자가 거기까지 오신지도 모르고 제 잘난 체만 하는 것이었다. 지혜인의 눈으로 볼 때 정말 웃지 못할 딱한 사정이요 치인痴人들이 봐도 꼴사납기 짝이 없는 인물이었다.

　　아난존자는 자초지종을 말씀드리고 부처님께서 우유를 드시고 싶어하니 조금만 주십사 하였다. 마야리는 생각하기를 성자가 우유를 달라고 왔으나 돈은 가지고 온 것이 아니므로 그냥 줄 수는 없는 노릇이니 어찌하나 하다가 꾀를 썼다. 성자를 그냥 돌려보내면 남이 그러지 않아도 지독한 욕심쟁이라고 이러쿵저러쿵 말이 많은 터에 더 큰 구설이 따를 것이 뻔하다. 돈을 아니 받고 줄 수는 없고 하니 가장 표독스러운 젖소를 가지고 와서 아난에게 짜서 가지고 가라 하였다. 아난존자는 난처한 표정 속에 우두커니 서 있을 수밖에!

부처님께서 당부하시기를 소 있는 곳에는 갈지라도 소 젖은 짜지 말라는 부탁 말씀을 듣고 온 아난인지라 어찌할 바를 몰라 서 있는데, 어떤 나이 어린 소년 하나가 그 악독한 소 곁에 서서 빙그레 웃고 있지 않는가. 더욱이 놀랄 것은 그 소년 앞에서 그 표독스런 소가 온순하게 서 있지 않는가. 이 기회를 놓칠세라 아난존자께서 그 소년에게 젖을 좀 짜 달라는 부탁을 하였다. 그 소년이 반갑게 대답을 마치고 젖을 짜는데 젖이 줄줄 잘 나와 금방 발우에 하나 가득 되었다고 한다. 그런데 더 이상한 것은 그 소년은 그 주인의 눈에는 보이지 아니했으니 신기한 일일 수밖에 없는 노릇이었다.

아난존자가 절로 돌아가신 뒤에 마야리가 생각하기를 성자 앞에는 선하고 악함이 없구나 다만 고요해서 밝은 지혜만 있을 따름이구나 하며, 자기 과거의 잘못됨을 뉘우치는 것이었다. 그래서 성자는 어떤 신이나 절대자를 믿으며, 아닌 것을 옳은 것으로 착각하지도 않는 것이구나. 언제라도 바람이 자듯 성자가 나타나면 모든 욕망이 쉬어지며 자기의 책임소재가 알아지는 것이구나. 또한 항상 희망적이며 성실성이 일어나는 법이고 그래서 부지런히 닦아가게 되는구나 하는 데까지 마야리의 마음이 변하게 되었다. 그리하여 자기 아들을 데리고 부처님 처소에 이르게 되었다.

그렇다 성직자란 말로나 글로 상대를 교화하기란 매우 어려운 것이다. 그 성자의 자태를 보면 자연 고개가 수그러지도록 되어지는 법이다. 또한 그렇게 되어야 한다. 그 많은 부처님 제자들의 피나는 도덕적, 실천적 수행은 바로 성자를 향해 자라나는 것이다. 호법신장護法神將도 바로 여기에 이르는 경지에 이르름을 보고 비로소 책임완수의 신바람이 날 것이다.

그 많은 제자들이 조금도 소홀함이 없었으므로 금일에 이와 같이 부처님의 가르침이 찬란하게 전파되고 있는 것이 아닌가. 만약에 헛됨이 있었다면 어찌 되었을 것인지 소름이 끼칠 일이다.

내가 수 없는 제자를 내놨건만 지금은 무엇을 하고 지내는지 양심이나 지키고 사는 것인지 결국 모든 책임이 나에게 있음을 뼈저리게 느낀다. 부처님의 위덕과 부처님 당시의 제자들의 수행성에 나는 절로 고개가 수그러지는 것이다.

마야리는 고개가 수그러졌다. 그야말로 여러 날의 장마에서 맑게 개인 것이다. 상쾌하여진 것이다. 과거의 잘못이 너무나 생생하여진 것이다. 상대성의 세계에서 나만을 위주로 살아왔음이 뼈저리게 뉘우쳐지는 것이다. 상대를 착취했고 상대에게 무수한 추행을 가했다. 정신과 물질적으로 너무나 못된 짓으로 일관해 온 지금의 마야리는 부처님의 자비의 품이 그리워진 것이다. 가야 했다. 진리의 세계로 가지 않고는 배길 수 없는 죄책감, 그리고 부끄러움에 살 수가 없게 된 것이다. 부처님의 품에서 눈 녹듯 사라지게 해야만 했다. 속 시원히 모든 것을 털어놓고 고백하지 않고는 못 배기게 되었다 .

양심이란 이래서 좋은 것이다. 우리 인간에겐 본래 악과 선이 없는 것이어서 환경과 마음의 착각으로 선으로도 악으로도 갈 수 있음을 안 것이다.

이것은 오로지 부처님 덕임을 또한 알게 되었다. 마야리를 위해서 아난을 보내주신 그 고마우신 부처님의 제도법이 너무나도 선명하신 것임을 알 수가 있다. 더욱이 부처님께서 말씀하시기를 그 소도 제도濟度되었거늘 뇌리腦裡에 불법을 비방한 죄로 소 몸 받는 것이 16겁이 지났으나 금일, 선심으로 젖을 내어 부처님께 바친 공덕으로 당래세에 해탈을 얻어 윤생輪生에 떨어지지 않고 필경에 성불할지니 불로를 유광여래라 할 것이다라고 말씀하셨다. 마야리는 더욱 부처님의 감응에 고개 숙이며 영원히 잘 할 것을 맹세하고 마음으로 서약을 하며 눈물을 흘리면서 감사를 드리는 것이었다.

방생放生이란 글자 그대로 죽어가는 생명을 살려놓아 준다는 뜻이다. 다시 말하면 여러 가지 상처로 인해서 죽어가는 사람을 치료하여 준다는 것으로써 무연無緣한 병에 걸린 사람은 병을 알아 약을 써 주어야 한다는 것이다. 또한 살 수가 없어 죽어가는 사람은 원인을 알아 사는 방법을 가르쳐 주며, 살도록 하여 주어야 하고 남의 속박에서 죽어가는 사람은 그 속박에서 풀어줘야 한다.

뿐만 아니라 ① 누구는 살려 주고 누구는 그냥 죽일 수 없기에 ② 육도六道 중생은 가릴 것 없이 다 살려주어야 한다는 것이다. 왜냐하면 부처님의 가르침은 자비사상慈悲思想으로써 부처님의 말씀을 믿고 실행하자는 것에는 차별이고 시비가 있을 수 없기 때문이다. 다만 나의 능력이 부족함을 자각하여 정진함을 더 할지언정 그 이상은 필요 없는 것이다. 열심히 힘이 자리는 데까지 하여 보는 것이다. 이쁘고 밉고는 나의 수행 부족에서 온다. 우리의 최고 목적은 자비심의 궁극적 실천행이 발휘되는 데 있다. 그 자비심이 없는 자가 지혜가 많다고 한들 무슨 소용이 있겠는가. 건건乾乾에 불과할 것이다.

지혜가 수승할 때 자비심이 궁극을 달린다. 다시 말해서 지혜와 자비심은 동일 획을 긋는다. 따라서 우리가 수행할 때 계戒, 정定, 혜慧 삼학三學의 수행을 필요로 하는 것도 여기에 목적이 있다. 즉 계는 복을 말하는 것이요 자비심을 뜻한다. 왜냐하면 자비심이 없이는 복을 지을 수 없기 때문이다. 그래서 경거망동을 삼가기 위해서는 우선 역마기가 없는, 심사숙고하는 안정이 필요한 것이다. 안정이 없이는 무슨 짓이든 성취되기 어렵다.

그러므로 우리는 안정을 요구하면서 살아가야 한다. 다시 말해서 공익성을 띠는 지혜를 찾기 위해서 안정성을 내자는 것이다. 때문에 안정은 또렷또렷하면서 고요함을 요하는 것이다. 그 또렷하고 고요한 경지가 없이는 죽은 안정에 불과하다.

여기에 우리 부처님의 가르침에 대한 묘미가 있는 것이다. 우리는 지혜가 솟구쳐 진실한 자비심이 생겨서 사회와 전 육도 중생에게 좋은 일을 하여 지도자가 되고 부모도 되어야 한다. 그래서 조석朝夕으로 향香을 피움은 계를 찾자는 것이고, 불을 켬은 지혜를 찾자는 것이다. 항상 향·다기·촛불은 우리의 수행의 궁극적인 목적을 달성키 위한 상징으로써 사르고 올리고, 불을 붙이고 하는 것이다. 이것이 자비심 하나를 제대로 갖추기 위해서 한다는 사실을 우리는 분명히 의식하여야 할 것이다. 그렇게 함으로써 정말 부처님의 바라는 제자가 되는 것이다.

그럼에도 불구하고, 고기를 사다가 물에 넣어주는 방생 불사에는 열을 올리면서, 실제 병자나 고아나 일체 중생 방생에는 시들하다. 즉 목적의식이 없

는 짓들을 거침없이 하고 있다. 상대를 생각지 않고 나만을 위한 짓에 얽매어 산다. 그러므로 복 받을 짓보다는 복을 감하는 짓을 더 많이 하고 있다는 사실을 알아야 하겠다. 따라서 지혜는 더 밝아지지 못 하고 치인痴人으로 치닫는다. 치인이란 자기 위주로 살아간다는 사실을 알아야 하겠다. 다시 말해서 자기 욕구 불만에 만족하려고 수단과 방법을 가리지 않고 살아간다는 사실이다. 그 치인이 되다 보니 이제는 사리판단을 영 못해 버리고, 다만 먹고 자고 하는 생존에만 급급한 완전한 치인이 되어서 천불千佛이 출세하신다 해도 이제는 영 틀린 사람이 되고 만다. 그러니 치인이란 지혜 부족증 환자임을 알아야 하겠다. 환자 중에서도 고칠 수 없는 환자인 것이다. 그리하여 부처님께서도 업이 정해진 중생은 건지기 어렵다고 말씀하신 것이다.

방생이란 그 지혜를 넓히자는 불사가 되는 것이다. 그러니 살려주는 그 의식儀式이 나의 지혜를 넓히는 작업임을 분명히 알아야 하겠다. 지혜가 있음으로써 할 짓인지 못 할 짓인지를 알게 된다. 선한 일 악한 일을 구분하여 행하게 되는 것이다. 자기는 오래 살려고 하면서 남을 죽여 자기의 목숨을 이으려고 하는 치인의 짓은 아니 하여야 한다. 내가 남을 해치려고 할 때는 남은 당하고만 있을 리 없는 이치와도 같다. 항상 해치는 마음을 돌려서 살려주고 사랑해 주며 그래서 상대로 하여금 서로 도울 수 있는 마음을 내도록 솔선수범으로 보여주는 수행이 꼭 필요하지 않겠는가. 내 몸이 아프다, 내가 오래 살아야 되겠다 하는 생각은 누구나 다 있는 것임을 나를 통해서 알 수 있는 이치를 망각해 버리고 어찌 나만을 위한 짓을 할 수 있겠는가. 더구나 딴 중생들은 할 수 없는 몸을 우리는 갖고 있다. 다시 말해서 선한 일도 악한 일도 할 수 있는 몸이다. 무엇을 만들 수도 부숴버릴 수도 있는 몸이다. 어떤 것을 생각하여 더 좋은, 인류의 편리를 위해서 발명 또는 발견을 할 수 있는 몸을 우리는 갖고 있다는 사실을 알아야 하겠다.

이와 같이 인간이 아니면 도저히 불가능한 몸을 가지고 있으면서 이 몸으로 인류를 위해서 그 무엇인가 좋은 일 한번 못 해 보고 말아버릴 것인가. 원통한 일이 아닐 수 없다. 전 인류를 위하는 일은 못 할지언정 자기 가정과 나아가서 자기가 속한 사회 일반에 대해서 다소 해보자는 것이 방생의 궁극적 목적인 것이다. 알기 쉽게 말해서 방생이란 죽어가는 생명을 살려주면서 지혜를 넓혀 자기 가정부터 어떻게 하면 잘살 수 있을 것인가 하는 생각을 가져 달라는 말이다. 그러면 그 힘이 점차 넓혀져 사회로 인류로 뻗친다는 것이다. 다시 말하면 사회 즉 인류가 있는 곳에는 항상 돕고 이해하고 살기 좋도록 발전시키려는 생각과 실천이 공용되도록 하자는 얘기다. 그래서 우리 향림사에선 매년 정월 15일과 5월 5일과 9월 9일에 연중행사로 방생을 하고 있다. 이 마음과 지혜를 키우기 위해서 말이다. 자비 바탕 속에서 항상 웃고 살라는 뜻이다. 자기 몸을 돕고자 남을 죽일 수 없다. 자기 병을 고치자고 남의 고기를 먹을 수 없다. 어떻게 자기만 살자고 남을 죽인단 말이냐 공존의식共存意識으로 더욱 투철하여야함을 명심하자.

　　나무대방광불화엄경南無大方廣佛華嚴經

인생관 人生觀

　이 세상을 살면서 사람들은 저마다 지니고 있는 지혜와 능력에 따라서 보는 관점이 각기 다르기 마련입니다. 따라서 자기가 보고 느낀 것으로 모든 가치의 기준을 삼아 간혹 상대로 하여금 의아심을 자아내게 하는 경우도 종종 볼 수 있습니다. 그러나 그것은 어디까지나 자신이 겪어온 환경의 제약 속에서 얻어진 소견일 뿐이요, 누구에게나 간직된 보편적 견해가 아님을 우리는 분명히 알고 살아가야 할 것입니다. 다시 말해서 이 우주의 모든 원리나 생성과정이 흔히 제 나름대로 생각하듯이 그렇게 간단하고 허술한 것이 아니니만큼 성급하고 경솔한 판단은 절대로 삼가해야 할 것이란 얘기입니다. 그렇다면 우리는 어떻게 우리의 정신적 우주를 바르게 확대해 나가고 아울러 인생관을 뚜렷이 세울 것인가 하는 문제가 당연히 제기될 것입니다.

　그런데 다행하게도 우리 불교인은 그 진리의 당체를 소상히 밝혀주신 부처님을 금생에 만나게 되었습니다. 다만 우리 범부가 그 참된 이치를 똑똑히 알지 못하고 정진을 게을리하는 것은 우리 자신의 허물인지라 불보살님께 그지없이 황송할 따름입니다. 우주의 생성과정 따위를 크게 이야기할 수는 없고 좁은 의미에서 간략히 말씀을 드리자면, 나로부터 남에게 미치고 있는 우리의 현실 생활이 이성理性과 정情, 그리고 물질이라고 하는 삼자의 복합적 생활에 지나지 않는다는 것을 우리는 어렵지 않게 발견할 수 있습니다. 곧 전체의 소우주인 자아를 살펴보자는 게 이 글의 주된 목적입니다. 다시 말해서 제한된 시간에 이 대우주에 대한 이야기를 다 마무리 지을 수가 없기 때문에, 소우주인 우리 자신의 표면적 구성을 바탕으로 그릇된 우리의 관점을 재정립하고 처신을 분명히 해서 우리가 살아나가는데, 보다 나은 도움을 마련해 보고자 하는 것이 저의 욕심입니다.

그럼 우선 지혜를 놓고 생각해 보기로 합시다. 아시는 바와 같이 식물이나 광물질은 아무런 사고思考의 능력도 갖추지 못하고 있습니다. 다만 정도의 차이는 있지만 동물만이 인간과 같이 생각할 수 있고 지혜도 있는 것 같습니다. 그리하여 생각이 있고 지혜가 있는 인간이나 동물은 우선 자신이 먹고 살아가는데 급급하여 힘이 닿는 대로 수단과 방법을 가리지 않고 상대를 이기려고 발버둥치곤 합니다. 그러나 우리 인간이 정녕 동물과 다른 것은 상대방의 입장을 십분 생각해 주고 이해한다는 데 있는 것입니다. 그것이 곧 인간의 세계에서만 있을 수 있는 지혜의 모습입니다. 따라서 이 지혜를 잘 개발시켜 나가면 나갈수록 더욱 과학 문명의 혜택을 받을 수도 있고, 더 나아가 앞서 거론되었던 이 우주의 생성 문제까지도 풀 수가 있다는 말씀입니다. 즉 자기의 본체, 부모에 의해 태어나기 전의 자아까지도 알 수 있는 가능성을 지니고 있다는 것입니다. 그렇기 때문에 인간은 누구나 이 지혜를 참되게 밝혀가는 데 온 힘을 기울여야 할 것입니다.

　두 번째는 정情이라고 하는 것인데, 흔히 말하기를 정이 있다느니 없다느니 하기도 하고, 고운 정 미운 정 따위의 말도 많이 사용되고 있는 터입니다. 해서 미웁게 보기로 말하면 상대가 아무리 착하고 좋은 행동을 하더라도 그냥 덮어놓고 미웁게만 보게 되고 시종일관 곱게만 본다 치면 별로 바람직하지 못한 행위도 무작정 합리화시켜 말하곤 하는 것입니다. 이렇듯 미웁게 보는 것을 예로부터 동양에서는 음, 서양에서는 마이너스(−)로 말해왔고, 좋게 볼 때에 동양이 양, 서양은 플러스(+)로 각각 표현되어져 왔던 것입니다. 그리하여 음이나 양이 끼리끼리 만나면 서로 물리치는 성질을 나타내고, 아울러 각기 다른 것끼리 상대적으로 만나야 서로 끌어당기는 힘이 작용하는 것입니다. 그런데 이러한 정이란 게 끝까지 여如하게 나아가느냐 하면 결코 그러하지를 못해서 간간히 점선의 상태를 그리며 이어져 나가곤 합니다. 그러나 한편으로 생각해 보면 그런 점이 좋게 생각되기도 합니다. 이를테면, 한 길로만 줄기차게 간다면 혹간 큰 사고마저 돌발할 우려가 없지도 않습니다만, 점선을 그어가기 때문에 권태기도 줄어들고 다시 생각할 여유도 마련이 되어서 더러는 좋은 방향으로 이끌어지기도 하며, 반성과 의지를 더욱 공고히 다져갈 수 있게 되는 것입니다.

　특히 여기서 언급하고 싶은 점은, 그러한 정이 우리의 지혜와 함께 조화를 이루지 못하면 인생을 제 나름으로 간단히 판별하게 되어, 급기야는 그 일면에 의한 소극적인 견해로 이건 이렇다 저건 저런 거다 하면서 자기의 의사意思가 전부이고 진리인 양 함부로 떠벌리게 되어 편협·배타적인 사람이 되는 것입니다. 그러다 보면 자연히 무상이다 허무다 공이다 하는 데에 자신의 눈이 멀게 되고 이 우주의 참모습은 정녕 보지 못하고 마는 것입니다. 게다가 탐하여서는 아니 되는 일에 무리하게 뛰어들어 그것을 자기의 것으로 만들려고 몸부림치며 뜻대로 아니 되면 갖은 꾀를 부려 이성을 잃기도 하니, 이는 사회에 해가 될지언정 결코 유익한 것이라곤 보지 못할 것입니다. 그러므로 이 정이야말로 지혜 없이 헤적거려 놓으면 악으로 화할 우려가 많고 오직 지혜를 겸용해야만 선을 이룰 수 있다 하는 말입니다.

그다음으로 물질이 설명될 차례입니다. 물질이란 시각적인 대상이 되는 걸 모두 통틀어 일컫는 말로써 무릇 인간이나 타 동물들의 생활상 도저히 없어서는 안 될 성질의 것임은 삼척동자까지도 두루 알고는 있으나, 그에 대한 가치에 있어선 대부분 허술히 여기는 모양입니다. 늘 감사하는 그런 마음을 모르고 도리어 어떤 때는 더욱 큰 욕심을 부리기가 일쑤인 것입니다. 곧 이러한 물질을 지혜와 맹목적인 정만을 가지고 쓰게 되면 그야말로 사회악의 구실이 될 뿐이라는 것입니다.

무릇 현상계를 형성하고 있는 물질이라 하는 것은 언젠가는 전부 본래적 상태로 되돌아갈 소지를 다분히 지니고 있는데, 그렇다면 지는 것일까요? 그것은 곧 열을 내는 불의 성질과 아래로 내리흐르는 물의 성질, 그리고 전후좌우로 왕래하는 바람의 성질이 있고, 또 땅의 성질로 나눌 수가 있습니다. 사실 요즈음은 별별 이름을 다 붙여서 원소론 따위를 논하고 있습니다만, 결국 이상과 같은 지수화풍地水火風의 네 가지 성질로 크게 분류가 되는 것입니다. 이것이 곧 사대설四大說입니다.

그런데, 천지의 시초는 언제이며 어떻게 이루어졌는가 하는 문제가 종종 대두됩니다. 혹 어떤 이는 조물주를 가상하기도 하고 또는 우연론을 주창하기도 합니다만, 세존께서는 한마디로 자업자득이다라고 말씀하셨던 것입니다. 곧 자기가 짓고 자기가 받는다는 원리입니다. 그것은 시간적으로 과거·현재·미래의 생활에서 신身·구口·의意 삼업三業이 이루어가는 공간적 결과를 낳는 것입니다.

그럼에도 불구하고 어떤 이들은 신이 있어서 이 세상을 창조했고 다스리고 있다 하며 또는 도무지 모르겠다느니, 아니면 살다 가면 그뿐이다 하면서 그것이 절대적이고 탁월한 견해인 양 제멋대로 돌아가고 있는 것입니다. 우리가 여기서 반드시 유념할 것은 그러한 그릇된 견해를 자신에 그칠 일이지, 후진에게까지 자신의 뜻을 억지로 강요하여 그네들까지 미혹시켜서는 절대 안 되겠다는 것입니다. 어디까지나 확실할 수 있고 합리적인 만고의 불변하는 원리만을 일러줄 뿐이지 아예 그 밖의 것은 결단하여 가르치지 말라는 말입니다. 오직 그것은 다시 그들의 문제로 진지하고 겸손하게 건네주어야 할 것입니다.

그러기 위하여 우리는 좋은 지혜를 가꿔야 할 것이며, 삿된 정은 과감히 떨칠 수 있는 용기를 키워야 할 것이고, 이 현실 속에서 부딪치는 어떤 물질에도 감사하는 마음으로 조화를 이루어 이상적인 세계를 만들어 가는데 게으르지 말아야 하겠습니다. 모든 게 나의 책임이고 나로부터 비롯되었다 하는 "참 나"의 개념이 재정립되어야만 하겠다는 말씀입니다. 이처럼 철두철미한 "참 나"의 의식이 결여된다면, 우리들은 말할 나위도 없고 우리의 후진에게도 그 불행은 계속될 것이고, 나아가 우리의 장래는 결국 비관적으로 몰락되고 만다는 걸 우리는 뚜렷이 인식할 필요가 있는 것입니다. 먼 훗날의 불행보다도 당장에 밀어닥치고 있는 우리의 주변 상황이 나의 고루한 소견과 상식만으로는 더욱 살아가기 힘겹게 된다는 걸 분명히 알고 대처해야한다는 얘기입니다. 어떤 사람들은 오직 미래에만 지나치게 집착하고 있지만, 현실이나 장래는 줄곧 여일如一한 하나의 세계이므로 어느 한 곳에만 마냥 매달린다면 그르치기가 십상인 것입니다. 부디 내 잘 살 것만을 생각할 것이 아니라, 먼저 상대의 진면목을 똑바로 보고 남을 되도록 이해하려는 생활 태도로서, 서로 도와가며 내 일에 차질이 없도록 힘써야 할 것입니다.

1977년 가을 향림선원에서

천도薦度 법문法門

○○영가시여

정신을 차려 부처님의 말씀을 잘 들으소서. 이 세상에서 선과 악의 과보를 받은 바 그것이 지나간 세상에서 지은 바 그것이요, 이 세상에서 짓는 바 그것이 미래 세상에서 받을 바 그것이니, 이것이 곧 대자연의 천업天業이라. 부처와 조사는 자정의 본래를 각득하여 마음의 자유를 얻었으므로 이 천업을 돌파하고 육도六道와 사생四生을 자기 마음대로 수용하나, 범부인 중생은 자성의 본래와 마음의 자유를 얻지 못한 관계로 이 천업에 끌려 무량고를 받게 되므로 부처와 조사, 범부와 중생, 귀천과 화복, 명의 장단을 다 당신이 짓고 받나니, 영가시여, 일체만사를 다 당신이 짓고 다 당신이 받는 줄로 확연히 아소서. 또 들으소서. 생사의 이치는 부처님이나 범부 중생이 다 같은 것이며, 원만구족한 성품이니라. 성품이라 하는 것은, 월인천강月印千江 참 달은 허공에 홀로 있건만은 그 그림자 달은 일천강에 비치는 것과 같이 이 우주와 만물도 또한 그 근본은 본연 청정한 성품자리로, 한 이름도 없고,

한 형상도 없고, 가고 오는 것도 없고, 죽고 난 것도 없고, 부처와 중생도 없고, 없다 하는 말도 또한 없는 것이며, 유도 아니요 무도 아닌 그것이나, 그 있는 것이 무위이화無爲而化, 자동적으로 생겨나 우주는 성·주·괴·공으로 변화하고, 일월을 왕래하여 주야를 변화시키는 것과 같이 ○○영가시여, 육신의 죽는 것도 변화는 될지언정 생사는 아니니라.

○○영가시여, 또 들으소서.

이제 당신이 이 육신을 버리고 새로운 과보를 받을 때에는, 당신의 숙업으로 즐겨하던 습관과 애착이 많이 있는 데로 좇아 육도六道의 과보를 받게 되나니, 그 즐겨하는 바가 불 보살님의 세계를 승하고 보면 그곳에서 그 몸을 받아 무량겁을 통하여 무수는 고를 얻을 것이니, 당신은 이때를 당하여 더욱 마음을 견고히 하소서. 만일 털끝만큼이라도 애착 탐욕을 여의지 못하면, 자연히 악도에 떨어지나니 떨어지고 나면 어느 세월에 또다시 성현의 회상을 찾아 대업을 성취하고 무량한 혜복慧福을 얻으리오

○○영가시여, 듣고 듣느냐?
영천영지 영보장생 만세멸도 상독로 永天永地 永保長生 萬歲滅道 常獨露
거래각도 무궁화 보보일체 초삼계 去來覺道 無窮化 步步一切 超三界

범상한 사람들은 현세에 사는 것만 큰일로 알지만은, 지각이 열린 사람들은 죽는 일도 크게 아나니, 그것은 다름이 아니라 잘 죽는 사람이라야 잘 나서 잘 살 수 있으며, 생은 사의 근본이요. 사는 생의 근본이 되나니 사람

이 한 번 죽으면, 다시 회복되는 이치가 없다고 생각할진대 죽음의 경우를 당하여 그 섭섭함과 슬픔이 얼마나 더 하리요. 이것은 화재보험에 들지 못한 사람이 졸지에 화재를 당하여 모든 재산을 일시에 다 소실燒失한 것과 같다 하리라. 그 원리를 아는 사람은 이 육신이 한 번 나고 죽는 것은, 옷 한 벌 갈아입는 것과 조금도 다름없는 것이요, 변함에 따르는 육신은 이제 죽어진다 하여도, 변함이 없는 소소한 감식監識은 영원히 사라지지 아니할 또 다른 육신을 받게 되느니라. 그 한 점의 염식은 저 화재보험증서 한 장이 다시 새 건물을 일워 세우는 능력이 있는 것과 같이, 또한 사람의 영생을 보증하고 있나니라. 생사는 비유比喩하건대 눈을 떴다 감았다 하는 것 같고, 잠이 들었다 깼다 하는 것과도 같나니, 저 오늘 해가 비록 서천에 진다 할지라도 내일 다시 동천에 솟아오르는 것과 같이 만물이 비록 이 세상에서 죽어진다 하여도, 죽을 때에 떠나는 염식이 다시 이 세상에서 새 몸을 받아 나타나게 되나니라. 어제가 별 날이 아니고 오늘이 별 날이 아니건만, 어제까지를 일러 거년去年이라 하고 오늘부터 일러 금년今年이라 하는 것과 같이, 우리가 죽어도 그 영혼이요, 살아도 그 영혼이건만은, 죽으면 저승이라 하고 살아있을 때를 이승이라 하느니라. 지수화풍地水火風 4대大로 있을 때는 비록 죽었다 살았다 하여 이 세상 저 세상이 있으나, 영혼은 영혼불멸하여 길이 생사가 없나니라. 그러므로 아는 사람에 있어서 인생의 생로병사는, 마치 춘하추동이 바뀌는 것과도 같고 저생과 이생이 마치 거년과 금년 같나니라. 평생에 많은 재화財貨를 벌어놓았다 하여도 내 것이라 하리요. 영원한 나의 소유로 삼기로 하면, 생전에 어느 방면으로든지 남을 위하여 노력과 보시를 많

이 하되 상相에 임住함이 없는 보시로써 무루無漏의 복덕을 쌓아야 한없는 세
상에 혜복慧福의 주인공이 되나니라.

　천지영기아심정天地永氣我心定
　만사여의아심통萬事與意我心通
　아여천지동심정我與天地同心靜
　천지여아동일체天地與我同一切

고제苦諦

고苦를 범어로는 duhkha, 파리어로 dukkha 한자로는 두카(豆佉), 납카(納佉), 낙카(諾佉) 라 음역하여 부르는 바 마음과 몸을 괴롭게 하여 편안치 않게 하는 상태를 말한다.

고에는 삼고三苦, 사고四苦, 팔고八苦가 있으니 삼고란 춥고, 덥고, 배고프고, 목마름 등의 고연苦緣에서 오는 고고苦苦와 그 자체는 즐거운 것이지만 그 낙경樂境이 파괴되는 데서 오는 양고壞苦와 일체 제법이 무상하기 때문에 느끼게 되는 행고行苦가 그것이다. 사고四苦란 생고生苦, 노고老苦, 병고病苦, 사고死苦를 일컫나니 사람은 누구나 다 이 사고四苦를 겪어야 하며 팔고八苦란 생로병사의 사고四苦에 다시 사랑하는 사람과 이별해야 하는 고통, 미운 사람과 만나게 되는 고통, 무엇을 구함에서 오는 고통 그리고 이 육신을 가지고 있는 고통 등을 합한 것이다. 허나 어디 이뿐이겠는가? 헤아릴 수 없이 많은 괴로움이 있겠으나 이것은 그 많은 고통을 간략히 계통을 세워 크게 몇 가지로 나누어 분류해 놓은 것에 불과하다. 또한 우리는 여기서 고를 애기함에 있어 원시불교 교리 중의 사성제四聖諦를 간단히 살펴보지 않으면 안 된다.

사성제란 고성제, 집성제, 멸성제, 도성제의 네 가지인데, 성聖이라 함은 거룩하다는 뜻이요. 제諦라 함은 거짓 없는 진실한 가르침이라는 뜻이니 녹야원에서 다섯 비구에게 부처님께서 설하신 최초의 법문이 바로 이것이었다고 전한다. 처음의 고苦와 집集 이제二諦는 현실의 세계요. 뒤의 멸滅과 도道의 이제二諦는 이상 세계이며 현실 세계의 결과가 원인이요, 그 원인이 집集인

1939년 2월 2일 조선일보(2면)

것과 같이 이상 세계의 결과가 멸이요 그 원인이 도道인 것이다. 예로부터 위의 사제법을 각각 다른 방법으로 세 번 설했다 하여 삼전三轉 사제법륜이라고도 한다. 〈이것은 고苦니라, 이것은 집이니라, 이것은 멸이니라, 이것은 도이니라〉라고 사제의 네 가지 모양을 보이셨으므로 이를 시전示轉이라 하고 〈고는 마땅히 알지니라, 집은 마땅히 끊을 지니라, 멸은 마땅히 증할지니라,

도는 마땅히 닦을 지니라〉라고 사제의 수행을 권하셨으므로 이를 권전權轉이라 하고 〈고는 내가 이미 알았노라, 집은 내가 이미 끊었노라, 멸을 내가 이미 증했노라, 도는 내가 이미 닦았노라〉라고 사제의 도리를 얻었음을 자증함으로써 깨닫게 하셨으므로 이것을 증전證轉이라고 한다. 이렇게 세 번 설함에 있어서 상근기는 최초의 시전에서 깨닫게 되고 중근기는 권전에서 하근기는 증전에서 각각 도를 깨닫는다고 한다. 이와 같이 많은 고통과 복잡하게 들리는 사제도 실은 마음의 소산임을 알 수가 있다. 그러나 세상 사람들은 그 고통을 타인에게 책임을 전가하여 원망과 불평불만을 갖기 쉬운 것이니 이 세상의 이치를 몰라 조물주를 찾고 계속해서 어설픈 생활을 영위하게 되는 것이다. 알고 보면 부끄러운 일이요, 자기 자신을 반성하지 않을 수 없게 되는 것이다. 다시 말하면 과거의 업력業力이 현재의 자신의 실존이요, 이 현재를 이끌어가는 것은 이 마음이란 뜻이다. 그러므로 과거의 업에 있어서 선업의 힘이 컸느냐 악업의 힘이 많았느냐에 따라서 현재 고苦의 경중輕重이 결정되는 것이요. 그 고를 낙樂으로 인도하는 것도 결국은 우리의 마음이란 말이 된다. 때문에 자기의 현재를 관조해 보고 보다 나은 미래를 위해서 자신의 마음을 닦는 일에 최선을 다해야 할 것이다. 다시 말하거니와 고를 여의려면 첫째는 자기의 분수를 지켜가며 현실에 만족할 줄 알고, 보다 나은 미래를 위해 마음을 닦는 공부를 부단히 계속하며 책임 있는 생활을 해야 될 것이다. 둘째로는 인생과 우주의 원리를 추구하며 자신의 나쁜 습관을 점진적으로 시정해 이 세상을 밝게 살아가며, 또한 이웃에게도 그러한 생활을 권해야 될 것이다. 셋째로 정확한 생활을 함으로써 게으름을 벗어나서 타의 모범이 되는 지도자적이며 구도자적인 생활로, 이론만이 아닌 실천인이 되어야 할 것이다. 이리하여 부처님의 가르침에 따라 마음 공부를 부단히 계속하게 되면 투철한 지혜와 원만한 자비심이 구족되어 나도 진실한 인격자가 되고 따라서 살기 좋은 실제의 극락정토가 가능할 것이다. 이렇게 됨으로써 고를 여의게 되고 모든 중생이 고를 여의어 버린 길에서 환희의 미소를 지으며 밝은 생활을 영위할 수 있게 될 것이다.

만공滿空 스님에 대한 일화一話

일제 시대에 31본산 주지 회의가 총독부 제 1회의실에서 열리게 되었다 한다. 그 당시 지암 스님께서 총무총장직에 계시던 때였는데, 하루는 만공 스님께서 서울에 올라오셔서 당신은 이 회의에 참석하지 않으시겠다고 말 씀하시더란다. 지암 스님께서는 애당초 마곡사에서 올라오시지 않았으면 모를까 여기까지 오셔 가지고 회의에 참석하지 않으신다는 것은 제삼자들 이 어떻게 생각들을 하겠으며 서슬이 멀끔한 총독부에서 주최한 회의니 만 큼 깊이 생각해 주십사고 빌었다고 한다. 한참 생각을 하신 만공 스님께서 는 즉시 더벅머리를 깎으시고는 회의에 참석하겠다고 하시더란다.

그런데 회의가 개회된 지 얼마 되지 않아 일이 터지고 말았다. 한 스님이 일어나서 총독부의 한국사찰령 법규가 당시로 봐서 잘된 일이며 그런 까닭 으로 극락세계를 갈 것이라고 총독부에 대한 아부 발언을 하자, 그만 만공 스님께서 호통을 치시며 죽음과 더불어 지옥에 떨어질 것이라고 말씀하셨 다는 것이니, 그 회의장이 어찌 되었겠는가. 그 회의를 마련한 종무과 직원

만공당월면 대선사 진영 ⓒ수덕사 근역성보관

조선불교조계종 2회 종회 ⓒ월정사 성보박물관

들은 물론이고 각 국장급들의 목이 달랑달랑하는 판이요, 만공 스님은 체포
되어 감옥행일 것은 뻔한 일판이 되어 버렸던 것이다.

여기서 종교가 다른 홍성모 씨의 통역으로 그 일이 수습되었다. 불교에
서는 극락이라 하면 지옥의 상대가 생기므로 극락 지옥의 차별관을 버리라
고 한 것이며, 그것을 무여열반이라는 대도大道로써 표현하고, 자재유유하게
되라는 뜻에서 지옥을 말한 것이라고 변명을 해서 그 위기를 모면하게 해주
었다는 것이다. 위기를 모면시켜준 것은 참으로 다행스러운 일이나 우리 불

법의 또 다른 해석이 나온 셈이 되었다. 극락에 가면 지옥도 가야 한다는 말이 되었으니 그 경계를 어떻게 설명할 것인가. 갖다붙이기식 변명이라지만 영특한 두뇌에서 나온 말이 아닐 수 없다.

어찌 되었거나 만공스님은 그 일 이후에도 여전히 정正이 아니면 가시지 않았다 한다. 다른 사람들이야 어찌되건 상관치 않고 정正의 길만 걸으셨다고 하니 그 고충이 오죽했으랴 싶다.

종교인은 정신精神의 지주支柱가 되어야

해방 이후 물밀 듯이 들어온 서구문화로 말미암아 우리의 몸은 동양인이지만 의식구조 생활양식은 거의 서구화가 되었다고 한다. 그러나 사실상 우리 국민들은 서양西洋 문명文明을 제대로 소화시키지 못한 상태에 있다. 서양 문명의 골수적骨髓的인 부분은 받아들이지 않고 지엽적枝葉的인 면만을 받아들여, 그것이 서양 문명의 전부全部인 양 생각하고 그 자체가 문명의 발전인 것처럼 여기는 경우가 많은 것 같다.

우리의 것은 모두가 구식舊式이고 또한 발전에 장애물이 되며, 서양 문명으로 모든 것을 바꾸어야만 발전할 것이니 그게 곧 최고의 문명이라고 생각하고 있는 것이다.

그러나 우리의 정신문화精神文化마저 서구화西歐化시킨다는 것은 어딘가 모르게 잘못되어 가는 것같이 느껴진다. 왜냐하면, 적어도 우리의 정신문화는 몇천 년을 전해온 전통성傳統性이나 조상祖上의 얼이 담긴 것이므로 그것을 바꾼다는 것은 우리 자신을 포기하는 것과 같기 때문이다. 그러니 외래문화를 받아들이는 올바른 자세는 우리의 정신적 바탕 위에서 그 문명을 받아들여 우리의 것으로 소화消化해야 할 것이다. 그런데 현재 우리들은 서구 문명의 지엽적이고 표면적인 면만을 가지고 따라잡으려 발버둥을 치고 있으니, 우리의 정신 활동마저 침해당하고 있는 실정實情인 것이다.

더구나 새로운 세대世代를 부르짖는 젊은 층은 과학科學 만능주의萬能主義에 몰두되어 인간성마저 물질로 표현하려 하고 있으며 겉모습은 완전한 서양인西洋人을 흉내내고 있다. 사회 풍조는 겉치레에 치닫게 되었고, 인간의 내면적 생활은 거들떠보지 않게 되자 점차 동물적動物的 양상樣相을 나타내고 있는 세태世態가 되어가고 있다.

그러한 시점에서 정신적 빈곤과 혼란을 치료해 주는 역할을 담당해야 하는 게 종교인의 책임이 아닌가 싶다. 건전한 문명 세대를 이룩하려면, 종교를 정신의 뿌리와 줄기로 삼고 도덕을 지엽으로 삼는다고 한다면, 근본적인 책임은 종교인이 져야 할 것이고, 그다음으로 정치인이 져야 할 것이다. 따라서 종교인의 책임이 얼마나 무서운가를 짐작할 수 있을 것이다. 문제는 우리 종교인들이 이런 책임責任 의식意識을 과연 얼마만큼이나 실감實感하고 있는가이다. 특히 일부 종교인들의 생활 태도는 아무리 좋게 봐 주려고 해도 석연치 않은 점이 너무나 많은 것 같다고 생각한다. 종교인이라면 최소한 평신도平信徒 보다는 신앙적 태도가 돋보여져야 할 일이다. 그렇다고 억지로 표정을 지을 필요는 없겠지만, 하여간 신도들의 눈에 고고孤高하게는 보여져야 할 것이라는 생각이다. 다시 말하여 물질적 관계와 명예적인 면에 머리를 지나치게 설입設入하여서는 안 되겠다는 이야기다.

그러므로 이해理解와 관용寬容의 도량度量을 갖춤과 동시에 명리名利와 재색財色을 멀리 하면서 시대적時代的 자각自覺과 내적內的 참회로써 종교인의 일상생활을 살아가야 한다고 보는 것이 나의 지론持論이다. 이 정도의 태도도 갖추지 못한 종교인이 있다고 한다면, 부끄러운 마음을 금할 수 없다고 아니할 수 없을 것이다.

종교인들이여!!

인간의 삶에 뿌리와 줄기를 잡아 매주는 책임이 완전히 종교인에게 있음을 알고, 골수로 깊숙이 느껴서 자신의 수행을 조금이라도 게을리하지 말며, 종교를 미끼 삼아 허울을 쓰지도 말자. 우리는 수도인으로서 오로지 부처님의 가르침을 따라 불제자답게 살자.

현실의 잘못됨을 바로 잡아주고 건져주어야 할 의무가 종교인에게 있다. 그런데 자기 자신마저 가다듬지 못한다면 어떻게 남을 제도할 수 있다고 하겠는가. 쉬임 없이 수행하고 베푸는 종교인들의 자세가 정말 아쉬운 때에 살고 있다.

출가出家란 무엇인가?

출가라고 하는 말은 자기의 권속을 멀리 여읨을 말하는 것이다. 이것은 또한 세세생생 생사의 바다에서 신세 짐을 벗어나 은혜를 갚고 남에게도 그 은혜를 베풀고자 함이다.

우리들은 현상계 뿐만 아니라 다겁생래로 맺어온 부모의 은혜, 사장師匠의 은혜, 동포의 은혜, 국가의 은혜를 수없이 되풀이하여 받아 왔다.

그 은혜를 갚는 길이란 생사의 윤회에서 벗어나지 못하면 도저히 갚을 수가 없는 것이다. 죽는 길에서 벗어나려면 육친의 정에 매어 있어서는 도저히 불가능하다. 때문에 부득이 육친의 곁을 떠나서 모든 것을 씻어버리고 다만 혼자요 친구도 없고 재산도 능력도 없고 어디를 가더라도 혼자라는 생각을 가지고 오직 수행 정진만을 해야 한다.

우리들의 직접 본사本師이신 석가모니 부처님은 일체의 중생들을 가엾이 여기시고 만능 천자의 자리를 헌신짝 같이 버리신 후 설산에 들어가시어 육년간의 갖은 고행을 닦으시며 보리수 밑에서 하루에 보리 한 톨밖에 잡수신 것이 없을 정도로 고행하여 모든 마魔를 물리치시면서 이 우주의 원리를 파헤치신 끝에, 마침내 12월月 8일日 새벽녘에 위 없는 큰 진리를 깨치시고 45년간 진리의 말씀을 팔만사천 방편으로 설하시어 미혹한 중생들을 제도하셨다.

출가의 참뜻은 이같이 여래如來의 지전에 들어 이 우주의 진리를 깨달아 즐거움만 있는 천상세계도, 고통 반 즐거움 반인 사바세계도 고통이 많고 즐거움이 적은 아귀세계도, 축생세계도, 고통만 있는 지옥의 세계까지도 벗어날 수 있도록 하여 그 깨친 바를 과거 생으로부터 은혜진 수 없는 선망부모, 사장師匠, 일가친척, 일체 권속에 이르기까지 그 깨친 힘이 미치어 그들도 깨달음을 얻게 함으로써 불은佛恩에 보답하고자 함이다. 그러므로 한 마음으로 은혜를 갚고자 하는 마음이 간절한 상태에서 우주의 원리를 깨닫기 위해 일체의 속박에서 벗어나 다만 일념 상태에 돌입하지 아니하면 안 되는 것이 출가자의 정신 상태인 것이다. 그래서 출가자는 공양을 들 때도 어디를 갈 때도, 곧 행주좌와行住坐臥 어묵동정語默動靜으로 공부에만 전념해야 되는 것이다.

그리하여 세속의 정에 끌리는 행위를 하지 않으려고 자기 부모마저 여의고 왔는데 누구를 부모라 부르며, 일가친척도 이별했는데 누구를 형 아우 할 것인가? 스승도 여러분 있지만 번거롭다 해서 한 스승을 모시고 다만 우리의 석가모니 부처님만 받들며 부처님의 가르침을 따르기 위해서 중생심을 버리고 국가와 부모와 사장師匠과 부처님의 은혜만을 받들어 생각하며 지옥, 아귀, 축생의 고를 생각해서 시방의 어디를 가더라도 참다운 이치를 깨칠 수 있도록 환경을 만들어 지내야 하는 것이다. 마음에 깃든 모든 잘못된 버릇을 참회하며 그 버릇을 고쳐 나가야 할 뿐 아니라 많은 은혜를 갚고 베푸는 자가 되겠다고 발원하면서, 일심으로 스승의 가르침을 따라 공부를 해야 하는 것이 또한 출가자의 길이다. 따라서 마음이 좁아 가지고는 큰 공부를 이룰 수가 없다.

우리는 먼저 부처님께서 이 세상에 출현하시지 아니하셨다면 이 업보 중생이 어떻게 그 어마어마한 죄과를 이해나 했을 것이며, 다겁생래의 생사에서 지은 은혜를 어찌 알 수가 있었단 말인가? 우리 부처님이 나오시지 않으셨다면 우리는 영원히 무지 속에서 살아가고 말 것이다. 여기에서 벗어나지 못했을 때 우리는 또한 영원히 삼악도 중생계에서 벗어나지 못하는 것이다. 그래서 나는 부처님께 감사하지 않을 수 없다. 출가는 또 마음과 육체가 동시에 출가되어져야 하는 것이다. 어떤 사람은 입으로는 출가했다고 해놓고 몸은 항상 세속과 인연을 맺음으로써 출가의 의의를 욕되게 하는 수도 있다. 또 수행인은 물질생활에서도 환경에 맞는 음식을 취해야 되는데도, 거침없이 먹고 마시려고 하면서 출가를 부르짖고 있는 사람이 많으니 이것은 정말 모순이 아닐 수 없다. 그러한 사람은 아마 출가의 개념·의의도 모르고 입산한 사람일 것이다. 일시적 감정이나 세속에서 어찌할 수 없는 도피적 출가는 더욱더 죄악에 빠지는 행위로써 마치 자살행위와 같은 것이다. 왜냐하면 기초가 다져지지 아니한 출가이기 때문에 항상 마음이 흔들리는 생활을 하게 되므로 주위 사람까지 피해를 입히기 마련이다. 즉 그 사람으로 인해서 진정한 출가자도 피상적으로 알고 있었을 때에, 그러한 출가자를 보면 신심信心이 꺾이고 마는 것이니 그 어찌 무서운 일이 아니겠는가? 그것은 곧 불종자佛種子를 끊는 결과를 낳게 된다. 죄 중에 가장 무서운 죄가 불심을 끊어 불종자를 말살하는 죄일 것이다.

그래서 처음으로 부처님의 말씀을 믿고 살려고 하는 사람에겐 착한 벗이 참으로 필요하다. 착한 벗이 아닐 때, 불법의 진수를 모르기 때문에 그 사람의 하는 모양만을 보고 그게 정법正法인 줄 착각해서 영원히 건질 수 없는 데까지 떨어지게 되는 것이다. 또한 은혜를 모르는 자가 항상 억세다. 은혜를 아는 자는 모든 일에 겸손한 자세로 순종을 잘하고 강한 신심으로 악을 여의는 신념이 강하다. 또 은혜를 아는 자는 무엇이든지 자기의 힘으로 하려고 하는 책임감이 강하다. 그런데 남의 은혜를 모르는 자는 항상 의타적이요, 배타적이며 상대에게 허물이 있음을 들춰내려고만 한다. 자기의 허물은 모르고 혹 있음을 자신이 알면서도 없는 체 한다. 언제나 은혜를 모르기 때문에 교만하고 오만불손하다. 여기에서 선과 악의 갈림이 이루어지는 것이다.

이러한 데에서 출가의 근본 초점이 분명해진다. 은혜를 알고 출가한 사람은 먹는 것, 입는 것 등의 사생활이 현저하게 순일하고 깨끗하다. 또한 주고받는 물건에 허물이 생기지 않는 법이다. 다만 과거 업장의 소멸에 전념하고 현재의 무명, 번뇌, 망상을 제거하는데 온정성을 기울이고 살 뿐이다. 불평도 불만도 없으며 더구나 불안, 공포, 우환도 없다. 또한 질병·재난·장해 등의 일체의 환난을 갖지 않으려고 기도한다. 자기의 직업을 알고 살게 되므로 원願이 클 수밖에 없는 것이다. 원이 크므로 언제 어디서나 누구를 원망하며 살지 않게 된다.

모든 일이 자기의 책임임을 분명히 알기 때문에 책임 완수에 전력을 기울인다. 그것이 여의치 못했을 때는 울면서 과거를 뉘우치고 어떤 고난도 수모도 병마도 달게 받으며 살아가려고 애쓴다.

그 이유는 기어이 받을 것은 받아야 되는 것임을 알기 때문이리라. 내가 지은 죄는 내가 받아야지 누구더러 받게 할 것인가. 내가 한 일에 대해서는 내가 책임을 져야 한다. 이러한 마음으로 생활하는 사람은 은혜를 알고 생활해 나가는 사람이다. 그러므로 은혜를 알고 출발하는 것이 진정한 출가의 지름길이 되는 것이다.

마음의 부처와 합일合—될 때가 곧 부처님과 함께 사는 것이 된다. 일체가 마음의 소작所作이거늘 마음 밖에서 무엇을 구할 것인가? 따라서 진정한 출가자는 모든 것을 마음에서 찾는 법이다.

또 진정한 출가자는 대중을 위할 줄 알고 자기의 선행을 들추지 아니한다. 그 사람은 극락과 지옥이 자기 마음의 소작임을 알고 있다. 그래서 그러한 사람은 빨리 지혜가 열리게 되는 것이다. 지혜가 열리지 못한 사람은 은혜가 무엇인지 모르고 희미한 지옥을 헤맨다. 은혜를 아는 자 지혜가 속히 열려 이 우주의 원리를 파악하게 된다.

그리고 나아가 깨달은 마음 가지고도 아니 되는 과거로부터 익힌 습관을 뜯어고치는 수행에 들어가야 한다. 자기의 습관을 알기 때문에 철두철미하게 수행하게 된다. 거기에서 얻어진 일체의 대응법이 순일함을 알게 된다. 마음과 행이 둘이 아님을 안다. 그래서 출가는 좋은 상승법인 것이다. 일체의 악한 마음이, 차별 시비의 마음이 끊어졌으니, 이것이 천상 극락이다.

고를 여읜 낙의 세계에서 모든 것을 접하게 되는 원망스럽다거나 편견과 편애가 없어진다. 상대에게 항상 희망을 줄 뿐 낙심 한다던지 낙오자의 오점을 남기지 아니한다. 정법 속에서 살게 되고 자신감이 매사에 충만하다. 어디서나 굽히지 아니하고 불퇴전의 용맹심을 갖게 된다.

맑은 몸과 밝은 지혜가 있어 현혹됨이 없고 여러 대중으로부터 존경과 추앙을 받게 된다. 행동에는 자비심이 충만하니 이 얼마나 좋은 출가에서 비롯됨인가. 친하고 미워함이 없음이요 옳고 그름이 없으니 항상 사바에 살고 있으되 세연에 물들지 않음으로써 고고한 수행인의 기상에서 벗어나지 않는다.

원수를 원수로 갚지 아니하니 마음이 악한 자도 고개를 숙이고 들어온다. 이것이 은혜부터 아는 자가 하는 짓이니 은혜를 모르는 자는 출가를 못 하는 것이다. 은혜를 아는 자 인욕을 잘하면 극기의 생활을 신조로 삼고 살아간다. 그래서 도를 알고 도를 가르칠 수 있도록 노력함이 출가자의 자세인 것이다. 분명히 가는 길을 알았을 때 헛됨이, 허망함이 없을 것이다. 곧바로 자기 때문이다.

노정기가 없는 길은 멀고도 답답하기만 한 것처럼 출가도 은혜를 모르고 한 자는 언행일치가 아니 되며 하는 일이 비뚤어지니 지탄의 대상이 될 수밖에 없다.

초점 없는 일이란 항상 엉뚱한 결과를 낳는다.

결과가 시원치 않을 시 허송세월이 되는 것이다. 그래서 출가자에게는 허송세월이란 있을 수 없는 것이다. 촌음을 아껴서 정진하라는 부처님의 말씀도 여기에 부합되는 것이다. 하루 일을 하지 아니하면 하루 공양을 받지 말라는 백장 스님의 말씀은 여기에 해당하는 말이다. 출가자야말로 할 일을 아는 사람이요. 가야 할 길을 가는 사람인 것이다.

그러므로 육친의 정에 끌려서야 되겠는가. 중생이 무량한데 언제 어디서 친소親疏를 가려가며 대할 시간이 있단 말인가. 세세생생 정으로 맺어오며 지은 업장임을 아는데 또 빠질 수 있단 말인가. 하루속히 정진에 정진을 거듭하여 그 경계를 벗어나 진정한 은혜를 갚는 자는 그네들을 그 경계에서 벗어나도록 일러주고 건져 주는데 있지 않겠는가. 금일의 냉정이 명일의 참다운 자비행이 됨을 알 수 있을 것이다.

중생이 무량하기 때문에 자비행에 자신을 이끌어 상相을 버리지 아니하면 모든 은혜 갚은 일이 허사가 됨을 알 것이다. 그래서 마와 싸우며 초근목피도 수도에 도움이 됨을 감응하는 것이다. 수도에는 작아도 많아도 아니되는 것임을 아는 중도의 생활이 절실한 것이다. 무욕無欲의 세계에서 항상 고고적적孤高寂寂의 생활로 이어져야 할 것이다. 그 경지를 무상무념의 세계라 한지라 다만 참선 염불에 노력하고 교학을 철두철미하게 공부해서 부처님의 참뜻이 어디에 있는가를 간파하여 수행을 해야 할 것이다. 여기에 출가의 깊고 묘한 도리가 있는 것이다. 그리고 보면 모든 근원이 효孝에서 시작됨을 의심치 못하리라. 출가도 효에 지극한 사람일수록 목적 달성에 빠른 결과를 얻는 것이다. 그러므로 출가는 마음을 말하는 것이요, 겉을 보는 것이 아니다. 다시 말해서 참다운 수행에서 수행으로 끝맺음을 말하는 것이다. 이래서 출가는 항상 부드러움과 온순함과 화목함을 말하는 것이다. 남으로 하여금 시기하고 질투하는 마음을 내게하고 스스로 정도正道를 잃게 되어서는 아니 된다는 것이다. 어렵다는 생각도 쉽다는 생각도 업신여기는 생각도 내서는 아니 되는 것이다. 항상 바른 믿음을 내어 도에 대한 간절한 마음을 잃어서는 아니 되는 것이다. 도를 생각함이 어느 정도냐에 따라서 과거에 가꾸어 놓은 애욕이 고개를 들어 버리는 것이다.

천상천하에 대복전大福田을 지어감에 소홀과 나태는 금물이다. 도에 있어서는 항상 그날이 시작이요, 그날로 회향을 삼도록 노력하자. 오늘도 내일도 착한 일이 적고 무한한 번뇌에 싸여버리면 출가는 이미 헛출가가 되어버리는 것이다.

시간은 사람을 기다려 주지 않는다. 우리 스스로가 시간의 주인이 되어야 한다. 찰나가 합쳐 시간이 되고 시간이 합쳐 세월이 가고 그리고 연륜은 흘러간다. 그러다 보니 어제의 소년이 오늘 죽음의 문턱에 다다르게 되고 만다. 죽음의 문에서 후회해 본들 무슨 소용이 있겠는가. 아차 하는 사이에 우린 다시 육도윤회六道輪廻의 길에 들게 되는 것이다. 또다시 은혜 속에 파묻히게 되고 만다. 은혜를 갚기는커녕 또 입게 되었다는 말이다.

다생겁래도 은혜 갚는 길이 기약할 수 없게 되어버리는 것이다. 더욱이 삼악도에 빠지면 어찌할 것인가. 은혜도 갚지 못할 것이 아니겠는가. 간절한 마음이 필요하다는 말이다. 그래서 누구나 은혜를 위해 자신을 위해 출가해야 하는 것이다. 몸과 마음이 출가가 이루어지지 못하더라도 마음만의 출가라도 이루어져야 한다. 불평불만 나태 소홀함이 없는 생활에서 살아볼 일이다. 마음과 육체의 동시 출가가 진정한 출가임은 틀림없는 사실이다. 진정한 출가는 육친 여읨과 동시에 일체중생이 나의 육친임을 알고 사는 생활이 진정한 출가자의 길임을 알아야 할 것이다.

여기에서 우리는 출가만이 사생의 자부됨을 인식하게 되며 나아가 삼계의 대도사임을 어렴풋이나마 짐작하게 될 것이다. 정진에 정진을 거듭하여 진리를 체득하고 사생의 자부慈父가 되는 출가야말로 출가의 본분이요, 은혜 갚는 길이 될 것이다.

종교란 무엇인가?

대저 왜 수행을 하는가의 물음에 대답을 하려면 먼저 종교가 무엇인가부터 알아야 할 것이다. 그에 앞서 먼저 밝혀둘 것이 있다. 그것은 이 책을 쓰게 된 동기가 이 수행승은 "이렇게 박학다식하오"라고 하기 위해서 쓰는 것이 아니라 다만 불법의 심오한 가르침을 이해하기 어려운 분들이 다소나마 이해할 수 있게 하기 위해서 적는 글이다. 또한 이 수행승은 저명한 종교가도 아니요, 그렇다고 저술가도 아닌 이상, 책을 만들어 이름을 드러내고자 쓰는 것은 더욱더 아니라는 점을 밝혀 둔다. 그러므로 앞서 말한 바와 같이 문장 조립이라든가 이 글에서는 명확한 종교의 정의定義를 쓴다기보다는, 그저 개념 정도를 인식시키려는 데에 본뜻이 있음을 다시 강조한다.

대저 종교라고 하면, 일부 식자층에서는 인간이 선善을 실현하기 위해 가상적인 신神을 내세우는 의식 행위 내지 허구적인 미신으로 인식하고 있으며 특히 유교 사상가들은 허무주의라 하여 천시해 버리든가, 아니면 아예 종교라 하면 거부 반응부터 먼저 내는 무리도 없지 않아, 실로 종교를 논하고자 할 때는 많은 고충이 따르기 마련이다. 그러나 종교란 인간 생활에서는 없어서는 아니 되는 자연적인 안식처가 아닐 수 없다. 그것은 인간 생활의 정체精體가 승화된 곳이 종교이기 때문이다. 즉 세상사를 모르는 것이 없으시고 곧 못 하는 일이 없으신 부처님이나 하나님 또는 무슨 신神을 우리 사람들이 숭배하는 신앙, 곧 믿고 예를 드리면서 그 가르침을 따라 우리 인간 세계 뿐 아니라 저 땅속에 있는 여러 미생물까지라도, 자비와 사랑을 베풀어 악을 버리게 하고 선을 많이 쌓게 하여 다같이 훌륭한 사람이 되어 우리가 사는 이 세계에 평화스럽고 다정다감하게 살자는 것이 아마 종교가 아닌가 싶다. 우리 인간이 대성현이나 크신 신神을 믿어 그분들이 말씀하신 것이나 어떤 기적을 보여주심을 알아차려 가지고 우리가 수양도 하고 공부도 하여 훌륭한 인격을 갖추고 다 같이 원만한 이 사회를 가꾸며, 나쁜 짓은 절대로 말고 우리 사람들에게 좋은 짓만 하고, 남도 그렇게 하라고 서로서로 시키며 도와가자는 것이 그 뜻이라 하겠다. 불교인 같으면, 부처님의 말씀을 믿고 그대로 수행하여 분수에 넘치는 욕심은 버리고 자기의 성품이 무엇인가 알아서 옳지 않은 일에는 절대 관계치 않고, 옳다는 일에는 생명을 던져서라도 그 일을 행함으로써 우리 인간 사회를 복되게 하자는 것이 곧 불교라는 종교를 이해했다 할 것이다.

말로나 알고 자기 행은 없이 남더러는 잘하느니 못하느니 하면서 그저 욕심은 뱃속부터 머리끝까지 찼거나, 입으로는 세상의 속되고 나쁜 말이나 하며, 저는 도둑질하면서 제 자식더러는 도둑질하지 말라는 격언과 같이 붓으로 도둑질, 말로 도둑질, 몸으로 도둑질이나 하면서 도리어 남더러 도둑

놈이라 한다거나, 또한 겉으로는 깨끗한 체하고 몸뚱이 놀리는 것은 추한 것만 골라 하며, 먹는 것도 배 좀 고프대서 옆 사람이 더 먹지나 아니한가 싶어 눈이 휘둥그레 굴리며 부모님인지 형제인지 처자인지를 분간 못 하거나, 약한 사람에게는 저 잘나지도 못한 주제에 잘 난 체 교만스럽고, 잘 나고 강한 사람 앞에서는 비속하기 짝이 없이 얼굴에 두꺼비 가죽이나 쓴 양 애교질 아부질이나 하면서 가장 제가 위하는 척하며 얼굴 앞에선 좋은 말로 비위 맞추려고 애를 쓰다가도 뒤돌아서서는 험담이나 하고 흉이나 보며 허망한 말로 남을 속이거나, 공것이나 바라면서 그저 주는 것이나 좋아하고 좀 살기가 곤란하다고 하여 가장해서 자기가 제일 진짜인 양 남의 눈을 속여 가며 살거나, 게으른 생활로 일관하는 것 등을 다 고쳐 주자는 것이 바로 종교의 기능이다. 그렇다면 많은 공부를 하여 선악을 구분 지을 줄 알게 하고, 악은 멀리 여의게 하고 선은 많이 짓게 하고, 나보다 못한 가난하고 못 배운 사람을 건져 도와주며, 웃어른과 아랫사람을 구분 지어, 존경하고 공경하며 사랑하고 도와주는 것이 또한 종교의 실천 덕목이다.

그래서 일체 악이란 우리 사회에서 없애서 너나 할 것 없이 마음 놓고 일하며 쉬며 공부할 수 있도록 하자는 사람이 곧 종교인인 것이다. 그리고 정신이나 물질을 막론하고 일치해서 쭉 곧은 것과 같이 굽은 데 없이 마음 선하고 안정된 경제 체계를 세우고, 나는 좀 곤란이 있더라도 남의 곤란을 들어 주며 더불어 살자는 것이 아마 종교의 사회적 사명일 것이다. 이것은 성현이나 신이 바라는 것이며, 우리에게 요구되어지는 결수적인 생활 범주이다. 그래서 우리는 행하는 것이며 종교라고 하며 애써 배우면서 말없이 따르는 것이다. 여기에 인간 생활을 정화하는 종교가 있고 불교가 있다.

스님한테 절 받은 상좌上佐

서울 뚝섬 봉은사에 가면 나청호 스님의 비碑가 있습니다. 그분의 법력이 원체 훌륭해서 그 당시는 그 스님의 위력에 다 눌렸다 합니다. 지금은 무상을 그린 양 비碑 하나만이 그분의 공적을 기리고 있습니다.

그분이 행하신 업적 가운데에, 옛날 봉은사 터는 딴 데 있었던 모양인데 임금님의 묘터로써 좋다는 바람에 능을 쓰기 위해 지금의 터로 옮기도록 했다 합니다. 그런데 그 당시 지금의 터로 옮기면서 그 일을 맡아 하신 분이 바로 나청호 스님이십니다. 이 일이 보통 어려운 일이 아니어서 강화 보문사 관세음보살님께 기도를 드려가면서까지도 큰 어려움들을 겪었다니 그 얼마나 고생이 많았나 하는 것을 알 수 있습니다.

그런데 그런 땅을 몇몇 사이비 승들이 더 큰 일을 한답시고 줄여서 팔아 먹어 버렸으니 지금쯤 나청호 스님이 살아 계셨다면 -또 그분을 모시고 그 당시 살던 분들이 계신다면- 기절초풍할 일이 아닐 수 없습니다. 나청호 스님은 가셨고 또 그 당시 살아계셔서 본 분들은 아무 힘이 미치지 못하는 처지에 있었으므로 주먹만 불끈불끈 쥐어가면서 "그놈들 그놈들" 하며 분통을 참지 못하고 울화병이 나 있었답니다. 그러나 세월이 가면 울화병 환자도 세상을 떠나야 하고 팔아먹어 치운 자들도 하나씩 둘씩 염라대왕 앞으로 가서 잘못을 뉘우칠 것입니다.

현재 주지를 맡고 계시는 영암 큰 스님께서 갖은 애를 다 쓰시면서 남은 것이나마 보기 좋고 말썽거리나 더없이 하기 위해서 정리 작업을 하고 계십니다. 물론 총무 스님을 비롯해서 재무 스님 등 대중 스님네들의 공로가 적지 않다고 느껴졌을 때 어떤 사람들은 팔아서 자기 것 쓰듯이 잘 써먹어 버리고, 반대로 어떤 스님네들은 그것을 바로 고쳐놔 다음 스님네들의 말썽 없는 도량으로 만들어서 수행해 열심히 공부하라고 갖은 애를 쓰시는 것이 원래 이치인즉 염라대왕께서도 선처善處를 하시리라 믿습니다. 그리고 나청호 스님께서도 만약 그것을 알고 계시다 하더라도, 어쩔 수 없는 철칙인 즉 인과에 맡기고 하신 일에 대해서 무주상無住相을 실행한 자리에서 웃음을 머금고 계실 것입니다.

나청호 스님의 또 한가지 선행은 그때 당시 큰 물난리가 나서 사람이 수없이 물에 떠내려가면서 살려달라고 하니 사중의 곳간을 다 털어 사람 하나 건져 오는데 얼마씩 주겠노라 하셨지요. 그저 너도나도 할 것 없이 사람을 건져 오는지라 그 많은 사람을 다 품삯 주어가며, 건져다 놓은 사람들을 삼 개월씩이나 먹이고 옷 해 입혀가며 구제해 주셨던 사실도 있습니다. 그런 일이 생길 시 보통 사람으로서는 엄두도 못 내는 일을 잘도 하셨기 때문에 봉은사의 이름도 널리 알려지고 큰 수행을 쌓으신 스님네의 자비 바탕을 드러내 보이어서 불종자들을 촉발해 내는데 큰 공을 세우셨다는 말입니다.

이런 스님이신지라 그 스님 밑에 또 큰 스님 한 분이 제자 되어있었으니 그분이 바로 일조 스님이십니다. 상좌가 스님한테 절 잘하는 것이야 절했다고 잡을 사람 없지만 스님 되시는 분이 상좌한테 절을 했다고 하면 이것은 보통 일은 아니라는 것이지요. 그런데 나청호 스님은 당신의 상좌가 되는 일조 스님에게 절을 세 자리를 지극한 정성으로 하신 분입니다. 그러니 옆에서 보는 사람이 그냥 볼 수가 없어서 "어찌 스승이 상좌한테 절을 할 수가 있습니까?"라고 물었습니다. 나청호 스님께서 말씀하시기를 법을 보고 절을 하는 것이지 신상身相을 보고 하는 것은 아니라는 것입니다. 상좌로 스승보다 법이 높으면 절 받을 자격을 갖추었다는 것이지요. 이 몸뚱이 보고 절을 하는 것은 범부의 절이고 법을 보고 절하는 것은 참 절이라는 것입니다. 법을 알고 절을 할 줄 알면 참 도인이라는 것입니다. 마음으로써 마음을 알아가기 때문에 지혜인의 행동이라는 것입니다. 지혜 없을 때는 옆에 부처님이 계셔도 못 알아보니 소용없다는 얘기입니다. 따라서 지혜인의 소행을 범부가 옆에서 알 수 있느냐는 것이지요. 그러니까 무슨 뜻으로 절을 하셨습니까 하고 물어봤다는 것입니다. 지혜가 없으니 무슨 뜻으로 절을 하셨는지 모르는 건 당연한 일이지요.

또 나청호 스님 말씀이 내가 며칠 뒤에 이 옷을 벗는데 내 상좌 된다는 저 일조 스님에게 시다림尸茶林을 부탁했노라 하시더랍니다. 그리고 난 뒤 며칠 있다가 과연 일조 스님이 도착이 되시고 시다림은 시작이 되더라는 것이지요. 그 스님 밑에 그 상좌라는 말이지요. 나청호 스님이 옷을 벗어 던진다는 말입니다. 새 옷을 갈아입고 이 세상에 다시 출현하시어 중생제도에 임하시겠다는 것입니다. 그 작업이 바로 부탁한 시다림이지요.

나청호 스님의 부도와 구제공덕비 ⓒ최선일

　　이러한 소식은 나도 모르고 남도 모르는 사이에 시간이 흐름에 따라 이루어지면서 우리에게 혜택을 주게 됩니다. 그러나 그것을 모르면서 살아가는 것이 우리 중생살이 입니다. 그런 것이 중생이기 때문에 중생계에 살아간다는 말입니다. 이렇게 해서 살아가고 있음을 느꼈을 때는 보은자報恩者가 되나 못 느꼈을 때는 배사자背思者가 되는 것입니다. 성현의 은혜는 이렇게 해서 우리에게 베풀어지나 우리는 이 뜻을 모르니 마음으로 어떤 절대자를 만들어 놓고 스스로 속박당해가면서 구원을 요구하는 것이 중생살이라 하겠습니다. 이 두 스승 상좌는 그것을 잘 알고 계셨기 때문에 항상 법열 속에서 살으시면서도 중생을 연민히 여기시는 자비행을 널리 행하신다는 말이지요. 그래서 시비선악의 작용을 떠나신 우리의 스승이라 하는 것이지요.

이 일조 스님께서 일제日帝 시 화엄사 각황전을 보수하는데 사중에서 청함이 없었건데도 혼자 오시어 그 보수가 끝나는 날까지 증명해 주심으로써 아무런 사고 하나 없이 원만히 마치게 하신 분입니다. 옷 한 벌로 그 불사가 바쳐지는 날까지 한발도 옮김 없이 한자리에서 그 많은 보수 기간 동안 절에 머물러 계심을 보고 신도들이 신심이 절로 났지요. 옷이다 버선이다 별의별 것을 다 갖다 바쳤건만 회향 날 말도 없이 떠나 버리셨답니다. 회주 스님이 모시러 가서 보니 방에는 시주물 하나 손댐 없이 그냥 떠나 버리시고 여운만 맴돌더라는 것입니다. 그래서 그분이 누구며 누구 상좌인지조차 몰랐다는 얘기지요. 다만 어떤 이인異人이 와서 각황전에 과거세 인연이 있기 때문에 저렇게 하고 가셨구나 할 따름이었습니다. 이 사람이 화엄사 주지직을 맡았을 때도 그 옛날부터 그 절에서 먹고 자고 하던 스님네들도 봤다고만 하는 이야기지 이름조차 모른다는 것입니다. 그리하여 그 정체를 알기 위해 무한히 노력한 끝에 아는 스님으로부터 확신을 얻은 이야기를 여기에 실어 본 것입니다.

옛날 봉은사 스님네 중에서 나청호 스님을 곁에서 모셨었던 스님을 찾아서 물어본 이야기입니다. 아무것도 가진 것 없이, 행한 것 없이 여여如如한 삶의 진실을 보여준 것입니다. 높고 깊은 삶, 가르치시기 위해 부처님께서는, 사상四相(아상我相, 인상人相, 중생상衆生相, 수자상壽者相)을 버리라고 하셨습니다. 위두 스승 상좌 스님네가 부처님의 말씀대로 수행하시어 우리에게 본보기로 실행하여 주신 것에 머리 숙여 감사를 드리지 않을 수 없는 것입니다.

바위에 적응한 동삼童葠과 소나무

사람이 살아가는 데 자기의 적성에 맞는 환경 속에 살아가기란 매우 어렵다. 그것은 부모님의 유전 차이로부터 형제간의 성격 차이, 이웃간의 관계 차이 등 수없이 들 수 있다. 그렇다고 못 사는 것도 아니요 아니 살 수도 없는 것이다. 또한 불행한 사람들은 일찍 부모 형제를 여의고 살아가는 것이 보통인데 그런 사람들의 적성에 맞는 환경은 더욱이 없는 것이다. 부모 형제가 따뜻하게 보살펴 주는데도 자기 적성에 맞지 아니하여, 어린 과정부터 애를 먹는 사람이 허다하니 많다. 그런데 일찍 부모 형제를 여윈 사람들은 남이 부모처럼 보살펴 줄 수가 없기 때문에 항상 정에 그리웁고 환경의 따뜻함에 굶주릴 수밖에 없으니, 어떻게 하여 자기 적성대로 살 수 있겠는가. 그렇다고 아니 살아갈 수도 없고 그 속에서 벗어나지도 못하는 것이 인간 생활이다.

대개는 그 환경을 벗어나려고 애를 쓰나 사실은 벗어날 수가 없는 것이다. 여기 가나 저기 가나 조금씩 달라진 환경은 되지만 자기 적성에 맞추기란 매우 어렵다. 따라서 대개는 그 속에 살면서 불평과 불만과 고독감, 소외감을 갖고 살기 마련이다. 그런데 이런 사람들을 가리켜 소인배小人輩라고 한다. 대인大人들은 그런 것에 잘 적응해갈 줄 안다. 어떻게든지 그 환경을 자기에게 맞는 환경으로 고쳐놓고 마는 것이다. 그러나 소인배는 그렇게 못하고 자기 적성에 맞는 곳을 찾아 다니다가 결국은 역마성驛馬性만 조장하게 된다. 그래서 그 역마기가 완전한 습성이 되어 말년에는 그 돌아다니고 싶은 역마기에 끄달려, 봇짐을 싸가지고 이리 뛰고 저리 가서 불평불만에다 나중에는 시비만 여기저기서 늘어놓다가 자기도 모르는 순간에 소외疏外 인물人物이 되고 마는 법이다.

그리하여 말년에는 이곳저곳에서 싫다고 하니 마침내 억지로 살 수밖에 없는 팔자가 되고 마는 것이다. 왜냐하면 기력이 쇠잔해져서 돌아다닐 수가 없기 때문에 과거의 불평불만의 환경이 지금에 와서는 좋다고 하는 회고성에 떨어져 그 시절 이야기와 그리움에 눈물만 짜게 되는 것이 보통이다. 이것이 소인배들의 말년의 처절한 신세타령인 것이다. 다시 말해서 노력은 하지 않고 타인의 도움만을 바랐던 탓이 된다는 말이다. 소인배란 자기의 개발, 자기의 노력, 자기의 인욕적 생활에서 쌓아 올린 금자탑이 없으니, 항상 남의 노력의 세계, 개발과 인욕적 피나는 노력 속에서 은덕恩德을 입고 살아야만 한다. 그러면서도 그 은혜를 모르고 자기 적성에 맞지 않는다고 불평불만만 하므로 당연히 받아야 할 말년의 쓰라림은 말할 나위 없는 것이다. 그것을 끝까지 모르고 산다는 것이 슬프다.

결국 배은과 배신자가 되었지만 스스로는 그것을 모른다. 그렇다고 자기는 남의 불평이나 불만을 해소할 수 있는 인물이냐 하는 문제다. 절대로 자기는 더 못하는 주제에 더 불평불만 속에 살아가고 만다. 그러므로 이 점이 더 딱하다는 것이다. 자기는 못 해주면서 남은 해주기를 바라는 그놈 정말 안타깝고 어리석은 인물인 것이다. 따라서 이 세상을 살아가려면 적응성이 강해야 되는 것이다. 자기 적성에 안 맞는다고 하여 떠날 수 없는 것이다. 거기에 적응해서 안 맞는 것도 맞추어 보는 자가 대인이 될 자이다. 어디를 가나 자기의 적성에 맞는 곳이 있을 수가 없는 것은 그곳에 이미 상대가 있는 법이거늘 어떻게 해서 자기의 소유가 될 수 있는가 말이다. 문제는 자기가 쌓아 올릴 수밖에 없는 것이 우리의 현실이라는 뜻이다. 여기를 가나 저기를 가나 반드시 상대가 있고 그 상대가 이미 그곳에 적공을 쌓아놓고 살아간다. 내가 거기 가면 손이 된다. 손으로서 주인에게 신세질 수밖에 없는 노릇이다. 그렇다면 그 은혜에 보답하기 위해서 나도 노력하는 적응성을 띠어서 결국 상대와 나와의 관계를 원만히 맺는 도리밖에 없는 것이다. 이것이 이 세상의 살림인 것이다.

그러나 소인배일수록 안목眼目이 없는지라 덕성과 지혜를 갖출 인욕적 생활을 못 한다. 항상 못마땅한 자기의 처신을 합리화하기 위해서 남의 말을, 없는 것도 사실인 양 지껄여 상대에게 피해를 주며 살아가는 것이다. 자기의 본위本位가 무지 속에서 이루어질 때 한없는 자기의 욕망을 채울 수 없다는 사실을 모르는 것이다. 때문에 이루어지지 않는 욕구 불만이 상대에게 피해를 크게 준다는 사실을 알아야 할 것이다. 크게 보면 무서운 죄악을 일으켜 사회에 나아가선 국가에까지 영향을 끼치는 것이다. 욕망은 무한한데 이루어지는 것은 별로 없음을 잘 알아야 할 것이다.

그래서 항상 수행하는 것은 덕성을 기르고 지혜를 넓히는 작업을 말한다. 소나무를 보라. 바위틈에 끼여서 살아간다. 끄떡없이 살아간다. 그런데 좋은 땅에서 커가는 소나무보다 몇 배 아름다웁고 고귀하지 않는가. 도리어 바위가 쪼개져서 소나무 뿌리를 이기지 못한다. 동삼童蔘을 보라 바위틈에서 큰 동삼이 훨씬 약효가 더 있는 법이다. 그것은 그만치 그 바위와 싸워 이긴 결정체이기 때문이다. 다시 말해서 악조건의 환경이지만, 불평불만 없이 적응해 가는 소산이란 말이다. 이와 같이 나무나 풀도 그 환경에 적응해 가면서 살아가는데, 왜 우리 인간은 적응할 수 없단 말인가.

상대성원리相對性原理 세계에서 살아가는데 어떻게 나를 본위로 해서 살아갈 수가 있겠는가. 항상 상대를 의식하고 살아갈 수밖에 없는 것이다. 그러다 보면 서로서로가 돕는 결과를 가져오는 것 아니겠는가. 남을 위함이 곧 나를 위함이 된다는 것이다. 다시 말해서 앙상한 바위를 소나무나 동삼은 장엄해서 상대로 하여금 감탄사를 연발하도록 하듯이 우리도 나의 적성에 맞는 곳은 없는 법이고 또 먼저 나보다 개척하고 살아가는 상대에게 잘못이 없으니 늦게 난 우리가 −늦게 찾아간 우리가− 적응해 주지 아니하면 누가 할 것인가 하는 말이다. 그러므로 불평불만을 인욕으로 참고 항상 희망적인 인생관을 세워 열심히 노력하는 사람이 되어, 나도 남도 좋은 생활을 꾸려가자는 말이다. 나로 하여금 스산한 환경을 만들지 말고, 언제나 나로 인해서 화화한 분위기 속에서 살기 좋은 환경을 만들어 보자는 것이다. 그러면 상하가 분명하면서도 우리 인간이 평등하게 살 수가 있다. 처음과 끝이 분명하여 서로 믿고 의지하는 인간상을 구현해 볼 수도 있다. 세월이 갈수록 참는 힘 노력하는 힘이 늘어나서 일여심으로 살아갈 수 있다.

수행인이라면 더욱 그렇고 사업에도 마찬가지이다. 한번 먹은 마음 변함 없이 꾸준히 참고 견디어 노력한 만큼 성사의 결과가 정해짐을 알 수 있다. 그러므로 많이 보고 많이 듣고 많이 읽어서 마음의 양식부터 쌓아 올려야 될 것이다. 그 다음에 실행해서 인간이 되어야 할 것이다.

우리는 영장지물이요 창조하는 신이다. 모든 것이 합하여 이루어짐이 인연과 법이다. 그래서 인과법을 모르면 절대로 인간이 될 수 없다. 겉 보고 인간이라 할 수 없는 것이다. 속과 겉이 일치되어졌을 때에 참 인간이라 하는 것이다. 다시 말해서 멀쩡하니 잘생겼지만 행동이 그르다면 인간이 되지 않는 법이요. 말은 번드르르한데 행이 없으면 속임수밖에 되지 않는다. 마음과 겉이 다르면 인간이 아니고 남과 좋은 화합이 없으면 좋은 인간이 아니라는 말이다.

이 세상은 그래서 합해야 하고 화합하지 못하면 둘이 다 망하는 법이다. 여러분들이 해 본 결과이다. 남하고 싸워 이득을 본 사람이 있는가. 재물도 손해요. 마음도 상하고 있다. 모든 원리가 다 그러하기 때문에 내가 적응할 것이요. 남더러 적응해 달라고 할 것이 아님을 알 수 있다. 내게 책임이 있는 것이요. 남에게 책임이 있는 것은 아니다. 잘되면 화합한 공덕이지 자기의 잘함이 아니다. 못되면 자기의 잘못이지 남의 탓이 아님을 알아야 한다. 그래서 큰 사람의 덕은 봐도 작은 사람의 덕은 없는 법이다. 내 것을 주면서 인심 잃을 필요 없다. 세상은 주고 사는 법이 좋다. 받다가 보면 시비가 생기며 섭섭함이 낀다. 달라고 해서 환영하는 사람 없다. 그러나 준다고 하면 다 좋다고 한다. 그래서 진실을 요하는 것이요 진실된 위치에서 이루어지지 아니하면 시비가 따르는 것이다. 진실은 내가 상대를 위해서 대가 없는 마음가짐을 말하는 것이다. 대가를 바라는 행은 좋다 하는 행이라 할지라도 자비성에 어긋난다. 그렇다면 상대를 위해서 대가 없이 하는 일에는 인욕적 행이 따를 뿐이요 적응성 뿐인 것이다. 이것이 우리가 소나무나 바위 위에 동삼을 보고 배울 점이다. 진실히 참고 견디며 꾸준한 노력의 대가가 좋은 결과를 가져다준다는 말이다. 그러나 그 대가도 나를 위한 대가가 아니요. 상대가 좋다는 대가인 것이다. 그러므로 부처님 말씀대로 상대를 위한 나로서, 바르게 정진하는 나를 강조하신 것이다. 남을 위한다고 해도 바르게 하지 아니하면 그것도 병이 된다는 말이다. 그러니 모든 것이 바르고 참는 힘이 꾸준해서 중단없는 정진이 필요한 것이다. 이런 데서 상대를 위한 화합이 이루어 짐을 강조해 둔다. 밝은 지혜 밝은 행동은 만고에 불변의 법칙임을 말한다. 이것이 화합을 가져다주는 본바탕이 됨이요 그러자면 참는 것이 첩경임을 일깨워 주기 때문이다. 좋은 일은 말로 됨이 아니요 행이기 때문에 밑바탕의 사상이 선결의 요건임을 말하는 것이다.

대 자유인이 되자

　사람들은 흔히 자유라는 말을 많이 씁니다. 그러나 그 자유라는 단어의 개념은 어데다 두었느냐 하고 물어보면 대답은 항상 애매합니다. 그러니 인생관이 있다고 볼 수가 없으며 생활관이 정립될 수가 없습니다. 사람이 이 세상을 살아가는데 인생관이 정립되지 못하고 어떻게 생활을 해 갈 수 있느냐는 말입니다. 말하자면 자기의 목표 방향이 설정되지 못한 상태에서 살아가는 현실이고 보면 그 생활이 엉망일 것은 뻔한 노릇입니다. 술을 마시되 지각없이 마셔대며 담배를 피우되 뜻이 없이 피워 대는 것, 놀음놀이를 하되 혈안이 될 수밖에 없는 것 등입니다.

　환경이 그러하니 그런 것만 배웠다고 하나, 어느 정도 나이가 들면 못된 짓인지 잘된 짓인지를 알고 살아가야 할 것입니다. 보고 들은 것이 없고 독서를 하지 않았기 때문에 양식이 없는 사람이 된 지라 너무나 저속적이고 비타협적이어서 현실의 실정을 망각한 인생살이가 되었습니다. 아니 저질적 생활이어서 사람이면서 사람 생활을 못 하니 곁의 사람에게까지 피해를 줍니다. 가정도 불안하고 가정의 연장인 사회도 불안하게 되는 것입니다.

자기도 모르는 과욕적 생활이 되다 보니 짐승과 다를 바 없는 생활이 된 것입니다. 그러한 생활 속에서 연속적 악습만 늘어가니 나중에는 걷잡을 수 없는 비인간성을 띠게 되고, 자연 고립적 위치로 바뀌어지고 만 것입니다. 그래서 푸대접 속에 소외생활을 하게 되며, 더 마음이 비뚤어져 점점 짐승의 마음으로 변하게 되어지는 것입니다. 하는 짓은, 지혜로써 그 선과 악이 판가름 되는데 지혜가 말과 바닥이 나버려서 완전 짐승의 세계 속에 살아가는 것입니다. 그러나 지혜가 없는 몸이다 보니, 거기서도 인생론이 나올 수가 있다고 우겨대지는 못할 것입니다.

그러므로 자유라는 말이 그런 생활을 하는 사람들 속에서 나왔다고 한다면 그것이 자유라고 누가 인정하겠는가 하는 것입니다. 먹는 것, 입는 것, 이성 문제, 수면 과욕, 잘난 체하는 무리에게 잘한다고 누가 말하겠는가. 잘하지 못한 말을 듣는 사람에게 자유가 어떻게 보장되겠는가 하는 얘기입니다. 사회생활에서 피해를 입을 수밖에 없기 때문에 자연 속박당할 것은 당연한 귀결이 됩니다. 그런데도 자유가 없다고 −자기의 잘못을 저지르면서− 이야기할 수 있으며 떠들어댈 수가 있는 것이냐 하는 문제입니다.

그렇다면 자유란 남에게 피해를 주지 않는 데서 비롯되는 것이고, 자기의 지혜가 어느 선에서 그어졌느냐에 따라서 자기의 자유가 보장된다고 하겠습니다. 그러니 마음의 속박, 육체의 속박 속에서 살면 자유라는 언어하고는 너무나 거리가 있음을 알 수 있습니다. 너무 먹고자 하는 욕심, 너무 좋은 것만 입으려고 하는 욕심, 시간만 있으면 이성의 생각에 치우친 생활을 하는 사람, 너무나 게으름만을 일삼는 사람, 이론과 맞지 않는 행동을 하면서도 잘난 체하고 상대를 멸시하는 것을 마음의 속박이라 하는 것입니다. 따라서 마음의 속박을 풀어버리지 못하고 어떻게 자유인이라 할 수 있는가 하는 것입니다. 자유란 마음의 속박에서 벗어나 육체의 행동이 남에게 피해를 주지 않을 때 자유인이라고 하는 것입니다. 남에게 피해를 주지 않는다는 것은 결국 마음에서 일어나는 과욕적 망상을 일으키지 않게 억제력이 필요한 것입니다.

억제력이 얼마나 있느냐에 따라서 자유를 얼마나 누리고 사는 것인가를 측정할 수 있는 것입니다. 그래서 인욕을 부처님께서 말씀하신 동기가 바로 여기에 있음을 알 수가 있습니다.

참아라, 입도 참고, 마음도 참고, 가는 것도 〈몸〉 참고, 일여심으로 한결같이 의왕을 〈부처님〉 믿고, 약방문 〈법〉대로 스승 삼아 〈계를 잘 지켜서〉 힘쓰라 〈스님을 따라라〉 하신 것입니다. 그러면 "대 자유인이 되느니라 하신 것입니다. 그러면 자유란 참고 견디며 열심히 인생 공부에 힘써감을 뜻한다 하겠습니다.

절은 인생 대학입니다. 신도는 대학생입니다. 절에 시주는 수강료입니다. 결석해서는 아니 되고 법회에 잘 참석해야 한다는 것입니다. 수강료를 잘 내야 됨은 절 형편에 따라 분수껏 시주함을 말합니다. 거기서 얻어짐이 인욕법을 배워, 마음씀을 제대로 해서 상대에게 피해 주지 않음을 대 자유인이라 합니다. 그렇다면 세상살이를 남을 위주로 함이 선이고, 나를 본위로 함이 악입니다. 선도할 짓과 못 할 짓을 가려함을 계라 하며 이러한 것을 분명히 깨침을 성불이라 합니다. 성불이 되지 않음은 대 자유인이 될 수가 없음을 뜻합니다. 때문에 자유 자유 하지만 자유란 그리 쉽게 쓸 수가 없다는 사실을 알아야 하겠습니다.

과거, 현재, 미래를 톱니바퀴 돌 듯하면서 천상, 인간, 수자, 아귀, 축생, 지옥을 맴돌면서 우리가 살아있는 동안에 과거세부터 익혀옴을 성품이라 하고, 성품대로 하는 것을 성질이라 합니다. 그러니 이 세상살이를 성질대로 해서는 아니됨을 말하는 것입니다. 제 성질대로 하는 것은 자유인이 아니며 무엇이든 간에 상대에 피해가 가느냐 안 가느냐에 마음을 두고 살아감이 진정한 인간이라 할 수 있습니다.

인간은 분명히 동물 중에 속해 있으나 억제력을 갖고 있으므로 영장지물이라 한 것입니다. 영장지물이 억제력이 없다면 이것은 한갓 동물임으로 자유인이 아님을 증명한 것입니다. 그러면 사람이라고 하는 것은 결코 자유인임을 말하는 것이니 그렇다면 항상 피해 없는 건설적 세상살이가 됨을 말하는 것입니다. 여기에 추호의 피해 망상이 깃들어 있다면 인간이 아니기 때문에 자유란 말은 하지 아니해야 되는 것입니다. 그렇다고 할 때에 우리는 부단히 공부를 계속해서 입으로 마음으로 몸으로 남에게 피해 주지 않는 공부를 하기 위해선 국민학교, 중학교, 고등학교, 대학교, 대학원을 나온다고 되는 것은 아니니 인생 대학인 절을 찾는 것입니다.

많은 노력 끝에 알지 못하는 경지에 도달하면 그때는 부처님께 귀의해서 부처님의 법을 알아 실천해가는 궁행자가 되어야 합니다. 그래서 분수에 맞지 않는 일체의 행을 배격해서 수월히 될 수 있는 데까지 우리는 힘써 닦아야 하는 것입니다. 여기서 우리는 지혜가 밝아지고 따라서 일체의 행이 맑게 이루어짐을 알 수 있습니다. 그러므로 부처님의 말씀은 우리의 몸에서 마음에서 환경에서 일치되어져야 됨을 알 수 있습니다. 그래서 자유의 경지에 도달될 때까지 남에게 피해를 주지 않고 살아갈 수 있는 것이고, 자유 속에 살아짐을 공감하게 되는 것입니다. 마음의 오욕적 속박, 몸에서 일어나는 오욕적 속박, 환경에서 일어나는 오욕적 속박이 있는 한 절대로 우리는 자유 속에 살지 못하고 있음을 알아야 하겠습니다. 그래서 자유를 말하려면, 자기 몸도 자유로워서 남도 어떻게 자유로이 해줄 수 있는 것인가를 우리는 알아야 하겠다는 것입니다. 정치인·교직인·산업인·종교인 할 것 없이 자기의 속박을 푸는 공부에 전념이 되어졌을 적에 바른 정치, 바른 교육, 바른 생산, 바른 수행이 나올 수 있음을 우리는 잘 알게 될 것입니다.

입으로 되는 것이 아니고 항상 실천궁행 속에 이루어짐을 알아야 합니다. 그래서 부처님께서는 행동을 중요시 하셨습니다. 당신의 말씀도 중생이 이행해 주지 않는다면 한낱 쓸데없는 사십구四十九 년의 헛수고가 되는 것입니다.

글과 말은, 행동을 어떻게 할 것인가를 알고 하기 위해서 필요로 하는 것이요, 학보와 절은 그 실천을 하도록 배우는 전당인 것입니다.

곰의 재주

나는 가끔 세기동물원에서 보았던 곰을 생각하곤 한다. 그리고는 이 세상을 곰과 그 곰을 이용하는 주인으로 얽혀있는 것이라고 생각해 보기도 한다.

막이 열리면 사육사가 나타나 손님들에게 인사를 한 다음, 막 안을 향하여 뭐라고 소리친다. 그러면 곰이 어슬렁어슬렁 무대에 나타난다. 사육사가 뭐라고 신호하면 두 발로 서서 두 앞발로 무엇을 받드는 자세를 취한다. 그다음 사육사가 다시 소리치면서 큰 기둥만한 나무 장대를 가져다주면, 곰은 그걸 받아서 양다리를 포개고 사타구니 사이에 끼기 시작한다. 그리고 나서는 그 장대를 몸으로 누르기 시작하면 사육사는 곰의 양다리가 땅에 닿을 때까지 소리치는 것이다. 곰은 포갠 양다리가 아파서 부러질 지경인데도 사육사의 매가 무서워서 계속 장대를 누르고 있는 것이다. 그 사이 사육사는 구경하는 손님들에게 돈을 받기 위해 아양을 떨어가며 돌아다닌다. 관중들은 그것이 구경이라고 돈을 던져주며 하는 말이 "미련한 게 곰이라더니 참

곰은 곰이구나" 하고 웃는다.

　사육사의 그 잔인성을 바라보며, 구경이라고 웃으며, 돈을 던지는 관중, 그 아픔을 이겨가며 돈을 벌어주고 먹을 것을 얻는 곰, 곰을 잔인하게 다루며 돈을 벌어먹고 사는 사육사, 이 세상의 고苦를 헤매는 모든 중생들은 이 세 부류 어느 한 곳에 속해 있다고 보아야 할 것 같다. 구경을 하며 돈을 던지는 관중 역시 곰 종류에 속한다는 사실이다. 미련한 곰이라고 비웃으며 즐겨보는 것이지만 사실은 바로 자기 자신을 바라보며 구경하는 것이다. 이것 역시 비참한 고苦이며 생계를 위해 목숨 때문에 잔인한 매와 억압 속에서 살아야 하는 곰 같은 처지 또한 고苦 속을 헤매고 있는 것이다. 사육사도 영원히 씻을 수 없는 업을 짓고 있는 것이니 헤어날 길 없는 윤회의 고苦 속에 빠져들고 만다.

　그러므로 이 세상은 미련한 곰과 같은 세상이란 뜻이다. 한 발치도 앞일을 내다볼 수 없으며 세상의 이치를 생각하려고 하지 않는다. 아니 미련하니까 깨닫지 못하는 것이다. 꼭 한 분 깨달으셨으니 바로 부처님이시다. 지혜를 밝혀서 우리는 하루속히 "곰세상"을 면해 보아야 할 것이라고 본다. 아－! 언제 그렇게 곰세상을 벗어난 정토淨土가 될런지 안타깝기만 하다.

기호선인騎虎仙人

세상살이를 이만하면 넉넉히 큰 허물없이 마쳤다고 자부하던 노인 한 분이 있었습니다. 자식 복도, 먹는 복도, 입는 복도, 그리고 아내와 같이 그런 대로 남에게 아쉬운 소리 하지 않고 살아왔다는 것이지요. 이제는 말년도 되고 했으니 명산대찰이나 구경하고, 부처님께 인사도 드려가면서 여생을 좀 더 신성하게 살아보리라 하는 생각을 가졌더랍니다.

그래서 자식들에게 사정 이야기를 하고 짐을 꾸려서 짊어지고 길을 떠난 것입니다. 차도 타지 않고 걸어서 싫도록 구경을 하리라 한 것이지요. 얼마를 깊은 산중으로 들어가는데 절을 찾는다는 것이 길을 잘못 들어 어디로 가는지조차 모르고 허덕허덕 걸어가는 중입니다. 집에서 편히만 살다가 걷고 보니 배도 고프고 허기가 지니 기운도 빠져서 쉬어가리라 마음이 들어서 바위 위에 한참 동안 과거를 회상하며 깊은 감회에 잠겨 있었습니다.

그런데 호사다마好事多魔격이라 앞에 무엇이 어른거려 자세히 살펴보니, 늙은 호랑이 역시 배가 고파서 무엇이나 한 마리 잡아먹어야 하겠기에 살펴

보는 중인데, 하필이면 뼈다귀만 남은 늙은 사람인지라 이 호랑이는 내 팔자에 무슨 복이 있어서 좋은 것을 만날 소냐 하며 앉아서 탄식 중에 있었습니다. 늙고 병든 호랑인지라 좀 싱싱한 고기가 필요한 것인데 이렇게 늙은 사람을 만났으니, 더구나 풍채가 좋고, 악한 사람도 아닌 것 같은데 그런 사람을 잡아먹을 수가 있을까 하는 양심도 가지고 있는 호랑이인지라, 이럴 수도 저럴 수도 없는 흐트러진 마음속에서 생각에 잠겨있는 판입니다. 그러나 늙은이는 생각하기를 늙은 팔자에 만고강산이나 구경하며 말년에는 부처님 법음法音이나 듣고자 이렇게 나섰거늘, 내가 고약한 호랑이 밥이야 될 수 있느냐 하고 생각합니다. 그러니 있는 힘을 다해서 싸울 수밖에 없도다. 호랑이란 본래 외뼈로써 몸을 자유로이 못 한다니 빠르게 등으로 가서 목을 졸라볼 수밖에 다른 도리가 없겠다는 생각이 드니, 없는 힘이 나오고 없는 용기도 솟아서 곧장 일어나 호랑이 등에 타 본 것입니다. 호랑이는 생각하기를, 잡을 수도 안 잡을 수도 없어서 슬그머니 달아날까 하는 생각에 잠겨 한참 눈을 감고서 감히 늙은이가 나를 어찌하지는 못하겠지 하고 명상에 잠겨있는 참인데, 무엇이 등에 와서 목을 조르는지라 하도 어이가 없었지요. 일어나서 엎어치기를 할까 하고 힘을 써보는데 맹랑하게도 목 조르는 힘이 그리 세지는 못하나 떨어지지는 않은지라 이것 고약타 하는 생각에 성이 좀 난 것입니다.

그리하여 이렇게도 뒹굴러 보고 저렇게도 뒹굴러 보나 그럴수록 목은 자꾸 졸라오는지라 숨이 막히며 고통이 오는 것입니다. 그러니 자꾸 당황하여질 수밖에 없는 것입니다. 속히 생각한다는 것이 뛰어보면 어떠할까 해서 뛰기를 시작한 것입니다. 늙은이는 등에서 목을 조르고 있는데 자꾸 뛰구니까 등이 아파 견딜 수가 없어 애를 먹는 판에, 이제는 뛰어가니 등의 고통은 면했으나 호마를 타본 적이 없는지라 목을 꽉 조르며 가는 수밖에 없으니 하체가 아파서 견딜 수가 없었지요.

이렇게 할아버지와 호랑이는 힘이 지치는 데까지 싸울 수밖에 없는 숙명적 신세들이 된 것입니다. 호랑이도 제정신이 없는지라 이리 뛰며 저리 뛰며 가다가 결국은 힘이 지치니 서서히 자연스럽게 걸어갈 수밖에 없고, 노인도 힘이 쑥 빠졌으니 목 조르는 힘도 없어져서 호랑이의 목도 편안하게 되어진 것입니다. 둘이 다 힘이 없고 보니 될 대로 되라는 식이면서도 서로 간에 놓을 수는 없는 생각이고 끝까지 지친 놈이 나올 때까지 가는 수밖에 없이 되어질 것입니다.

한참을 실랑이 끝에 어느 곳을 지나가는데 시간적으로는 저녁나절이 훨씬 넘어서게 되었습니다. 호랑이 역시 산중인지 들판인지 헤매다 보니 동네 속인 줄도 모르고 지나가게 된 것입니다. 그 동네 사람들이 바라보니 늙은 신선神仙이 호랑이를 타고 자연스럽게 천천히 걸어가는지라 우리 동네 경사 났다고 구경을 시작하는 것입니다. 그러나 호랑이와 할아버지는 이제는 넋이 나가서 동네도 사람도 보이지 않고 다만 죽기만을 면해 보겠다고 가는 것 뿐입니다. 동네 사람들은 그 늙은이와 호랑이의 처지는 몰라주고 다만 어떤 신선이 자기 동네 경사가 있으려고 저렇게 우리 동네를 지나가고 있다고 덮어놓고 감사해하며 또 우러러보는 것입니다. 그러면서 자기들도 이렇게 살 것이 아닌데 하면서, 과거에 살아온 것을 후회하고 그 늙은이를 부러워하는 것입니다. 그러니 정말 딱한 일이지요. 늙은이를 살려야 하는데도 부러워만 하니, 이것 정말 야단난 것입니다.

이 세상살이가 다 그렇습니다. 제 분수에 맞도록 살면서 행복한 줄을 알며, 제 위치가 어디인가를 분명히 알아서 거기에서 동떨어진 것을 아니 해야 됩니다. 그러면서 남을 높이 볼 것이 아니라 내가 고될 때 저 사람도 고될 것이고 내가 행복할 때 저 사람도 행복할 것이다라고 알면 됩니다. 나는 불행하고 저 사람들은 행복할 것이라 생각하고 가서 보면 역시 그 사람도 불행하게 살고 있음을 알 수 있습니다. 이것은 다만 불행과 행복이 물질에 있는 것이 아님을 말해주는 것입니다.

마음이 넉넉하면 물질적으로 불편하지만 생활에 불평불만이 없다는 것입니다. 물질이 태산같이 쌓여 있어도 마음이 가난하면 불행하게도 항상 불평과 불만 속에 산다는 말이지요. 남의 겉만 보고 그 사람은 행복할 것이다 했지만, 그 사람 역시 마음이 가난하니 겉으로는 훌륭하지만 항상 죽는다는 소리만 내고 산다는 것입니다.

이것이 우리의 주변 현상임을 깨달아 우리 불제자는 항상 마음을 넓히는 수행을 많이 해서 마음으로 넉넉히 분수에 맞도록 살아야 한다는 말이지요. 남의 사정을 모르는 우리로서 어떻게 남이 행복하다고 할 수 있느냐는 것이지요. 가령 권력 있는 사람이 하루아침에 쇠고랑 차는 것을 우리 눈으로 똑똑히 여러 차례 봤을 것입니다. 권력 있는 사람은 언제 어떻게 그 자리를 타의든 본의든 물러서야 할 판이므로, 마음 놓고 지낼 수 없는 것입니다. 돈 많다고 저녁에 잠 편히 못 잡니다. 도적놈이 언제 와서 어떻게 하고 가져

가려는지 모르기 때문에 개를 몇 마리씩 키워가며 철조망을 높이 쌓아놓고, 또 경비원을 두고 사는 것을 우리는 분명히 봐 왔을 것입니다. 그것이 어떻게 해서 편안한 생활이라 하겠습니까.

그래서 부처님께서는 우리의 고苦가 모두 물질에 집착하면 한만큼 크다고 하셨습니다. 더욱이 내 욕심대로 되는 일이 어디 있습니까. 하나라도 정도에 맞지 않는 일 하는 사람, 꼭 그 과보를 받는 사실도 우리는 봐 왔습니다. 그럼에도 불구하고 물질에 집착이 강해서 정신을 못 차리고 허황된 일에 말려들어 몸과 마음에 병이 들 때면, 빈손으로 와서 빈손으로 간다는 사실을 알면서도 어떻게 이렇게 무지한 짓만 할 수 있었을까 하는 생각이 든답니다. 또한 백만장자라 할지라도 선행을 본업으로 해야지 악업으로 본업을 삼았다고 하면, 인심人心이 천심天心이라는 것이므로 그 사람의 결과는 죽은 뒤에 욕밖에는 없음을 우리는 미루어 충분히 생각할 수 있습니다.

세상에는 삶의 형태가 대강 3으로 나누어 볼 수 있습니다. 하나는 선한 짓으로 이름이 나 있고, 또 하나는 악인으로 명성이 나있고, 셋째는 아무 한 일 없이 평범하게 사는 부류로 나눌 수 있습니다. 우리는 이 세 가지 중에 무슨 이름을 남기고 가야할 것인가는 자명한 일입니다. 그렇다면 몸이나 마음에 악한 버릇을 고쳐 지혜를 넓히어 아량과 설득과 이해로써 상대를 대하며, 다 같이 선행으로 항상 끝을 봐야 한다는 사실입니다. 이렇지를 못하는 사람들은 항상 제 앞은 못 보고 남의 허물만 보는 것이므로 남의 시비는 잘 하나 제 일은 하나도 못하는 것입니다. 제 앞을 잘 살필 줄 아는 지혜인이 되자는 것이지 남의 시비를 가리자고 하는 것은 아니 되는 일입니다. 그렇기 때문에 늙은이의 딱한 사정도 모르고 신선으로 보는 우매한 인간이 되어서 살 수밖에 없는 것입니다.

항상 우리는 자업자득이란 진리를 모르는 채 허물을 남에게 돌리며 저 잘났다고 우쭐대다가 허무하게 무상 속에서 살다 잘못된 짓만을 행한 업을 가지고 갑니다. 그러다가 미래에 다시 고통 속에서 헤어나지 못하는 살림살이를 연속적으로 하게 되는 것입니다. 이렇게 하여 육도六道에서 뱅뱅 돌면서 –그것도 삼악도에서만 돌면서–영원히 인간의 몸을 받기도 어렵게 되어진다는 사실입니다. 부처님 말씀에 귀를 기울이며 상대를 정확하게 보는 지혜인이 되어서 시비 없는 사회 건설에 적극 참여하는 인간이 됩시다. 그래야만 부처님께서 입이 닳도록 말씀해 주신 그 은혜에 보답하는 인간이 되는 것입니다.

한퇴지의 참회

　전생에 기생으로 고생고생하다가 너무나 허망하고 무상함을 느끼게 되었다. 그래서 찾은 곳이 절을 찾게 되어 어떤 스님으로부터, 물을 많이 쓰려면 둑을 쌓아 가두어서 맑게 한 다음 그 물을 식수로도, 농업용수로도 쓰는 법이다. 사람도 너무 잡된 생각이 많아 좋은 지혜를 흘려버리는 마른 사람이 되면, 나중에는 소견이 좁아 죽을 때는 망념이 되고 본받을 수 없는 사람이 되기 때문에, 그 잡된 생각이 흐르지 못하도록 모르는 것으로 막아 지혜를 가두어 맑고 밝게 사는 법이다. 그 모르는 것은 화두, 염불, 주력, 정근이거니와 이것으로 흐르는 지혜를 막는 것이다 하는 이야기를 듣고 그 기생은 몇 년을 두고 기도를 하였다. 그러나 무엇이 잡히지 않았다. 항상 계속 못된 습으로 살았기 때문에 그 습 생각으로 순일무일하게 기도하지 못했음을 감지치 못하고 도리어 소망이 이루어지지 않음을 원망했다. 다시 말해서 불교를 비방하다가 죽어 갔던 것이다.

　그러나 그 기도의 공덕으로 남자 몸으로 다시 태어나서 재주꾼이 되어 어떤 책을 봐도 물미가 잡히어 훌륭한 학자로서, 높은 벼슬자리까지 올라가 한퇴지라는 큰 이름을 갖게 되었던 것이다. 전생에 불교를 비방해 오던 터라 금생에 태어나서도 계속 불교를 비방하다가 현종 임금의 미움을 받아 귀양을 갔다 풀려 조주원을 맡게 되었다. 그가 불교 비방을 계속하던 차, 원까지 좌천됨이 더욱 분해서 조주원에서나마 승려들이나 괴롭혀야 하겠다는 생각으로, 이 근처 어느 절이 크며 어떤 스님네가 훌륭한가 물었다.

그리하여 태전 선사가 계심을 알고 홍련이란 관기를 보내어 파계를 시키도록 하였다. 그 기생이 성사를 시키면 관기 기적에서 빼줄 것은 물론, 많은 재물을 주기로 하고, 만약 못 이룰 시는 목을 내놓기로 하였다. 태전 선사에게 가서 3년 동안 갖은 수단으로 시봉을 자처하며 생활하여 봤으나 도저히 뜻을 이루지 못할 것을 느낀 나머지, 드디어 실토를 하고 말았다. 그때 태전 선사는 홍련이 가련함을 보고 시를 치마폭에 지어주며 그것을 한퇴지에게 보이도록 하였다. 그 시의 요지를 말하면 조계종의 승려로서 중생을 구제하는 공부에 전념하는 나는, 수많은 고생 끝에 겨우 자리를 잡아 중생구제에 임할 시기가 되었는데 어찌 한 아녀자의 품속에 조계후계자로서 한 방울의 물이라도 떨어뜨릴 수 있는가라는 말이었다.

이 글을 본 한퇴지 크게 느껴 그 태전 선사를 가뵙고 무릎 꿇고 제자 되기 원하니 허락을 받고 훌륭한 불제자가 되었다는 것이다. 그렇다. 그 수많은 고통 중생이 있는데 공부한다는 사람들이 한 방울의 물이라도 헛되게 아무 데나 떨어뜨릴 수는 없는 것이다. 이러한 각오가 없는 사람은 이 세상의 밥버러지에 불과하다.

우리는 눈·코·입·귀·몸·마음의 육근六根으로 산다. 육근이 미망일 때, 우리는 짐승인 것이다. 영장지물이란 이 육근 위에 선과 악을 사량 분별할 줄 아는 동물이다. 그래서 착함을 누구나 원하기 때문에 인간이라 하는 것이다. 인간으로서 6근 미망인 짓을 할 수는 없는 것임을 우리는 분명히 알고 살아야 할 것이다. 극락·천당에 막음이 없다. 지옥도 오라고 누가 하지 않는다. 극락·천당·지옥이 자기의 소작임을 분명히 알고 살아가야 하겠다.

불교 역사 개요와 교훈

불교의 발달사를 보게 되면 근본불교, 원시불교, 부파불교, 소승불교, 대승불교, 비밀불교, 종파불교 등으로 살필 수 있습니다.

근본불교란 부처님께서 이 세상에 계실 때의 가르침을 말하는 것입니다. 즉 부처님께서 직접 가르치시던 시대를 말하는 것입니다. 다음 원시불교란 옛적 불교라는 뜻도 됩니다만 부처님께서 열반하신 직후 바로, 초기에 교리가 아직 발전 또는 정돈이 되지 못하고 또한 대승사상이 발달되기 이전의 시기를 말하는 것입니다. 또 부파불교는 부처님께서 열반하신 후 100년쯤 되어서 아소카왕(재위:기원전272년경~기원전232년경)이 세상을 다스릴 때, 진보적인 수행 스님들이 열 가지의 새 교의를 교단에 요구한 것에 반대하는 보수적인 스님네의 의견으로, 보수적인 상좌부 · 진보적인 대중부로 나누어졌던 것입니다. 이것이 세월이 흐름에 따라 불멸 후 400~500년 경에는 20부部로 나누어지게 되었습니다. 이것을 소승 20부파라 부르기도 합니다.

그리고 소승불교인데, 위에서 말한 부파불교에서 이해가 되었으리라 믿습니다만, 부파불교에 소승적, 대승적 파가 생긴 것입니다. 다만 이해를 돕기 위해서 말한다면 "승"은 싣고 운반한다는 뜻입니다. 우리 어두운 사람들을 적게 이상경에 이르게 한다는 뜻에서 소승이라 합니다. 다시 말해서 자기의 공부는 열심히 하면서도 다른 중생에게는 소홀히 한다는 뜻입니다. 성문승·연각승이라 말하기도 합니다. 성문승은 사제四諦의 이치를 관하여 사과四果를 증득함을 말하고, 연각승은 십이인연법十二因緣法을 관하여 벽지불과에 이르는 것을 교지로 하는 것입니다. 이 교는 주로 남방에 전파되었습니다.

다음은, 대중불교 또는 대승불교라 하는 것인데 소승불교의 반대되는 말입니다. 자기 공부도 열심히 하면서 남 즉 많은 중생을 구제하면서 지상에 불국토佛國土를 이루려는 가르침입니다. 여기에서 부처님의 위촉을 우리가 감득하고 진정한 불교인이 되어서 수행을 해간다면, 내 공부보다는 남을 더 알게 하고 수행의 뒷바라지가 필요함을 느낄 것입니다. 육바라밀의 수행으로 많은 상대를 구제해 감을 말합니다. 이 대승사상은 주로 북방으로 전파되었습니다. 부처님의 가르침은 닦아감을 말합니다. 다시 말해서 불교를 올바르게 인식하면서 확고하게 실천하는 불자佛子가 되어야 합니다. 부처님의 거룩한 위촉을 정확하게 하려는 행위인 것입니다. 이것이 바로 불교의 본뜻에 우리를 적합시키는 수행이라고 할 것입니다. 덧붙여, 다음은 비밀불교인데 부처님께서 상대자의 소양과 지식 성질이 한결같지 아니한 이들에게, 그들의 요구에 맞도록 하기 위해서 듣는 이가 따로따로 이해할 수 있도록 말씀하신 교묘한 교법이란 것입니다. 또한 그 뜻은 서로가 알지 못하는 특색을 가지고 있습니다. 이렇게 해서 신심이 아니고는 도저히 수행해 갈 수 없음을 실천시키는 방편이기도 합니다. 항상 시간과 공간을 초월해서 부처님과의 맥을 잇게 하는 수행법이 되는 것입니다. 교리적으로만 불교를 이해했다면 말에 끌릴 염려가 있다는 것입니다. 그러므로 물러서지 않고 증험을 쌓아 가면서 성불의 그날까지를 기약해 주신 가르침을 굳게 실천해야 합니다.

끝으로 종파불교인데, 부파불교는 주로 부처님의 말씀에 기준을 두었다고 본다면 종파불교는 스님네 중의 인물을 중심으로 해서 그 주장하는 교의 행사 작법 등이 다름을 말합니다. 중국에서는 3종이 있었고, 한국에는 한창 불교가 성할 무렵 보덕 화상이 세운 열반종, 자장 율사가 세운 남산률종, 원효 스님과 의상 스님이 세운 화엄종, 진표 율사가 세운 법상종, 또 법성종 등 오종五宗이 있었습니다. 위 것은 경서經書를 중심으로 하였고, 선에 분파된 가지산파, 실상파, 사로산파, 동리산파, 사자산파, 성주산파, 희양산파, 봉림산파, 수미산파의 구산문九山門을 합해서 "오교양종五敎兩宗"이라 합니다. 이렇게 하여 지금은 소승·대승·비밀·선종으로 줄어들기도 했습니다만, 한참 불교가 성할 때는 교리적으로나 인물적으로나 대단했던 점을 알 수가 있습니다. 소승에서 대승으로, 수행에서 돕는 데로, 산간에서 요처要處로, 이론에서 실천으로, 발달하였음을 알 수가 있을 것입니다. 결국은 불생불멸不生不滅의 자기 자리를 확립 증득하여서 중생을 구제하는 실천불교로 발달하였음을 여실히 역사가 증명해 주고 있습니다. 그래서 부처님의 가르침은 믿는 데서 닦는 것으로, 듣는 데서 확인으로, 추종에서 증각으로, 의타에서 자립안심입명으로 향하게 됨을 분명히 알 수 있는 것입니다.

자기가 조물주요 창조신으로서 모든 만상의 주인임을 깨친다는 것도 알 수 있습니다. 마음의 소작으로 이루어짐도 명명백백해졌습니다. 그리하여 평등성에서 노닐게 되면 극락을 자증하게 되는 것입니다.

그러므로 부처님께 감사 아니 드릴 수 없게 되었습니다. 윗사람에게 배신 배은하면 아랫사람에게도 배은 배신당한다는 것을 알아야 합니다. 그래도 불교를 헐뜯고 몰라라 할 것입니까. 우리 것을 버리고 사이비 것만 따르며, 이치를 어둡게 하여 사회와 국가를 혼탁하게 할 것입니까. 그 죄 어찌하려고 합니까. 내 것 먼저 배워 알고 가야 하리라고 봅니다. 또한 효가 만선의 근본임도 알았습니다. 제사 지냄도, 선조 섬김도, 통계적으로 보아 착한 사람들임을 알 수가 있었습니다. 제 나라 국가의 국기 소중하게 여김도 애국심의 시초라는 것을 알았습니다. 이것이 바로 부처님의 가르침이라는 것도 알았습니다. 현재의 사는 도리를 말씀만 하셨다면, 윤리설에 그치고 받았을 것입니다만, 부처님은 과거·현재·미래를 손바닥에 놓고 보시듯이 확고한 말씀으로 어디서부터 마음 씀을 시작할 것인가를 분명히 우리에게 가르쳐 주셨습니다. 과거의 연장은 현재요, 현재의 연장은 미래임을 분명히 깨우쳐 주신, 고마우신 어른이라는 것이 역사가 흐를수록 더욱 강렬하게 가슴에 와 닿는 것입니다.

싯다르타의 탄생

지금으로부터 2600년 전 인도에 "가비라"라는 나라가 있었다. 그다지 크지는 못한 것 같았다. 이 나라의 그 당시 임금님은 정반왕이었다. 그의 종족은 석가족이요 그 집안 이름은 구담이라고 불렀다. 정반왕은 덕이 많으신 분이며 치정을 잘하였으므로 나라는 태평하였다. 단, 자기 황후께서 애를 가지지 못한 것이 슬픈 일이었고 쓸쓸한 일이 아닐 수 없었다. 우리 평민 사이에도 가정에 자식이 없다고 하면 매우 슬프다고 하는데 하물며 부귀영화를 마음대로 하는 왕가에서야 더 말할 나위가 없음은 물론이었다. 또한 어지신 임금의 슬하에 혈육이 없다고 하면 그 나라 국민의 슬픔도 굉장했으리라.

그 때문에 임금 이하 문무백관에서부터 저 천한 백성에 이르기까지 태자 한 분 얻기를 매일 학수고대하였을 것이다. 마침 그러한 보람이 있었던지 정반왕이 40세가 넘고 마야부인이 45세가 되어서 태기가 있었다. 그러니 온 국민이 다 기뻐 날뛸 지경이었다. 열 달이 되어 해산 날이 나날이 가까워

지자, 그 당시 인도국의 풍습에 따라 마야부인도 구리성이란 친정으로 가게 되었다. 가는 도중 룸비니라는 동산이 있어서 거기에서 잠깐 쉬어가려고 하였다. 별안간 산기가 있어 마야부인은 무우수라는 나뭇가지를 잡고 어리둥절하던 차에 오른쪽 옆구리로부터 아이가 나오는 것이었다. 이렇게 하여 탄생한 태자를 그 나라의 국법에 따라 이름을 지어주는 잔치식을 거행하여, 모든 것을 성취한다는 뜻으로 싯다르타라고 정명하였다.

그러나 대개 훌륭하게 될 사람은 어릴 적부터 정신적으로나 육체적으로 고통과 고생이 많은 것은 우리가 역사를 통해 잘 아는 사실이거니와 우리의 부처님께서도 이 세상에 출현하신 지 칠 일 만에 슬프게도 어머님께서 세상을 떠나시게 되었다. 즐거움이 있게 되면 슬픔이 있는 것이요 슬픔이 있으면 즐거움이 있는 것이고, 만나면 갈림이요 갈리게 되면 만나는 것이며, 부수게 되면 만드는 것이요 만들게 되면 부서지는 것이니, 이 철칙에 의해서 태자 싯다르타도 이별의 슬픔을 맛보게 된 것은 어찌할 수 없는 일이었다. 그러나 상하 국민의 기쁨·슬픔이 뒤범벅이 된 상태에서, 그런대로 싯다르타는 이모의 손에서 자라나게 되었다. 태자는 정신과 육체가 건강하게 커갔다.

싯다르타 태자^{太子}의 출가^{出家}

싯다르타 태자께서는 나면서부터 서른두 가지 좋은 상이 구비되었으므로 보통 사람과는 다른 특출한 인물이셨다. 그때 당시 바라문 아시다 선인이 있어, 말하기를, 이런 상^相을 가진 사람은 만약 뒤에 세속에서 살게 되면 이 세상에서 가장 어지신 전륜성왕이란 왕이 되어 사천하^{四天下}를 다스릴 것이며 만약 집을 떠나 수도하는 스님이 되면 위가 없는 바른 깨달음을 성취하여 다시 없는 대성현이 되어 그 위덕이 천하에 떨칠 것이라고 말한 적이 있었다.

이와 같이 날 적부터 총명 투철한 데다가 부왕인 정반왕께서 숙고사색하여 지도하시는 관계로 일곱 살 때부터 글을 배우기 시작하여 그때 당시 인도에서 있다는 글이라든가 무술 같은 것을 모두 배웠다. 그러나 그것으로 태자는 만족치를 못하고 언제나 명상에 잠기어 가슴 속 깊이 그 무엇인가 허전함을 느끼고 있었다. 부왕은 선인의 말을 들은 뒤에는 언제나, 중이 되면 어찌하나 하는 생각으로 그 길을 막기 위해서 겨울철 여름철 봄 가을철에 적당히 놀고 생활할 수 있는 좋은 전당을 지어주고, 나라에서 미인들만 골라서 시중을 들게 하며, 음악을 끊이지 않게 했다. 이 세상은 이렇게 즐겁다 하는 생각으로 돌리려고 무진 애를 썼다. 그리고 나이 19세에 당시 아주 예쁜 "야소다라"라는 처녀에게 장가를 보내어, 세상에 있는 즐거움은 다 맛보게 하였다. 그래서 "라후라"라는 아들까지 얻게 되었다.

태자는 원래 그 성품이 내성적이며 생각하고 탐지하는 성품이 많았었다. 그런 관계로 언제나 앞서 말한 바와 같이 가만히 앉아 생각하는 시간을 많이 가졌었다. 일곱 살 되던 해에, 그 나라의 예로부터 전해 내려오는 한 풍습으로, 봄에 밭을 갈고 씨를 뿌리는 경종식이라는 식에 국왕 이하 문무백관이 참석하였는데 태자도 여기에 참석하게 되었다. 싯다르타 태자는 그것을 가벼이 보지 아니하고 마음을 도사리고 유의해서 보았던 것이다. 거기에서 사고는 일어나고 말았다. 정반왕의 철천지한을 가슴 속에 넣어주고 출가하게 한 사건이었다.

다름이 아니라 쟁기가 밭을 갈고 나가게 되니 무수한 벌레들이 쟁기에 치이고 또는 두 동강이가 되어 죽어가게 되었다. 거기다 눈 위에 서리 온 격으로 까마귀 까치들은 그것이 좋아라고 쟁기 뒤를 쫓아다니며 쪼아 먹고 하는 것이었다. 이와 같이 비참한 광경을 바라보고 있던 싯다르타 태자는, 이 어찌 하등동물에게만 있는 일이겠느냐 하는 생각에까지 미쳤다. 우리 인간세계에서 생명을 갖고 있는 한 다 먹고 살기 위해서 수단과 방법을 가리지 않고 살생과 도둑질, 거짓말 또는 모함으로 일관하는 것이 아니냐는 결론이었다. 심지어는 극도로, 무릇 생명을 가지고 있는 동물은 다 마찬

가지일 것이다라고 번거로운 심정에까지 자극받았던 것이다. 이것을 눈치
챈 왕은 태자의 마음을 돌리려고 앞서 말한 온갖 오락과 사치생활을 하도
록 했던 것이다.

그러나, 일이 자주 정반왕의 뜻과는 반대로 엇갈려 가는 것은 차마 볼 수
없는 현상이었다. 하루는 태자가 동문 밖으로 놀러 나간 적이 있었다. 마침
머리는 하얗고 허리는 굽어서 지팡이가 아니면 의지하지도 못할 것이요 그
러니 가다 쉬고 또 쉬며, 그래도 살았다고 어딘가를 찾아가는 꼴이란 차마
눈 뜨고는 못 볼 처량한 모습을 보았다. 거기서 태자는, 왜 늙지 않고는 살
수 없는 것일까 그 일을 해결할 수는 없는 것일까 하고 생각했다. 그다음은
남문 밖에 놀러 나갔다가 부축해서 걸어가는 병든 사람을 보았다.

몸은 여위어가고 몇 날 몇 달을 씻지를 못했으니 더러울 것은 사실이요,
몸이 아프니 찡그릴 것은 뻔한 이치이니, 아파하는 사람보다는 보는 사람이
더 고통이 될 판이었다. 이것을 본 태자는 사람이 아프지 않고는 살 수 없는
것일까 하고 생각하였다. 또 다음은 서문 밖에 놀러 나갔다. 이번에는 뜻밖
에도 죽은 사람을 실은 상여가 나가지 않는가. 상여를 타고 가는 송장은 송
장이려니와, 못내 서러워하는 그 송장의 권속들이 더 처량하게 보였다. 그
러니 죽음이 없다 하면 저 사람들이 저렇게까지는 애통할 것이 없지 않은
가, 도대체 사람이 안 죽을 수는 없을까, 하는 생각이 또 태자의 가슴을 파
고드는 것이었다.

그리고 그다음은 북문 밖으로 놀러 나갔다. 거기서는 희열에 넘치는 한
스님네를 발견하였다. 한 손에는 발우를 들고 한 손에는 주장자를 들었으

며, 머리와 수염은 박박 깎았다. 도복을 입고 걸어가는 모양은 정말 단정한 데다 어디인가 고요 적적하게 보였고, 위엄있게 걸어가는 모양은 정말 이 세상 사람과는 달랐다. 그리하여 태자는 그에게 다가가서 이 세상 사람과 다른 행상을 물어보았다.

그 사문 대답하기를 인간의 낳고 병들고 늙고 하는 법칙에서 벗어나서 남도 없고 죽음도 없는 항상 즐거운 것을 구하기 위하여 출가하여 도를 닦는다고 하였다. 이 말을 들은 태자는 마음속 깊이 이 길밖에는 딴 길이 없다고 생각하게 되었다. 태자는 여기서 다시 한 번 집을 떠나 산속 깊이 들어가서 한번 크게 깨쳐볼 생각을 도사리고 기꺼웁고 희망에 넘치는 발걸음으로 궁전으로 돌아가 부왕에게 뜻을 고백하였다.

이 출가의 뜻을 들은 정반왕의 마음은 설레이기 한이 없었다. 슬프고 분하기도 하려니와 장차 왕업의 대를 누구에게 전해줄 것인가가 문제였다. 그렇게 출가라는 마음을 못 갖게 하기 위한 수단도 헛수고가 되어버렸다는 것이 아주 슬펐다. 인간의 무상을 한 번 더 맛보았다. 왕은 다시 한번 마음을 돌릴 것을 권유했으나 모두 헛수고였다. 태자는 왕에게 네 가지 원이 있다고 하면서 그 문제를 부왕이 들어주시면 출가를 단념하겠다고 하였다. 그 첫째는 항상 젊어 있게 할 것. 둘째는 늙지 않게 할 것. 셋째는 항상 병이 없게 할 것. 넷째는 영원히 죽지 아니할 것 등을 요구하였다.

그 말을 들은 부왕은 이것은 심히 불가능한 일이라고 힘없이 대답했다. 부왕은 아들의 결심이 굳건한 걸로 생각하여, 이제는 성을 이중삼중으로 호위를 시키어 태자로 하여금 성 밖을 나가지 못하게 하는 도리밖에 없다고

금동탄생불 ⓒ국립중앙박물관 소장(건판 22538)

보고 성을 단단히 주야를 가리지 않고 지키게 했다. 또 궁중 사람으로 하여금 그 전보다 더 태자의 마음을 즐겁게 해주도록 궁녀들에게도 더 철통같은 명령을 내렸다. 그러나 한번 굳게 세운 그 뜻을 굽힐 태자가 아니었다. 그러면 그러할수록 더 출가의 뜻이 용솟음쳐 가는데 어찌할 수 없었고, 성안에서는 철통같이 명령을 받은 수비군과 궁녀 등 모든 사람들이 밤잠을 아니 자고 이 태자의 출가를 막아보려고 했다.

그러나 태자가 출가하려고 보니 자기를 수비한다는 사람들이 도리어 잠을 자고 있었으며, 그 잠자는 꼴은 흡사 죽은 송장과도 같아 보였다.

그 해가 태자 29세 되는 때였다. 어느 날 밤중에 성을 넘어 차익이라는 마부 한 사람만 데리고 깊은 산중을 향하여 달렸다. 날이 밝아오게 되어 옆에 찼던 잘 드는 칼을 빼어 머리와 수염을 깎고 그대로 사문이 되셨다. 그 마부와 말을 궁전으로 돌려보내고 이제는 활발한 마음으로 이름이 있다는 수도인들을 찾아다니기 시작하였다.

원만히 살자

절에서 삼 년마다 하고 있는 "미리 닦아가는 큰 재"가 있는데 이것을 예수재라 한다. 사십구四十九 일日간 온 정성을 다해서 부처님 지장보살님께 기도하며 일주일마다 시식까지 하여 엄숙하고 정결하게 모시는 행사이다. 명도전에 이르기를 인도 유사국에 한 임금이 있었는데 이름이 병사왕이다. 나이 15세에 임금의 자리에 오른 신심이 돈독한 임금이었다.

이 임금님은 선왕들의 치정에서 비롯한 여러 영혼들을 위로하기 위해서 이 예수재를 지내게 되었다. 그래서 그 자손들이 부처님과의 생명선을 잇게 하여 항상 부처되는 공부를 하고 살려면 남을 위해 노력해야 한다는 사상을 받아 생활화하였다. 그러기 위해 미리 마음을 닦아가야, 밝은 지혜가 나오고 밝은 지혜가 있음으로써 자기 사생활이 좋아지며 남 앞에 떳떳해서 공포증이 없게 되며, 자신 있는 말을 하게 되는 것이다. 그래서 미리 닦아간다는 의의 있는 행사가 필요하다는 것이다.

이 의의 있는 행사를 예수재라 이름하며 삼 년마다 공달(윤달)이 든 해에

행사하게 마련이다. 또 그 정성과 엄숙함이 말할 수 없도록 거행돼왔었고, 그것도 이십오二十五 년간이나 행사해 왔었다. 그런데 갑자甲子년 십이十二월 팔八일 경신일庚申日 야밤 중에 명도사자가 푸른 옷 입은 한 사람과 누런 옷 입은 아홉 사람이 오더니 임금의 이름을 부르며 큰 소리를 내는지라 병사왕이 크게 놀랠 것은 사실이요, 어찌할 바를 몰라 어디로 달아나려고 하는데 열 사람의 사자들이 옷소매 어디 할 것 없이 짜고 잡고 가는지라 어찌하지 못하고 따라갔다. 도중에 큰 흰 산이 있는데 초목은 없고 형상이 눈이 쌓인 산과 같더라는 것이다. 이상해서 사자들에게 그 이유를 물으니 세상 사람들이 예수재를 지내면서 법답게 돈을 만들어 거행치 못할 뿐만 아니라 음식을 대접하는 데도 법답게 하지 못하고, 명호를 대는데 빠진 분이 많으므로 명왕이 그 돈을 받지 않았기 때문에, 이렇게 예수재 때 보낸 돈이 쌓여 산이 되었다는 것이다.

병사왕 말하되 그 재도 임금 노릇 하면서 정법으로 국민을 다스렸으며 악업을 안 짓고 살아가면서 더 잘해 보려고 부처님 말씀을 한마디도 소홀히 하지 않고 열심히 부처 되기를 발원하였습니다. 더 나아가 선왕과 국민들의 억압적 죄업까지 소멸시키려고 또 살아있는 국민들도 부처되기를 발원시키여 보살도를 행하도록 법령으로 다스려 가는데 나를 이렇게 가두려고 합니까? 명왕 말하되 법대로 하지 않고 또 빼앗고 청하는 분이 많아 섭섭해서 그랬으니 다시 세상으로 돌려보내 줄 것이다. 세상에 나가서 다시 예수재를 더 정성껏 지내라. 여기 구록명목책을 줄 것이니 세상에 유포해서 꼭 여러 어두운 중생들에게 밝은 지혜를 갖도록 제도하라. 공양하며 예배케 하고 용

의한 마음을 내서 경박한 짓들을 못하게 하며 마음 닦기를 똥 창자 씻듯이, 명이 마치는 날까지 소홀함이 없도록 하라. 깨치지 못하면 무서운 삼악도가 있음을 알려주며 자기 죄를 뉘우치도록 하라 하고 돌려 보내주었다.

살아나서 지금 각 절에서 거행하고 있는 예수재 의식책에 다시 만들어 가지고 나온 구록명목具錄名目을 삽입시켰다. 다시 예수재 날을 택하여, 거행하기 전 이 예수재 의식이 그전과 달라 꼭 도리에 맞다면 상서를 주소서 하고 촛불을 끄고 부처님께 몇 번이고 절을 하였다. 양 촛대에 불이 자연히 켜지며 향기가 법당에 진동하였다. 그래서 더 정성을 들여 거행했다 한다.

이 책이 지금껏 내려와서 요새 각 절에서 온 정성을 다해 그 책대로 거행하고 있는 것이다. 그러나 세상 사람들은 이런 이야기를 믿지 아니하려고 한다. 다만 정신적인 생활은 아니 하려고 하며 물질 만능·배금사상으로 살려고 하면서 아쉬울 때만, 그것도 삿된 신앙으로 무지몽매한 짓들을 뻔뻔스럽게 하고 사니, 이것이 곧 세상을 혼탁케 하는 것이 아니고 무엇이겠는가. 우리는 바른길이 무엇인가를 먼저 알고, 알았다면 행에 옮기는 습성을 가져야 할 것이다. 더 배운 자가 몽매한 짓을 한다면 어찌할 것인가. 12년·16년·18년·20년 이렇게 공부시켜 놓아도, 밝은 지혜적 생활을 못하고 살아간다면 뒤를 봐준 어른들께 미안과 죄책감이 그 얼마나 클 것인가 말이다. 영장지물이다 하는 것은 옳은 짓인가 그른 짓인가의 판단력이 있다는 말이 아니겠는가. 정신들 차리렸다. 위 어른께 배은 배신하는 것은 지혜 없음이로다. 그러니 아랫사람 다룰 줄 몰라 배은 배신당하는 건 원칙이 아니겠는가.

은혜를 알고 살자. 지혜 있는 생활을 하자. 지혜가 없으면 편협한 생활이 되므로 원망顚望한 불사를 이루지 못하는 것은 당연하다. 그러므로 지혜를 닦아 원만한 생활이 되며 우리의 공동사업인 원만불사가 되어지도록 기도하여야 할 것이다. 그러려면 화합하고 자비롭고 도와주어야 한다. 조금 도와주면서 티를 잘 내는 태도야말로 어리석은 짓이 아니고 무엇이랴. 내 것 주면서 비방 듣지 말자. 도우는 마음에는 상相이 없어야 한다. 상이 없으면 비방 들을 것도 없고 시비에 말려들 것도 없다.

어려운 수도修道의 길

속가에서 흔히 말하기를 자식을 낳기도 어렵고, 설사 낳는다 해도 키우기가 어렵고, 키운다 해도 훌륭한 사람의 위치에 오르게 하기가 어렵다고 한다. 즉 잘 가르치기가 어렵다는 뜻이다. 이 삼자 중에 한가지라도 빠져선 아니 될 뿐만 아니라 사람의 축에 들지 못하는 것이 사실이며, 그와 반면에 노력에 노력을 해보아도 이 세 가지를 원만히 하기란 도저히 어려운 것이다. 설사 원만히 되었다 하더라도, 만들어 놓은 그 사람이 단명하다든가 혹은 난시難時에 처해서 그 난으로 하여금 피해를 입어 영원히 괴멸해 버린다든가 혹은 병신 즉 육체적인 불구자가 되어버린다든가 하여 보람 없이 되는 수가 허다하다. 십중팔구十中八九는 그러하므로 여기에서 인간무상을 절실히 느끼는 것이다. 그렇다 보니 자살이다 타락이다 하는 예가 비일비재하지 않는가.

여기에 비해서 더욱 어려운 것은 수도의 길인데, 인격연마를 목적으로 수도길에 오르는 데 있어 그 곤란이란 정말 심히 말하기 어려운 것이다. 그러므로 이 세상 후한 사람 중에 성현 군자가 많은 것 같아도 찾아보기 어렵다는 것이다. 특히나 호강과 사회 물정에 젖어본 적이 없는 사람이 갑자기 인격연마의 최고 길을 찾기 위해서 고행의 길을 찾는다는 것은 더욱 어려운 일이 아니겠는가.

우리가 항상 체험하는 일이지만 잘사는 독자라든가 장자나, 고관대작에 오른 사람의 자제라도 못된 길에 빠져버리는 것이 흔하다. 학교의 통계성적을 내 보아도 그러한 사람들은 놀기나 잡기에 나가는 일은 으뜸이지만 진실성 있게 파고 공부하는 사람은 그리 흔치 못한 것이 사실이다. 그러니 자기 부모의 조대繼代를 받아 자기 아버지 이상 가는 포부와 담력으로 행을 한다고 하면 그 집안이 흥할 것은 자명하다. 그러나 대개 망해버리는 것이 통례인 것은 자기 아버지보다 못해 버리는 데서 오지 아니한가 생각한다. 더욱이 한 가정의 창달 문제도 이렇게 어려운 것인데, 하물며 인류의 대 스승이요 지도자가 되는 성현의 길에 오르는 길이 쉬울 까닭은 없는 것이다.

수도를 한다는 것은 인격연마를 최고의 목적으로 하는 것이다. 그리고 훌륭한 연마가 끝이 나게 되면 그때에는 가련하고 불쌍한 우치한 사람들을 건져주는데 책임이 있다. 이 우치한 사람들을 건져준다는 책임 있는 목적이 없다면, 이 인격연마는 그리 좋게 여길 것은 못 되는 것이다. 이 길이 그리 쉽게 열려지지도 않건만 설사 열려진다 해도 하근기下根機로 심히 큰 담력과 책임감이 없다고 하면 어려운 일이다.

자식을 만들기도 세 가지 어려움이 있듯이 이 수도의 길에도 더욱 어려운 세 가지 길이 있다. 첫째는 이 수도길에 들어오는데 머리가 미치지 못하는 까닭이요, 둘째는 설사 생각은 있어 하려고 해도 스승 가리기가 어려운 것이요, 셋째는 스승은 잘 가려졌다 해도 그때 큰 원 발심으로 인내와 담력으로 용맹정진해서 성취하기가 어렵다는 것이다. 이 세 가지를 원만히 해치운다면 그것은 정말 훌륭한 대 성현이 아니고 무엇이겠는가. 따라서 성현 생활 즉 원만한 성현 생활이 그리 쉽게 이루어지는 것은 아니라는 것이 입증되는 바이다. 저는 하지 못하는 주제에 성현을 비방한다든가 우월감으로 대하려고 한다면 얼마나 어리석은 자인가. 뱁새가 봉이라고 떠드는 격이 될 것이요, 들에 나온 여우라는 놈이 제가 동물 중 왕이라고 떠드는 형편이 될 것이다.

이와 같이 어렵고도 쓰린 수도길에 오른 싯다르타는 그다음 택하기 어려운 스승을 찾아다니게 되었던 것이다. 첫째로 찾게 된 수도인은 당시에 유명한 고행자인 발가라라는 선인이었다. 태자는 그 발가라에게 정중한 인사를 드린 후에 그 고행하는 목적을 물었던 것이다.

태자 : 존자여 당신네들의 그 고행하시는 목적은 무엇입니까?

수도인 : 하늘에 낳기를 위하여 이 고행을 합니다.

라고 대답하는 것이다. 고행과 깨끗한 행을 지키면 천상세계에 낳는 법이다. 그 고행인은 이것을 목적으로 한다는 것이다. 그러나 태자는 생각하기를 설사 고행의 결과로 성취가 된다고 하더라도 천상세계의 복이 다하면 −또 천상계에서 영원히 낳지도 않고 죽지도 않는 그 경계에 이르지 못하는 이상− 반드시 인간계나 딴 데 떨어질 것이다. 결국 고를 행하여 천상세계에 낳기를 원한다는 것은 잘못된 바 행이 아닐 수 없다. 다하면 도로 인간계

등에 올 것이니 나중에는 고 받는 보報만 남게 될 것이 아니냐. 그렇다면 고 받는 인因을 굳이 지을 것은 없는 것이다. 그러한 헛된 짓을 무엇 때문에 할 것인가 했다.

이렇게 깨달은 태자는 또 다른 고행인을 찾아보았다. 그 사람은 불을 섬기는 배화교도拜火敎徒이었다. 그네들에게 그 고행의 목적이 무엇인가를 물었다. 그네들은 범천梵天과 일월日月과 불과 물을 섬긴다고 하였다. 태자는 깨닫기를 이것도 역시 헛된 수고에 지나지 않는 무리들이로구나 생각하였다. 물은 언제나 가득히 차 있는 것이 아니요, 불은 언제나 더워 있는 것이 아니요, 해가 뜨면 서산에 지는 때가 오며, 달도 뜨면 몰하는 때가 오는 것이다. 진실한 도는 맑고 깨끗하며 허공과 같이 비어있는 것이거늘, 해 · 달 · 물 · 불이 어찌 마음을 맑게 비출 수가 있을 것인가. 그러므로 의지할 바가 아니다. 이렇게 생각한 태자는 다시 다른 수도자를 찾았다. 이번에는 아라라가란마라와 울타가라마라라는 두 사람을 만났다. 그들은 고요히 앉아 정定을 닦고 있었다. 태자는 그대로 따라 행하여 며칠이 아니 가서 그들을 능가하였다. 그러나 그들이 닦고 있다는 경계까지 가봐도, 그것은 고요한 것과 산란한 것이 한결같지 않다는 것이 태자에게는 의심스러웠다.

태자는 이렇게 하여 몇 군데의 수행한다는 고행인들에게서 만족한 답과 행을 얻지 못하고 있던 중에 부왕父王인 정반왕께서 태자의 고행 소식을 듣고 염려가 되어 태자를 살피려 하였다. 태자는 교진여 등을 데리고 인도의 남쪽 가야 이련선하강가인 우루비라라고 하는 마을의 고행림에 들어갔다. 거기에서 6년이란 긴 세월을 두고 씻지도 않고 하루에 쌀 한 톨을 먹으면서 수행하였다. 겨우 목숨이 붙어 있을 정도로 유지해 가면서 고행에 고행을 거듭 쌓았다. 결국 몸은 여위고 마음은 침해갈 뿐 고통 없고 언제나 즐거운 경계에는 들어갈 수 없었다.

태자가 출가한 것은 그 고행에 있는 것이 아니요, 낳고 늙고 병들고 죽는 문제를 벗어나는 도리를 찾자는 데 있었다. 그렇다고 모든 즐거움에 빠져 지내자는 것도 아니요 아무런 하는 일 없이 잘 먹고 잘 입고 해서 수행을 한다고도 할 수 없는 일이다. 이런 생활을 하면서 수행한다고 말한다면 그것은 도리어 미친 사람과 같을 것이다.

태자는 문득 깨달은 바 있어 이련선하에 내려와 몸을 깨끗이 씻고 먹을 것도 어느 정도 잡수신 후에 보리수라는 나무 밑 높은 넙적바위 위에 올라앉았다.

"내가 여기서 도를 이루지 못하면 마침내 일어나지 아니하리라" 다짐하였다. 이제는 단정히 앉아 마음을 관하는 공부를 하려는 것이다.

여기서 한 가지 알아 둘 것은 정반왕이 태자를 위해서 보낸 사람들은 교진여 외 4명도 같이 태자와 고행을 하게 되었는데 태자가 이렇게 마음을 다시 쓰는 것을 보고는 "태자는 외도길을 찾고 있다. 이제는 같이 고행을 할 수 없는 사람이 되었다"고 하여 달아나 버렸다. 태자는 수행인이 된 후로는 이름을 사문 구담이라 고치고 마음 닦는 법을 열심히 관했다.

그러던 중 하루는 마음이 훤히 열리며, 이제껏 속이 캄캄하던 것이 비 온 뒤의 구름이 개이듯이 활짝 열려, 이 세상과는 전혀 다른 경지가 나타났다. 이제껏 먹고 싶은 생각, 목마른 생각, 춥고 더운 것, 사랑하는 것, 졸음이 오는 것 등의 마구니는 간데온데 없고, 몸이 가벼우며 마음은 고요적적한 바다와 같아서 처음에 전세前世의 일을 알게 되었으며 미세한 곳도 멀리 볼 수 있었다. 그러다가 어느 새벽녘에 뜨는 샛별을 보고 마음 속이 훤칠하더니 모든 번뇌를 다 끊음이 자유자재하였다. 모든 지혜가 마음대로 나오게 되었으며 이제껏 생로병사의 모든 모르던 문제를 일시에 알게 되었다. 바로 이 날이 12월 8일의 성도일成道日이다

6년간 고행이 헛되지 아니하여 이제는 원만한 깨달음을 성취하였고, 마음먹었던 모든 일이 다 이루어지게 되었다. 원만한 지덕智德이 갖추어졌다는 것이다. 이것을 말로 형용하기는 도저히 어려우나 그런대로 말한다면 "위없고 삿됨이 없는 바른 깨달음"이라는 것이다. 이것은 누구의 지도 하에 얻어진 결과도 아니요. 다만 구담 사문의 독실하고 끈기 있는 수행으로써 혼자 증득한 대각인 것이다. 이것을 일러 "부처"라 하는 것이요 "여래"라 하는 것이며, "대각"이라 하는 것이고 "부처를 이루었다"하는 것이다.

부처님을 찬탄

아~! 기쁠사. 캄캄한 세계에 이 대 성현이 나오셨으니 모든 부패해진 정치란 없어질 것이요, 다 썩어 빠지고 어리석게 구는 외도들도 항복할 것이요, 거짓으로 사는 무리도 참으로 돌아갈 것이요, 원수도 없어질 것이요, 알지 못하는 인간은 참으로 알게 될 것이다. 또 제 몸에 썩은 티끌도 털지 못한 사람이 남을 가르친다고 떠드는 무리도 없어질 것이요, 부모님 섬기는 일, 나라와 국신을 생각할 것, 사회악을 짓지 아니할 것 등의 모든 선善이 절로 이루어질 것이다.

아~! 슬프고 슬플진저. 지금은 그 시절로부터 30년이 다 되었구나. 나 잘난 체는 하되 의리를 지킬 줄 모르며 이념적 생활을 할 줄 모르는구나. 부처님이 이 세상에 출현하신다면 얼마나 행복 다정하랴. 얼마나 어둠에서 벗어나 빛나는 광명 아래 살게 될 것인가. 우리 법이 좋다 하지만 그 장엄스럽고 거룩하신 부처님의 현신만 하랴. 또한 법을 모르는 사람이 어디 있을까마는 행하지 않고 도리어 그 법을 악이용 하는 데야 어찌할 수 없지 않은가.

그러나 현신 부처님만 나타나신다면 나중에는 어디를 갈망정 우선 당장이라도 사회는 안정되고 평화스러운 것이 될 것이다.

인구가 불어나서 먹을 것이 부족하느니, 우리나라에서 생산하는 것이 없어 그러하느니, 할 것이 아니라 저 위로 위정자부터 저 아래 얻어먹고 사는 사람에 이르기까지 정식 생활과 검소한 생활, 겸양한 태도, 다정한 인사, 이렇게 지켜 생활한다고 하면 그렇게 걱정할 것도 없다. 그렇지 못하는 데야 어이 할소냐. 소위 허울 좋은 말로 유권자를 속여 무엇을 해줄 터이니 나를 당선시켜 달라고 외치는 파렴치한 입후보자가 있는가 하면, 버젓이 수도를 가장하고 수도복을 착용한 자가 제 마음속 검은 구름은 벗겨낼 줄은 모르면서 마누라 둘 셋 두고도 청정한 수도승이라 가장하고 정화한답시고 앞장서서 삼보 것 훔치는 자 있는가 하면, 엊그제 절간에 들어와 사미과도 배우지 못한 자가 도인 행세를 하는가 하면, 우상이 무언지도 모르는 자가 우상의 말만 듣고 예수교 믿는답시고 제 부모에 불효를 하는가 하면, 종교의 대의조차 내릴 줄 모르는 자가 유설 한답시고 떠들어 대는 판국은, 도저히 훌륭한 부처님이 나오시지 아니하는 한 컴컴한 어둠 속이 아니고 무엇이랴!

과학의 덕분으로 물질문명은 발달되었다고 하나 그것만 가지고는 살 수 없는 것이요, 마음의 문명이 발달됨으로써 훨씬 보람 있는 생활을 할 수 있다는 것은 누구나 알고 있는 사실일 것이다. 법은 알아도 행하지 아니하면 무슨 소용이 있겠는가. 이러할 때 그 훌륭하시고 거룩하신 부처님이 출현하사 우리의 검은 마음을 벗겨주시고 자비의 광명을 놓으사 이 악의 구렁에서 건져주셨으면 하는 간절한 마음일 뿐이다.

출가出家

-자화상自畫像-

할아버지 말씀

유학儒學의 거장이었던 할아버지의 가르침이 나의 평생 생활을 지배하고 말았다. 신앙생활도 마찬가지였다. 할아버지의 여러 가지 가르침 중에서 모순과 절대성을 일깨워 주심이 큰 힘이 되었다.

예를 들자면 태초에 하나님이 계셨는데 이 천지를 창조하셨다고 한다. 근원의 신은 여호와 하나님으로 이 세계와 인간을 창조하셨다고 한다. 그렇다면 참인간을 만들어서 살기 좋은 극락을 만들든가 천국을 이루든가 하여, 헐뜯고 비난하고 음해하고 덮어씌우는 못된 짓을 아니 하는 세계를 만들었어야 할 것인데, 왜 이다지도 험상궂은 세상을 만들어 놨는지 모를 일이다. 그뿐만이 아니라 왜 하나님을 믿는 자는 천당에 가고 믿지 아니한 자는 지옥에 가는가. 좋은 일을 하는 사람도 하나님을 믿는 자보다도 더 훌륭한 일을 많이 하는데도 지옥에 가야 하는가. 그렇다면 선악의 기준이 없고 다만 못된 짓을 하든 좋은 일을 하든, 하나님만 믿어야만 한다는 뜻이 되고 만다. 그렇지 못하면 지옥에 가야 된다는 말이니 그런 법이 어디 있는가의 반문이셨다.

이런 데서 나는 하나님을 멀리하는 습성이 생기게 되었다. 게다가 하나님을 믿는 친구가 많았었는데, 어린 시절이라 그런 말만 가지고 공격을 하면 쩔쩔매는 그 모양이 너무나 우스워서 더욱 그 개념이 나의 뇌리에 박혀 평생 하나님과 멀리하게 된 것 같다. 또 중요한 것은 나의 친구 중 한 명이 열심히 하나님을 믿었는데 그만 객사를 하고 말았다. 거기에 더 충격이 커서 영원히 하나님하고는 담을 쌓게 되었나 보다.

둘째는 할아버지께서 거기에 대한 회의가 참 많으신 것 같았다. 더욱이 주역의 본뜻은 이해를 하시나 그것의 와전으로 인해서 신자가 많아서 우리 국민의 의타성이 강해진 습성에 대해선 한탄을 자주 하셨다. 태극에 대해서도, 일부분의 힘으로는 볼 수 있으나 그것이 어떻게 해서 육체와 정신까지 된다고 볼 수 있겠는가 하는 점이었다. 또 근사록이란 책을 보면 극이 없음이 태극이라 하였다고 한다. 그렇다면 그것은 원융하고 변함이 없음을 말할진대 왜 그 태극이 양도 낳고 음도 만들어, 이 세상이 시비, 음해, 모략 등이 가득 차게 되었으며 과연 그것만의 힘으로 된단 말인가 하는 의문이었다. 다시 말해서 음양이 결합해서 오행을 발생시켜 무궁한 변화를 계속 시킨다고 한다면 좋은 점만 발생시킬 일이지 왜 그러한 나쁜 것도 발생시켜 무지몽매하게 세상을 어지럽게 하느냐는 점이다.

아무튼 여러가지 이야기를 하고 있으나 그것은 어디까지나 마음과 육체와 힘의 상합적인 작용은 못 되는 것이므로, 불교에서 그 해결책을 찾아야 한다는 말씀이셨다.

아버지의 교훈

함풍군咸風君 언자彦字를 갖으신 비조鼻祖 아래 몇 대를 뛰어서 죽곡竹谷 장영長榮이란 할아버지가 계셨는데 그 죽곡 할아버지 12대손에 해당되시는 분이 위는 병범이요 자는 상진이라 스스로 호 하시기를 풍수제風樹齊라 하신 분인데 이 어른 밑에 종림鍾林, 종석鍾奭, 종순鍾珣, 종환鍾環 네 아들을 두셨답니다.

그중 종석이란 어른이 나의 선고가 되시는 분입니다. 천품이 남을 도와주시는데 인색함이 없으시고 항상 책을 멀리하지 아니하셨습니다. 한의사와 양약사 자격증을 가지시고 평생을 병자 구원에 온 힘을 기울이셨습니다. 내장사 매곡 스님과 두터운 교분으로 지내시며 학명 스님을 존경의 대상으로 모시고 금강경을 평생 독송하시며 육자주로써 주력에 힘쓰시는 한편 무지의 사회인을 탈각시키는데 앞장을 섰습니다. 돈 없고 주린 자를 위해서는 무엇이든 팔아서라도 도움을 주셨던 어른입니다. 항상 바쁜 의사의 입장이신지라 출타하신다면 약재 구하시는 일밖에 없으셨고 밤에는 사랑방에 밥과 동치미 국물을 놓으시고 사람을 모이게 해서 글자 읽히기, 소설 이야기 등으로 교화에 힘을 쓰시면서 평생을 살아가셨습니다. 계묘년 생이시니 기미년에는 77세가 되시는 분이지만 어려운 세상에 태어나셨다가 어려운 6·25에 돌아가셨으니 한 많은 세상에 태어나시어 한 많은 생활을 하시다가 한 많게 가신 분이라 볼 수 있겠습니다. 그러나 항상 신앙심으로 자신을 갖고 중생구제를 천직으로 아시고 열심히 또 희열로 살으시다가 가신 분입니다. 이 분이 아니었다면 이 천운이가 있을 수 없었을 것입니다. 다 중노릇 방해하는데 이분만이 적극 밀어 주셨고 그 난관을 용케도 뚫고 나가도록 살펴주셨던 분입니다.

육바라밀을 평생 강연하다시피 하시면서 돕는 자에게 도움이 온다는 철학과, 참는 자에게 행운이 있음을 강조하셨습니다. 인물이 매우 좋으셔서 부잣집에 장가를 드셨다가 마누라의 오만불손에도 항상 자비로 타이르시고 부처님의 말씀에 접하도록 하시면서 첩을 두는 세상인데도 딴 여자에게 회담 한 번 하신 적 없이 고고한 정신으로 여러 사람의 의사요. 심부름꾼으로서 평생을 짧게 사시다 가신 분입니다. 저 공산당들에게 시달리시면서도 전향을 시키시려는 노력과 전향이 되지 않는 자도 살리기 위해서 적극 노력하시와 스스로 전향이 되도록 방편을 삼으시며 부처님의 인본사상에 귀를 기울이도록 밤낮없이 설명하시던 모습이 지금도 선합니다.

밤에는 공산당 세상이요 낮에는 대한민국인 9·28 후에도 그 악독한 자들이, 같은 동네 놈들이면서 가면을 쓰고 와 갖은 약탈을 하는데도 눈 하나 깜빡하시지 않고, 도리어 전향을 권고하시면서 동네 사람임을 모르는 척 웃음을 띄우실 때 정말 수행인이 아니고는 할 수 없는 일이었습니다. 그렇다고 누가 상 주는 일이 아닌데도 항상 보시에는 무주상 보시를 주장하시며, 남을 살리며 살아야 옳은 생활이요, 죽여가면서 살아가는 것은 옳지 못하다고 하시는 말씀에 그네들도 전부 전향해서 평화로운 동네를 만들어 놓았답니다.

신묘년辛卯年 음 4월 10일 오시午時에 세상을 떠나시면서도 그 시각까지 집안사람들에게 가실 것을 말하시며, 이 몸에 집착 말고 옷 한 벌 벗어놓고 딴 좋은 옷을 입는 것이니 슬퍼하지 말라는 말씀과 아울러 옴마니 반메훔 하시던 그때가 지금도 눈에 선합니다. 자식된 나로서도 그 말을 이해하지 못하였습니다. 피난길에서 집으로 돌아가다가 목격한 나의 비극적 운명에 어찌할 바 몰라 하셨으나, 나의 무릎을 베개 삼고 눈을 감으시며 중노릇하려면 철두철미하게 하라 하시던 말씀이 눈에 선합니다. 시주은을 파계破戒된 몸으로 받아서는 아니 된다는 지론持論이 지금도 귓전에 맴돌고 있습니다. 효심이 없으면 스승을 섬길 수 없고, 스승을 섬길 줄 모르면 도道와는 삼천리라 하시던 유훈遺訓!

그렇게 공산당들에게 시달리다 가심이 이렇게도 마음이 아플 수가 없습니다. 사람은 사생활이 깨끗해야 남을 교화하는데 떳떳하게 할 수 있다고 항상 강조하시던 그 어른의 믿음이 이 사람에게 큰 교훈을 주었다고 볼 때 그 은혜에 감사드릴 길이 없습니다. 남을 돕다 보니 가정에 소홀함이 없지 아니했으나, 걱정스런 심정 한 번 나타내신 적 없으셨음이 우리의 심금을 울립니다. 또 한 가지는 옳다고 생각되는 것이나, 세인의 이익이 되는 일이라 생각이 드시면 누구도 막을 수 없는 추진력을 가지셨고 그르다고 생각이 되시는 일에는 목에 칼이 들어와도 강자·약자 할 것 없이 들어주지 아니하셨고, 행하시지 않음이 그 어른의 소신이었으니 강인성을 배움직스럽습니다. 사리에 밝으셨기 때문에 공에는 사적인 일체의 정을 초월하시는 특성을 가지셨으니 누구도 막을 수 없으셨습니다.

한번은 독립 만세를 부르셨는데 주동이 되는 분들과 각 그분들의 가정에 통고해서 집에서 바둑을 부자간에 두었다든지 쟁기질을 했다든지 하는 식으로 연락을 하셨답니다. 경찰이 주동자들을 잡아다 놓고 심문을 해 보니 집에서 그 시간에 누구와 다 무엇을 했다고 하니 경찰이 각 집마다 연락을 하여 물으니 사실이더라는 것입니다. 그래서 주동 없는 자연의 총궐기로써 독립 만세를 부르게 됨을 그들 일제의 앞잡이들에게 보여주셨다고 하십니다. 항상 곧 그들이 망한다고 하는 우리말을 이 사람도 곧잘 학교에서 쓰다가 선생님이라는 친일파 한국 선생님에게 얻어맞은 적도 있습니다. 그런 애국심, 애족심을 우리 아버지에게 배웠으나 한 번도 나는 애국적인 일을 못해 봤으니 그분에게 너무도 죄송스럽습니다. 그래서 지금은 부처님께 조석으로 공부 못해 너무 염치없는 승려임을 참회 드리고 있습니다.

시주들과 화주들께 부끄러운 마음으로 항상 수행에 정진합니다. 아버지 유언의 교훈대로 훌륭한 사람이 못되고 지금도 악습 제거에 힘쓰고 있는, 이 형편 없는 위치에 있습니다. 머리 숙여 부끄러움을 뼈저리게 느끼면서 다른 사람들의 잘못된 데 함구함이 늘어가기만 합니다. 나를 낳아주신 부모님의 고난에 힘써 보지는 못 해봤고, 나라의 위태로움에 보탬도 되지 못한 주제에, 남의 일은 말할 것도 없거니와 내 일 하나 못함이 송구스럽기 한이 없습니다. 이래서 기미년도 가고 경신년이 돌아오니 더욱 부끄러운 심정 가눌 길이 없어 아버님의 교훈이 더욱 머릿속에서 맴돌아 감은 나의 수행에 경책인가 합니다.

유년시절

나는 행정면으로 전라북도 고창군 성내면 월산리 한정 부락에서 태어났다고 한다. 큰 부자는 아니지만 그런대로 밥은 먹고 살아갈 수 있었다. 전라도 "오점 양반"에 들어가는 함풍(함평) 이씨 집안인지라 양반 행세도 할 수 있었다. 제법 부리는 사람도 두고 심부름꾼도 두어 뽐내는, 윗자는 상자尙字요 아랫자는 진자眞字인 할아버지의 거동도 살필 수가 있었다.

조광조(정암)라고 하는 젊은 정치인이 구각을 벗고 새로운 사상을 가지고 문물을 개혁해 보자는 생각이 지나쳤던지, 구태가 골수까지 차버린 늙은 정치인들의 미움을 받아 역적으로 몰려 전남 화순군 한천면 모산리 뒤쪽 섬골이란 곳에 귀양 왔다가 사약을 마시고 죽은 사람을, 다시 역적이 아님을 − 역적의 이름에선 빼어 달라고− 임금께 세 번이나 상소를 올린 덕으로 현줄에 올랐으므로 "죽곡 할아버지" 하고 팔고 사는 집안이다. 그 죽곡 할아버지가 이 사람으로선 14대조代祖 어른이 되신다고 할아버지나 아버지께서 귀가 아프도록 말씀하셨다. 보지 못한 죽곡 할아버지이지만 담도 크고 선하신 어른이셨다고 하는 생각만 갖고 살아왔다. 그 죽곡 할아버지를 세워 자손에게 긍지를 갖도록 하신 조부님이 더 나에겐 소중하신 어른이셨다.

어릴 적 글씨쓰기부터 오행, 술서, 유학 등 초보적인 학문을 할아버지 은덕으로 배워왔으니 말이다. 여섯 살 때부터 할아버지의 곁에서 떠나지를 못하고 항상 글을 외워야 했고 시중을 들어 드려야 했다. 인근 주변 군에서 항상 택일 보러 오는 사람이 어찌나 많은지 그 대접하는데도 보통 일이 아니었다. 궁합보기, 사주보기 거기다가 의술원이 적은 때인지라 약방문 쓰기, 침놓고 뜸 뜨기도 하셔서 많은 사람들을 살려주셨다. 또 항상 글을 읽고 배우러 오는 청소년이 끊어지지 않기 때문에 글 읽는 소리가 주위에 울려 퍼진다. 또 묘를 쓰는 사람은 누구나 할아버지한테 와서 일단 물어보고 좌향坐向들을 지시받고 가서 만드는 것이다. 심지어는 전남 광주, 광산에서까지 모셔가는 일이 비일비재하여 글 배우는 학생들의 불만이 보통이 아니었다. 항상 봉물이 쌓여서 심심찮게 배를 채울 수가 있었다. 그러니 내가 크면서 "도련님, 도련님" 소리를 들어가면서, 글 읽기보다는 친구들과 모여서 먹고 노는데 많은 시간이 소요한 것 같다. 그래도 머리는 그리 나쁘지는 않았던 모양이다.

윗자는 종자鍾字요 아랫자는 석자奭字인 아버지께서 낮잠을 즐겨 생활하셨는데, 한 번은 낮잠을 주무시는데 광주 무등산이 전체 불이 나서 그 불빛이 얼마나 아름답고 찬란하였는지 바라보셨는데, 그 불빛이 갑자기 아버지 몸을 감싸는 바람에 깜짝 놀라 깨셨다는 것이다. 그 꿈이 하도 큰 꿈이라는 생각이 들어, 한낮에 어머님더러 큰 태몽을 꾸었으니, 성사를 하자고 졸라

천운상원 스님의 생가터 ⓒ최선일

대어 나를 낳으셨다고 한다. 그런데 우리 고향에서는 광주가 인방寅方이므로 인방寅方에서 큰불을 보고 아들을 얻으셨다는 뜻으로 모진 불 등자灯字를 위에 다 놓고 인자寅字를 아래 다 놓고 이름을 지어 쓰게 하셨는데 그만 국민학교 담임 선생님이 모진 불 등자가 무슨 자인지를 몰라 옆에 곰배 정丁자만을 그대로 읽어 부르는 바람에 정인으로 지금까지 부르게 되었다고 한다.

그리하여 손자에게 아니 가르친 것이 없으셨다. 심지어 바둑까지 가르친 덕으로 항상 이 손자한테 당하셨다. 그러한 환경 속에서 자라게 되어 자연 외가에서도 특별한 사랑을 차지하게 되었다. 외조모님과 특히 막내 외삼촌

고창 한정회관 ⓒ최선일

께서 보통 사랑이 아니었으며, 국민학교, 중학교의 공납금은 보통 막내 외
삼촌께서 언제 오셔서 학교에 내시었는지 언제나 학교 측에서 돈 잘 내주는
집안이라 칭찬이 자자했다. 일제 때 신발이나 양복 등은 남보다 우선으로
특별히 대접받는 형편이었다. 이런 환경 속에서 자란 탓인지 남에게 달라
는 소리 못하고, 남에게 먼저 인사할 줄 몰랐다. 관리들에겐 특히 아쉬운 소
리를 평생토록 하지를 못하며 밑 사람을 시켜서 하는 버릇만 생겼다. 주는
데 끌리는 습성도 여기에서 생긴 것이요. 그저 당하고 사는 버릇도 거기에
서 비롯된 것 같다. 남을 이겨 보지 못하고 돕는 데 끝을 보아왔다. 누가 뭐

라 해도 나 아니했으니 하는 식이다. 그리고 안일주의로, 급한 일이 있어도 그것이 개인 일이면 언제나 뒤로 미루고, 공적인 일일 때는 서슴없이 상대를 보지 않고 해줘버리는 습성도, 이런 유년시절 때의 할아버지 때문에 익혀진 것 같다. 제 잘못이 태산 같은 놈이 와서 제 허물을 감추기 위해서 나에게 악을 쓰면서 달려들어도 그저 당하고 사는 습성도 여기에서 깃든 것이다. 누가 보면 바보처럼 여기는 줄 알면서도 그저 나만 깨끗하면 되었지 하는 식이다. 나를 보필하는 사람들에겐 항상 불만거리라.

국민학교 성적은 항상 20등 위에서 노니 그런대로 꾸중은 면할 수가 있었으나 아버지께선 아들 지도해 주시는데 남달리 성의가 대단하셨다. 몸소 솔선해 주시는 교육법을 써주셨다. 그런 탓인지 남에게 허물을 돌릴 줄 모르는 습성도 있다. 아버지께선 한의사이시며 양약사시다. 그 시절만 해도 양약에 대해서 국민들의 이용을 전혀 모르는 시대였던지라 그것을 이해 보급시키는 데 선구자이시다. 공짜로 약을 돌리시며 사용법 등을 일일이 가르쳐주시며 약장사를 하셨는데 여기에서 손해는 보통이 아니신 것 같았다. 남에게 주기 좋아하는 습성도 여기에서 생긴 것이다. 그러니 애들의 대장이 되어 항상 놀아주고 가르쳐주는 환경 속에서 살아왔다. 동네라고 해야 몇 집 아니 되지만 20여 명의 애들을 상대해서 더구나 국민학교도 못가는 아이들을 놓고 학교에서 배운 것을 일일이 가르쳐주면서 컸던 것이다. 남달리 인정이 많은 편이어서 누가 죽어가는 것을 못 보는 성질이 되어버렸다.

일제 말기 극심한 가뭄이 있었는데 쌀이나 밥을 못 먹고 사는 사람들에게 부모 모르게 나눠주니 우리 부모에게 그 이야기는 못하게 되었지만 갖다

주는 이 사람에게 그 고마움이 얼마나 했겠는가. 그런 탓인지 모든 동네 사람들이 이 사람의 요구는 서슴없이 들어주며, 고맙게 여겼다. 뿐만 아니라 학교 선생님 댁에 어려운 일이 있는 것 같은 생각이 들면 무슨 일을 하여서라도 그 내용을 알아 그 선생님 사정을 풀어 주었다. 선생님들에겐 이 사람이 귀한 존재가 되어있어서 항상 교대로 선생님 댁 초청으로 좋은 음식 많이 얻어먹을 수가 있었다. 이런 습성이 이 사람을 속가에선 살 수 없는 영원한 승려 생활로 끌어들인 것이 아니겠는가 하는 생각이 든다. 벌어야 했는데도 쓰는 데만 소질이 생겼으니 물도 한도가 있는 법이다. 항상 물 쓰듯 써 버리면 그 물이 어디서 나오겠는가. 새 물을 모을 줄 모르고 쓰기만 했다. 그래서 지금은 모으는 법도 해보는지 모르겠다. 배우는 법은 할아버지의 가르침인 것 같고 쓰는 법은 아버지의 가르침인 것 같다.

이렇게 해서 유년시절을 할아버지와 아버지의 그늘 속에서 지장 없이 자라왔다. 그래서 이 사람 생각엔 언제나 할아버지나 아버지의 고마움을 잊을 수 없다. 영원히 말이다.

출가出家 경위經緯

국민학교 졸업 시 해방이 되었다. 우리나라 국어를 몰라 반년을 더 학교에 다녔다. 국민학교를 두 번 졸업한 셈이다. 어찌어찌해서 국어를 그런대로 쓰게 되어 중학교는 무난히 가게 되었다. 그러나 큰 시련이 닥치게 되었으니, 그것은 할아버지의 마음이 구식에서 벗어나지를 못하게 된 것이다. 정씨 왕조가 서게 될 것이니 그러면 한문을 읽어야 한다는 의견이셨다.

학교도 필요 없고 다만 옛날 이조시대처럼 군주주의가 되는 것이니 백성은 잘 배우면 벼슬이라도 하게 되고 그렇지 못하면 상놈을 못 면한다는 것이다. 그러니 학교가 소용없고 서원제인 서당 공부가 필요하다는 것이다. 아무리 사정을 해도 할아버지의 그 주견을 꺾을 수가 없었다. 그러면 아버지나 말을 들어주셔야 되는데 효자 노릇 한답시고 할아버지 말씀에 따라야 된다는 것이다. 그러니 이 자식이 효자 되기는 영 틀린 사실임을 알게 되었다.

중학생의 모자만 보면 환장을 하겠는데 할아버지와 아버지의 말씀이 귀에 들어갈 리가 없다. 다만 고등학생도 있다는데 서울이라도 올라가서 현대 생활에 적응하면서 중학교라도 가야 된다는 소견이니 어이 부모님 말씀에 적응이 되겠는가. 그래서 택한 것이 가출 방법이었다. 무작정 가출만 하면 되겠지 하는 생각에서 집을 떠났다. 넣어둔 돈이라도 훔쳐 갔어야 할 일인데 덮어놓고 음력 2월에 새벽 네 시쯤 집을 떠났으니 될 말이 아니었다. 우리 집에서 정읍을 삼십 리 잡고 다니는 때이다. 어린 것이 아침도 먹지 않고 정읍까지 와서 보니 배는 고프지, 달라는 소리는 못하는 애가 고된 하루를 처음으로 맞게 되었다. 피로는 오지, 어디 갈 곳은 없지, 돈은 한 푼도 가진 것이 없게 되었다. 하는 수 없어 노변에서 주저앉고 말았다. 얼마나 궁리 끝에 서울 가는 것을 포기했지만, 가출했는데 집으로 갈 수는 없는 형편이었다.

생각타 못하여 마침내 생각을 하게 된 것이다. 그래서 내 창자를 주린 배를 움켜쥐고, 또 삼십 리를 걸어서 석양에야 절에 도착하니 마침 저녁 공양 시간이었다. 얼마나 걸어가면서 탄식과 한숨으로 내기를 토해 냈던지 속이 텅텅 빈 처지인지라 절 일주문 앞에서 한발도 떼지 못하고 쓰러진 것이다. 상당히 있다가 공양 끝난 직후, 한 스님이 오시어 발견하고 객실에 인도된 것 같았다. 밥이 들어가지 않았다. 누룽지를 곱게 다듬어 가져와서 그것을 마셨다. 졸음이 와서 세상 모르게 잤다. 그 얼마나 지나 옆에 사람이 있음을 알고 일어나니, 주무실 시간이 되었는데도 주무시지 아니하고 나를 간호하고 계신 스님이 계셨다. 얼마나 고마웠는지 울음을 터뜨리고 말았다. 실컷 울라는 식으로 방을 비우고 가셨다. 옆에 사람이 있을 때는 울음이 나오더니만 사람이 방을 비우니 울음도 그쳐 버렸다.

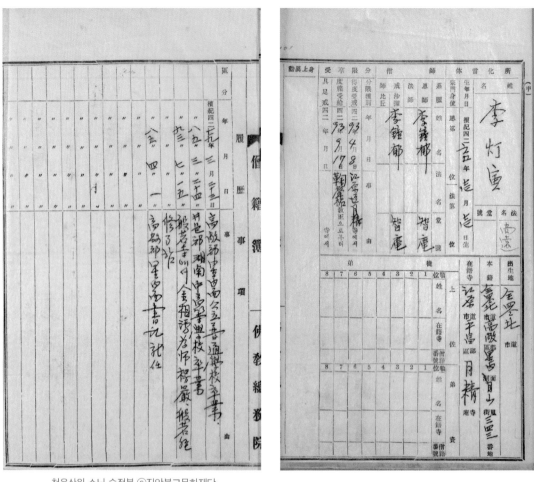

천운상원 스님 승적부 ⓒ지암불교문화재단

다시 안내되어 간 방이 매곡 큰스님의 방이었다. 사유를 들어보시곤 빙그레 웃으시면서 큰스님께 알려야 된다 하시고 어떤 큰 방으로 다시 안내하시더니 절을 시키신다. 절을 하고 보니 애꾸눈 스님이신데 온 대중이 정중하기가 말할 수 없다. 나중에 알고 보니 매곡 스님은 주지 스님이시고, 애꾸눈 스님은 곧 한영 큰스님이신데 눈이 하나 아파서 그러신다는 것이다. 자초지종을 다시 물어보시더니만 귀염둥이 아들이 어찌 중노릇을 할까 하시며 걱정이 태산 같으셨다. 학교도 못 가는 주제에 중노릇이나 잘할 터이니 잘 보살펴 달라고 간청을 드렸다. 그러자 빙그레 웃으시고 옆에 재우신다. 그 얼마나 고마우신지 기필코 잘 모시리라 생각이 들었다.

그러나 지금은 엉뚱한 위치에 있으니 세월이란 사람의 마음을 잘 변하도록 하는 신비가 있는 것처럼 느껴진다. 그 모두가 수행을 잘한다면 보불은 보사은이 되련만, 지금은 험악한 세월을 따르다 보니 그것도 마음뿐이요. 그저 배신스럽기만 하다. 하기야 평생의 스승이 몇 분 아니 되는 실정이나 속세의 스승은 그만두고라도 불가의 스님만을 모시기로 마음을 정하고 평생을 살아가는 처지이다. 공부도 못하는 주제에 스승은 무엇무엇 스승이라고 정해놓고 스승 대접도 못 해 드리면서 산다고 하면 그 얼마나 죄스러우랴. 한 스승도 못 모시는 주제에 3~4분을 모신다는 것은 아주 어려운 일이다. 이곳에서 이 스승의 마음을, 저곳에선 저 스승의 마음을 상하게 해서야 되겠는가 말이다. 그래서 스승의 허물은 보지 않기로 하고 나의 공부에만 전력해 왔다. 그러나 불전 불투의 중한 업인이어서 뜻대로 공부도 못하고 말 한마디 권위도 없어 알아주는 사람 들어주는 사람 없는 처지이고 보면 한 스승님께도 대단히 송구스럽기 짝이 없다.

스승이 되어 보지 않고는 스승의 마음을 못 아느니라 하시던 스승님의 말씀이 지금은 귀에 쟁쟁하게 울릴 뿐이다. 그때는 그냥 넘겨버린 불효스런 행동임을 이제야 겨우 알만하니 말이다. 사람 꼴을 본다는 것은 자비심이 아니고는 볼 수 없는 것이다. 그러니 자비심이 적은 사람이 어떻게 나중에 시봉한다고 하겠는가. 스승님께서 많은 시봉을 거느리시면서 그대로 시봉들의 뜻을 맞추어 돈이나 책 또는 갈 곳을 정해줄 때 보통 마음으로 되겠는가. 그 깊은 자비심을 모르는 업인은 이해조차 할 수 없다. 그러니 무식하면 배은의 죄가 큼을 알아야 할 것이다. 이 사람도 출가 때의 그 은혜를 입은 스님들의 자상스러우신 은덕에, 지금은 보답은 커녕 죄나 짓지 않고 살았으면 하는 생각 간절하다. 그래서 수도 생활하는 데는 꼭 자기의 일과를 잊지 않고 사는 것이 보은이 된다는 사실도 잊지 않기로 한 것이다. 일과가 그것을 깨우쳐 주니 말이다. 지금 내가 승려복을 벗지 않고 그런대로 살아가는 것도 그 출가 때 스님들의 고마우신 지도 편달에 힘입은 것이다. 그 스님들의 한 말씀, 한 태도, 언행일치의 고마우신 지도가 큰 힘이 되었다.

나의 스님과 출가 때의 마음

　나의 출가지는 내장사이지만 본사는 월정사로 되었다. 내가 평생 은혜를 입은 스님은 몇 분이 아니 된다. 처음은 매곡 스님을 찾아 출가를 했으나 스님께서는 한영 스님을 받들게 했다. 그러자 여수 반란 사건과 얼마 아니 있다가 6 · 25가 나서, 피난살이에 바빴다. 그러므로 스님들을 잘 모셔보지 못했으니 공부에도 막대한 지장을 가져왔다. 한영 스님께서는 6.25 전에 열반하셨다.

　그 후엔 학교를 다니고 군에서 생활하다 보니 공부가 제대로 될 턱이 없다. 그러다가 제대한 후에 지암 스님을 모시고 겨우 제대로 공부하게 되었다. 그리고 나의 공부에 도움을 주신 분 가운데는 성승 스님과 호산 스님이란 두 분도 끼어 있다. 지금은 다 고인이 되셨지만 지극한 정성으로 보살펴 주신 분들이었다. 그러나 내 부모님도 못 받들며 출가한 몸으로 여러 스님을 모실 수가 없었다. 그래서 작심한 것이 한 분만이라도 잘 모셔보리라 다짐한 것이다. 한 분이라도 제대로 모셔서 마음을 상하시지 않게 해드려야

지암 스님의 49재 ⓒ지암불교문화재단

나를 낳아 키워주신 부모님께 불효한 것에 대한 보답도 되리라고 생각하였다.

여러 스님을 모신다고 공부가 잘되는 것은 아니다. 은사 스님, 법사 스님, 계사 스님, 참회 스님 등 많은 스님을 모심으로써 마음 상하시게 하고 싶지가 아니해서였다. 다만 한 스님을 모시는 가운데 출가한 본정신을 잃지 않고 열심히 노력하리라는 마음뿐이었다. 항상 "평생을 살면서 출가 때의 마음을 잃지 않고 공부에 전념하리라"하는 마음 간절하였다. 출가 때의 스님을 대하던 그 마음 자세를 변치 않고 계속 유지한다면 그만이리라 생각하기 때문이다. 이것이 내가 마땅히 걸어가야 할 길이라는 확신으로 서본다.

향림사香林寺 창건創立의 연유緣由와 그 공덕인功德人들

1970년 연말에 대흥사 천불전에서 지내는데 하룻밤에 꿈을 꾸었습니다. 황무지에 계단식 밭이 되어 있는 언덕바지에 샘치고는 상당히 큰 샘이 있어 그 물 위에 바가지가 둥둥 떠 있었습니다. 그래서 그 샘을 좋게 확장을 해서 많은 대중이 먹게 해야 한다는 생각이 들어서 그 샘 공사를 시작하려다 깼습니다.

그날 기분이 좋아 가지고 천불전에서 기도를 하고 있는데 양청우 주지 스님께서 보자고 하는 전갈이 있는지라 찾아가 뵈었더니 광주에서 찾아온 손님이 있어 불렀다는 것입니다. 그 찾아 왔다는 손님은 초면이라 어떠한 이유에서 찾아왔느냐고 물었습니다. 새로 절을 지어서 설날 이전에 부처님을 봉안하고 새해를 맞이해야 되겠는데 광주에서 어느 스님을 모셔서 봉안을 해야겠느냐고 몇 절을 찾아다녔는데 다들 대흥사에 가면 천운 스님이 있으니 그 스님을 모셔다 봉안식을 하라고 해서, 이렇게 초면 불구하고 주지 실에 찾아가 실례를 무릅쓰고 간청을 드렸더니 주지 스님께서 소청을 들어

해남 대흥사 천불전 ⓒ국립중앙박물관(건판 8219)

주셔서 스님을 뵙게 되었다는 것이었지요. 그래서 찾아온 성의는 고마우나 연말에 갈 수가 있느냐고 주지 스님께 말을 드렸더니, 대흥사는 당신이 잘 이끌어 가겠으니 다녀오는 것이 좋겠다는 말씀이 계시어 광주에 나오기로 했지요. 그러나 다만 새로 지은 절이 무당이 지은 절인가 의심이 가는지라 그것을 물어봤더니만 그렇지가 않고 신심이 돈독한 처사 한 분이 말년 수행을 스님을 모시고 하기 위해서 지은 절이라며 염려를 놓으라는 것이었지요.

절 이름은 무엇이냐고 물었더니만 동운사라고 한다고 하였습니다. 그리고 그 동운사라고 하는 절 이름이 아무래도 속티가 나서, 그렇게 기분 좋은 마음은 아니었으나 주지 스님의 간청도 있고 해서 할 수 없이 따라나섰던 것이지요.

광주에 와서 보니 생각한 대로 기분이 좋은 절은 못 되는 성싶으나 왔다가 그냥 돌아갈 수는 없는 일이고 해서 시자를 시켜서 점안點眼 준비를 하도록 했습니다. 어떻게나 강추위 인데다 마음이 없는 불佛사를 착수하다 보니 하나에서 열 가지가 합당치를 못했습니다. 전부가 불법하고는 거리가 먼 친구들하고 지내게 되니, 말대꾸에도 여간 신경이 쓰이는 것이 아니었습니다. 그러나 관리하는 분들의 나에 대한 정성에 꾹 참고 며칠이 걸려서 다 마쳤습니다.

광주에 온 김에 절터 될 만한 곳이 있는가 하고 돌아볼 심산이었습니다. 그러나 광주라고 하는 곳이 아는 분도 별로 없고 화엄사 주지로 있을 때 몇 분이 다녀가면서 한번 찾아 달라는 부탁은 있었습니다. 그분들의 주소도 잘 모르는 데다가 시주 단련에 신경을 써보지 못한 시절이었으니, 앞이 막막했지요.

참선이라고 10년 가까이 해봤으나 뾰족하게 누가 물어보면 답변을 할 만한 선사도 아니었습니다. 또 경을 대강 보기도 하고 선암사에서 강의도 해보았으나, 강사 자격도 없었습니다. 이렇게 생각하고 저렇게 생각해도 어디까지나 수행승이지 도사는 아닌지라, 시주집을 찾아간다 해도 시주은만 짊어질 따름이요, 수행에 보탬이 되지 못할 것 같았습니다.

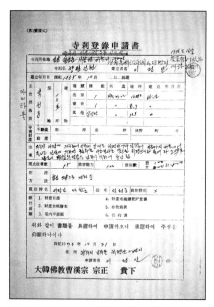

1973년 10월 31일 사찰등록신청서 ⓒ향림사

아무데나 허락이 되는 범주 안에서 초가삼간이나 의지할 작정이었습니다. 적어도 승려이니 마실집이라고 할 수는 없는지라 수행인이 깃드는 집이라 향기 향香 자를 쓰고 스님네가 깃드는 곳은 인식이 수풀 림林 자를 쓰는 법이라 "향림사香林寺"라 하기로 마음 먹었습니다. 이곳저곳을 헤매봤으나 마땅한 곳이 없어 다시 대흥사로 돌아갔었습니다. 그러나 마음에 걸림이 있으니 바로 그 꿈이었습니다. 꿈대로 한다면 꼭 절터 하나를 얻을 만한데…… 하면서 생각에 잠기었습니다.

잠깐 쉬었다가 다시 광주에 나와서, 그전에 화엄사에 있을 적 다녀가셨던 세 분을 골라 찾아보리라 생각을 한 것이지요. 그래서 금남로에 사시는 유원만성 내외분을 찾아뵈었습니다. 그때부터 이분들의 신세가 너무나 많았습니다. 부군이신 서인덕 선생님께서 저하고 같이 동분서주하셨습니다. 더욱이나 직장에 계시면서도 시간을 내주신 데 대해 무한히 감사드리는 것입니다. 그럼에도 불구하고 마땅한 자리가 없어, 다음은 최정심화 댁을 찾아보았던 것이지요. 그런데 이 분의 돈으로 땅 한 곳을 마련한 것이 송정읍 근처였습니다. 그런데 여기는 포 쏘아대는 뒤쪽이어서 그 소리에 그만 질색

할 정도였습니다. 그래서 그 땅을 팔아 버리시라 하고 다시 딴 분에게 부탁하리라 생각을 했던 것입니다.

그런데 문득 머리에 떠오른 것이 있었습니다. 내 친동생이 상무대 근처에서 산다는데 하는 기억이 났습니다. 상무대 정문 앞 정류소에서 내려 내 동생 이름을 물으니 사는 집을 가르쳐 주는 분이 있어 쉽게 찾을 수가 있었습니다. 와서 보니 어젯밤에 큰조카 놈이 태어났다고 동생은 기분이 좋아 가지고는 고향집 어머님께 알려드리기 위해 갔다는 것입니다. 다만 제수씨 혼자 신음 중에 있었습니다. 빈손으로 와서 보니 딱하기도 하려니와, 동생을 만나야 되겠기에 다소 기다리는 판에 동생이 돌아왔습니다. 동생에게 나의 사정 이야기를 했더니만 "이 위에 능선을 한번 보십시오. 절터로는 안성맞춤 입니다."하는 것입니다. 그래서 동생을 데리고 위쪽 능선을 타고 올라가다 보니 전에 대흥사에서 꿈에 보던 자리가 아니겠습니까! 하도 신기해서 그 자리에서 얼마 동안 관망을 하고 그 땅을 어떻게 구입할 수 있느냐고 물었더니, 여러 사람의 소유이며 땅을 팔아 애를 먹는 중이라는 것입니다. 그러면서 동생 땅도 여기에 120평이 있 다는 것입니다. 그래서 그 120평을 얻기로 하고 당분간 절을 짓는데 도와 달라고 부탁을 하고 우선 사는 집을 넘겨 달라 했지요.

집을 얻어 가운데 방에는 부처님 모시고 갓방에 시자방 하고 제수씨는 그대로 자기 방을 쓰기로 하였습니다. 수행이나 열심히 하기로 작심하고 지내던 중에, 학동에 사시는 강법성화라는 약사암에 다니시던 보살님이 한 분 계셨는데 그분이 이 사람을 돕기로 하고, 열심히 다니시면서 화주化主 노릇

천운상원 스님과 불자들 ⓒ향림사

2000년대 향림사 ⓒ향림사

을 잘해 주셨습니다. 부처님도 모셔주고 다기, 촛대, 향로 등 일체 불구를
준비하여 주셨던 것입니다. 또 약사암에 계시던 최일심화라는 보살님을 데
리고 오셔서 합심해서 도와주시니 신도가 날로 증가 추세요, 방이 좁아 곤
란할 뿐이었습니다. 거기다 제수씨의 친정어머님이 되시는 유관음행 보살

님이 남평 대성사를 다니시다가 나를 돕기로 하시고, 촌에서 신도들을 많이 동원하시어 간장, 된장, 채소 등 많은 도움을 주셨습니다. 이렇게 해서 신도의 수가 날로 늘자, 자연 방은 좁아졌으며 절다운 절을 꾸미려니 여간 어려운 점이 적지 않았습니다.

시봉 하나 데리고 살면서 공양주는 제수씨가 해 주시고, 화주가 세 분이나 생겼으니, 이제는 자기 수행보다는 포교사가 되어 버렸습니다. 그러다 보니 법회 일자를 아니 정할 수 없게 되었고 또 집을 더 지어야 했습니다. 그리하여 설법전을 짓게 되었습니다. 신도 수가 많아지다 보니 또 방사가 필요해져서 금강실을 짓게 되었습니다

그러던 중, 전에 화순군 한천면 한계리 용암사 신도님들이 여기까지 와서 도와주셨습니다. 임대자행, 이발심화, 박보리화 등과 능주에선 박극락화, 이금강심, 안중수씨의 모친 등이 적극 돕기로 나서 주니 많은 도움이 되었습니다. 이렇게 몇 년이 지나다 보니 강법성화, 최일심화 또 유관음행도 세상을 떠나, 한때 한산한 듯하더니만 새로 김반야성, 최청정화, 심정도화 등이 화주로 등장하여 적극성을 띠게 되니, 나는 자연 광주의 천운이가 되게 된 것입니다.

주로 신도 수가 늘게 되는 이유 중 하나가 방생放生 불사佛事에서 큰 효과를 거둔 것 같습니다. 또 연중행사로 음 9월月 22일日부터 24일日까지 보살계 수계식과 삼월 달 기도정진 법회, 4월月 8일日, 오도 전야 대법회에서도 많은 신도님들이 처음 있는 법회인데도 동감이 가서 배가 운동에 큰 효과를 가져온 것 같습니다. 이렇게 하던 중 오대성화, 문호법행, 이성덕심 등 신심

이 있는 진정한 신앙인이 모이게 되고, 또 정명수 처사님과 이강섭 처사님 같이 훌륭하신 분들이 모여 보살펴 주시게 되었으며 정계철, 이경재씨 두 처사님과 같이 경제적으로도 훌륭하게 도와주시는 분이 모이셨습니다. 이 강재 선생님과 조용, 최령조 같은 분들도 향림사를 위해 헌신하기로 하였으며, 지금은 단결된 신도들로서 진실된 수행심만을 가지신 분들의 모임이 되었습니다. 이젠 어느 절보다 날로 진전을 가져오는 수행도량으로써 손색이 없게 되었습니다.

수다스럽지 않고 상이 없는 분들이다 보니, 자연 수다스러운 성격의 소유자나 명예를 좋아하는 사람들은 다 여기서 고쳐지게 되는 도량이 되었습니다.

그런 가운데 살림을 알뜰히 꾸려 주시는 김자비성 보살님의 성의와 보각월 보살님의 보살핌이 적지 아니하여, 자연히 사람이 편하게 되었습니다. 또한 봉불회를 맡아 주시는 김법기행, 김법령심, 한대법행, 이선법화 등 신심이 돈독한 분들이 법회를 끌어주시는 노고도 대단하여서 향림사 발전에 지대한 상을 세웠던 것입니다. 물론 물질적으로 아낌없이 도와주시는 정용희 처사님, 황대원성 보살님, 최남용 처사님의 원력에 의해 많은 발전을 하기도 했습니다.

또한 아미타회가 성립되기까지 중학생들부터 고등학생들의 신앙생활을 갈무리하여 노력한 임병권 군의 노력은 숨은 불자임에 틀림없습니다. 그리고 보병학교 김대락 대령님의 장교회 조직으로써 매월 초주, 삼주 수요일 법회가 자연스럽게 이루어 나감은 큰 공덕이라 하겠습니다. 이렇게 해서 선

천운상원 스님 ⓒ향림사

사도 아니고 강사도 아니며 사업승도 아닌 일개 납자衲子에게, 아낌없이 수행하며 아는 데까지 포교할 수 있도록 해주신 여러분들 정성 어린 진실된 불심佛心에 이 사람의 입장도 날로 소멸되는 듯합니다.

모두가 부처님의 은혜 속에 이루어진 법우님들의 성원이라 아니할 수 없습니다. 그래서 지금은 영암 큰스님의 지도 아래 우리 향림사가 날로 수행 및 포교도량으로서 그 면모 쇄신되고 있습니다. 참으로 많은 고생을 극복해주신 공덕인들의 뜻에 어김이 없도록 최선을 다할 것입니다. 그리하여 이 도량에서는 금강경을 독송하면서 사상四相을 여의고 진실된 불자 되기 위해, 매월 2회씩의 정성 어린 우리 신도님들의 법회를 하였던 것입니다. 성불의 그날까지 일체의 장애가 없도록 우리 사회 대중은 간절히 빌고 바라는 기도의 목탁 소리를 끊임없이 울려 퍼지게 할 것입니다. 무엇보다 성불의 첩경은 삼재三災의 난이 없는 생활상이 필요하기 때문입니다. 그래서 우리 신도님들 가정에는 성불의 장애되는 요소가 없도록 노력할 것이며, 그 공덕으로 우리 사회 대중의 극락을 위한 목탁 소리는 울려 퍼질 것입니다.

향림사香林寺 창건기

이 도량은 불기 2513二五一三년 음 기유 십일十一월 이십육二十六일에 터를 잡고 경술 이二월 일一일에 시방제불 보살님께 말법인 일만 년 시대에 영원 불변한 부처님 진리의 말씀을 정확하게 전달함에 이 생명을 다 바쳐 정법 구현을 위해 살아가겠습니다 하는 발원제를 올림으로써 시작된 포교도량입니다. 말세라 하시지 않고 말법이라 말씀하신 데 대해서 이 미완성의 승려이나 희망을 갖고 우리의 심성만 잘 다스려 간다면 정법으로 돌이킬 수 있는 훌륭한 묘법이 바로 부처님의 가르침임을 알았습니다. 이미 삼천 년 전에 이렇게도 민의주의를 제창하시고 남을 상대하며 살아가는 이 세상의 선과 악의 갈림길이 상대를 위함이 선이요 자기 본위로 살면 악임을 분명히 가르쳐 주셨습니다. 이 가르침을 망각한 데에서 말법을 만들어 살아가는 사실에 우리는 경각심을 갖고 열심히 자기의 악습을 고쳐감에 따라 밝은 지혜가 나와서 이 밝은 지혜로써 민의를 정확히 파악하여 상대를 위한 나로서 선을 행하는 사람이 되어 보자는 것입니다.

　이 고마운 가르침에 보은 보답하고자 이 절을, 뜻있고 인연 있는 분들과 함께 십+여 성상을 같이 애를 써서 만들어 온 것입니다. 또 길이 후세에 인연 있는 사람들께 영원히 부처님의 가르침을 전하고자 여기에 이 비를 세워 이 뜻을 새겨두는 바입니다. 말법을 정법으로 우리 스스로가 구현해서 후세 사람들께 보다 더 민의의 뜻을 알아 남을 도와서 살아감이 곧 극락정토임을 보여주자는 말입니다. 그래서 이 작은 고을에서부터 전국에 이르기까지 민의를 알아 상대를 위한 나의 처신이 곧 전국 극락정토 건설임을 보여주어 다 같이 살기 좋은 우리나라를 만들어 보자는 뜻이 강력히 내포되어 있음을

향림사 대웅전과 범종각 ⓒ최선일

말씀드립니다. 이 발원이 영원불변의 성과가 될 수 있도록 위로는 부처님의
은혜를 갚는 신앙생활을 철두철미하게 실천하며 아래로는 온 국민이 살기
좋은 정토가 되어지도록 우리 스스로가 먼저 악습을 고쳐가며 상대를 위한
실천궁행의 보살이 되어갑시다. 그래서 여기에 뜻을 같이한 분들의 이름을

향림사창건비 ⓒ최선일

새겨 두노니 이 발원에 꼭 후손들로 동참 동수하자는 목적을 두었음을 말해
둡니다.

진리는 하나다

　세상엔 성현도 많이 출현하시었다. 물론 그분들의 소신에 의한 말씀은 자신이 차 있는 것이라 할 수 있을 것이다. 시대에 따라 표현 방법은 다를 줄로 알고 있다. 그러나 그 많은 성현들의 말씀이 진리에 근사치를 이룬다는 이야기이다. 물론 모두 다 정록을 이해시키는 데는 대단히 어려움이 있었을 것이다. 왜냐하면 그 시대의 문화성·위생성·예의성 때문에 자기들의 소신을 피력하는 데는 큰 장애 요소가 되니 말이다. 그래서 정록적 이해가 어려운 중생의 근기에 맞추다 보니 그 어려움이 크지 아니할 수 없었으며, 항상 노심초사 노력하다 음해·모략 등의 수모와 고통을 받았을 것이다. 다시 말해서 성현이라 할지라도, 상대의 정해진 업과 찾아주지 않는 사람들과 그 많은 사람들에게 자신이 자증한 진리를 그 시대의 언어와 방편으로써 설명을 할 수 없었기에 겨우 근사치에서 끝마쳤을 것이라는 말이다. 또 한 가지는 완벽한 진리 체득이 안 된 상태에서 이야기가 될 때는 참으로 그저 근사치에서 끝맺게 되고 만다는 사실이다.

이런 점에서 볼 때, 진리는 하나인데 이해와 체득이라는 작업이 그리 쉬운 일은 아니므로, 지금의 현실에서 여러 사람들을 갈팡질팡 헤매게 하는 이유이기도 하다. 또 최고의 교육을 받은 사람이라 할지라도, 직능적인 사람은 될지언정 진리 탐구가 잘못된 생활에서 헤매는 사람이 많다. 예를 들어 하늘이란 세계가 있다고 하자. 그 하늘을 지배하는 천신이 여러 여자를 상대하다 보니 작은 마누라의 소생도 있을 것이다. 그 작은집 아들이 인간을 위해서 땅으로 내려왔다.

이것을 알기 쉽게 말하자면 천상이 28천이 있는데 차례로 여섯 번째까지는 우리 인간과 같이 욕심으로 살아간다는데, 거기서 다섯 번째 하늘이 "제석천"이란 하늘이다. 거기에는 내원궁과 외원궁 두 가지로 나뉘는데, 내원궁에는 다음 미래의 부처님이 계시면서 설법을 하고 계시며, 외원궁은 삼십삼三十三 나라가 또 각각 있다 해서 "33천天"이라 한다. 그 내원궁과 외원궁을 지배하는 임금님이 "환인"이란 분이며, 그 아들 "환웅"이란 분이 백두산에 내려와서 「홍익인간」의 이념 아래 생활하시겠다고 하였다 한다. 거기서 단군이란 아들을 두시니 우리나라가 만들어지게 되었다는 이야기이다.

여호와 신이 계시는데 이분은 유태인들이 숭배하는 신으로서 독생자 예수를 시켜 여러 유태인을 돌보라 하셨다고 한다. 또 알라신이 계시는데 이분은 마호메트라는 사람에게 희라동굴에서 계시를 주어, 아라비아의 주민들에게 유일 절대 신의 도움을 받아 살아가야 한다 라는 믿음을 전했다는 것이다. 그리고 중국사기에는 천지를 창조한 최고신인 대자재천이 계시는데, 이름이 천주요. 전체 천을 거느린다고 하며, 우리 인간은 그 천주의 뜻에 거역을 못 한다고 하였다. 다시 말해서 제천의 우두머리라는 것이다. 누구나 그 지배를 받아야 한다고 하였다. 이것이 중국 천주숭배사상이다.

이상과 같이 각국의 천지 창조신을 열거하자면 한이 없다. 그 나라 또 그 민족의 뿌리를 보면 자연숭배에서 조상숭배·성현숭배 등 신앙 형태가 가지각색인데 글이 있어 남기게 되면 많은 지역으로 확산되었으며, 글이 없고 강세력의 지배를 받은 민족은 그 민족적 토속신앙으로 멈추고 말았다. 그런데 여기에서 유의할 점은 창조신이 있다고 하면 그 창조신은 누가 만들었는가, 시조가 있다면 그 시조는 누가 만들었는가, 땅에서 솟았는지, 하늘에서 내려왔는지, 알이나 짐승에서 나왔는지, 해답이 일정해야 하는데 한결같지 않다. 또 알려고 하지도 않고 그저 맹신해 버리고 만다.

여기에서 무지성을 기르고 만다는 사실을 전혀 모르고 살아간다는 것이다. 이 세상은 음양이치이기 때문에 혼자는 만들어질 수가 없는 것이요, 꼭 둘이 만드는 법인데 그것이 부모가 되는 격이다. 시조의 부모를 모르기 때문에 아는 할아버지부터 시조라 하는 것이다. 하느님의 위 아버지도 우리가 모르기 때문에, 그분이 천상에서 살고 계시므로 하느님이라 하는 것이지 그의 아버지가 없다는 말이 아니다. 우리는 그저 없는 것으로 –착각 생활로– 일관해온 것이다. 다시 말해서 부모 없이는 이어질 수 없다는 것은 너무나 평범한 사실이다. 누구나 알고 사는 사실이 그저 평범하니 모르는 채 살아버린다는 이야기이다. 그래서 발전 없는, 교육시킨 자식을 두게 되고 나의 가통, 나의 나라· 역사성을 전혀 모르고 살면서도, 남의 나라 이야기 또는 명성 있는 사람들을 조잘조잘 대며 살아가니 그 어찌 한심한 일이 아니리요. 제 민족의 조상 하나 말하지 못하는 인간이 남의 나라 토속신앙을 숭배하면서 제가 그 동생이라고까지 외쳐대면서 우리 민족의 지도자라고 하는 웃지 못할 대통령 후보도 있다니 그것은 참으로 슬프기 짝이 없다. 그런 사람들이 우리 국가를 맡았다고 가정을 한다면 소름이 끼치고 만다.

옛날의 신앙은 자연 숭배에서 왔지만 지금은 그렇게 해선 아니 된다. 과학적 생활에서 철학을 정립해 완벽한 문화성을 이룬 후에, 성현의 말씀으로 깨쳐야 한다. 그것은 이기주의를 버리고 상대를 위한, 대가를 바라지 않는 생활로 가정·사회·국가에 보람있게 살아가야 한다는 것이다. 정록을 말씀한 성현이나, 근사치의 말씀을 하신 성현이라 할지라도 우리 생활에 유익을 가져오기 때문에 네 종교 내 종교를 막론하고 생활에 써보라는 것이다. 비방과 헐뜯는 생활을 버리고 예의성을 갖추어 살아가자는 것이다.

그리고 신앙생활의 첫 관문은 믿음이요, 존경이요, 찬탄이요, 참회요, 발원이기 때문에, 제일 먼저 가져야 할 자세는 효가 근본이 되는 것이다. 효도 없는 사람은 모두 악인이다. 자기 부모는 봉양 못 하는 놈이 특정 종교단체에 가서 희사금을 냈다 한다면, 그것이 옳은 짓인가 말이다. 그처럼 제 가족·제 집안 족보·제 국가의 신앙도 모르는 인간이 제가 잘난 양 남의 나라 종교의 신앙 대상의 동생이 된다며 외쳐대고 다니면서 우리나라 민족적 지도자라고 한다면 그 사람이 교육이 된 사람이며 정치를 할 수 있을 것인가. 제 것도 모르는 놈이 남의 것을 가지고 우리 것이라고 하면 되는가 말이다. 웃기는 놈이요, 심히 말해서 돈 놈이 아니고 무엇인가. 진리는 하나다. 여러 성현이 있었으나 그중 한 분이 꼭 바르게 틀림없게 말씀하셨음을 알고

가자. 헛된 길은 가지 않는 것이요, 성현이라고 다 옳게 말한 것 아니다.

윤리설에 그친 분이 많다는 사실을 알고 가자. 근사치에 그친 분이 많다는 사실도 알고 가자. 과거 · 현재 · 미래를 툭 꿰어놓지 못한 말씀은 다 근사치다. 현실론만 이야기했다면 윤리설에 그친 것이다. 더욱 가소로운 것은 학부 출신의 맹종을 개탄한다. 적어도 학부 출신이라면 값어치를 하고 살면서 지도해 주기 바란다.

虎호
岩암
體체
淨정
拘구
月월
楚초
玟민

喚환	月월	楓풍	鞭편	淸청	芙부	碧벽	碧벽	龜구	幻환	太태
惺성	潭담	潭담	羊양	虛허	蓉용	松송	溪계	谷곡	庵암	古고
志지	雪설	義의	彦언	休휴	靈영	智지	淨정	覺각	混혼	普보
安안	霽제	諶심	機기	靜정	觀관	嚴엄	心심	雲운	修수	愚우

天雲禪林

佛紀二五二〇年　月　日　收集

天천雲운尚상遠원　智지庵암鍾종郁욱

白백月월炳병肇조

義의龍룡取취淵연

大대隱은昨오珍진

聳용嶽악普보衛위

鶴학雲운正정原원

道도成성法법添첨

無무瑕하戒계玉옥

蓮연坡파永영住주

松송巖암義의天천

楓풍嶽악普보印인

雪설耘운奉봉忍인

夢몽聖성典전洪홍

龍용湖호海해珠주

洛낙下하取취仁인

寶보月월環경琳림

仁인坡파岳악華화

南남岳악進진華화

雙쌍運운錦금華화

松송梅매省성遠원

향림사의 노래

박병섭 작사
전달석 작곡

어둡던 빛고을에 법등을켜 고
부처님 오신 - 지 오오백 - 세

중생을 건지리라 종을울리 - 니
번뇌를 끊으리라 북을울리 - 니

자비의 무량광이 어찌 - 어두 랴
지혜의 팔만법장 어찌 - 묻히 랴

공양하리 부처님 다시뵈오 리
닦으오리 부처님 다시뵈오 리

만다라꽃향 - 기 가 - 득한가 - 람

천운스님 원력서린 반야의터 전

우리의 청정도 - 량 광주향림 - 사

曹溪宗派系

釋迦牟尼佛

제一비바시불　제二시기불　제三비사부불　제四구류손불　제五구나함모이불　제六가섭불　제七석가모니불

제1대

迦가 葉섭	阿아 難난	商상 那나 和화 修수	優우 婆바 毱국 多다	提제 多다 迦가	彌미 遮차 迦가	婆바 須수 密밀 多다	佛불 陀타 難난 提제	伏복 陀타 密밀 多다

제2대

闍사 夜야 多다	婆바 須수 槃반 頭두 (世세親친)	摩마 拏나 羅라	鶴학 勒늑 那나	師사 子자	迦가 斯사 舍사 多다	不불 如여 密밀 多다	般반 若야 多다 羅라	菩보 提리 達달 摩마

제3대

普보 照조 體체 澄징	先선 覺각 迥형 微미	無무 爲위 道도 修수	慧혜 空공 定정 悅열	月월 山산 景경 月월	隣인 角각 自자 屹흘	寶보 林림 爾이 益익	智지 山산 慧혜 安안	香향 水수 惠혜 含함

스님의 불가佛家의 맥脈

鳩摩羅多 구마라다	伽倻舍多 가야사다	僧迦難堤 승가난제	羅喉羅多 라후라다	迦那提婆 가나제바	伽關羅樹那(龍樹) 가알라수나(용수)	迦毘摩羅 가비마라	阿那菩提(馬鳴) 아나보리(마명)	富那夜奢 부나야사	波栗濕縛(脇) 파률습박(협)
億聖廉居 억성렴거	元寂道儀 원적도의	西堂智藏 서당지장	馬祖道一 마조도일	南嶽懷讓 남악회양	六祖慧能 육조혜능	五祖弘忍 오조홍인	四祖道信 사조도신	三祖僧璨 삼조승찬	二祖惠可 이조혜가
		檜儼廣智 회엄광지	眞靜淸珍 진정청진	寶鑑混丘 보감혼구	普覺見明 보각견명	陳田大雄 진전대웅	龜山海安 구산해안	弘圓道泰 홍원도태	圓應學一 원응학일

향림학생의 노래

박병섭 작사
전달석 작곡

부처님—의— 손을 잡고 모인 우리 들

즐—거—운— 연꽃세계 자비를 닦 아

참 되게 자라가리 부처님 되 리

우 리 는 선재동자 부처님 아 들

우 리 는 작은 부처 향림 학생 들

2. 부처님께 합장하고 모인 우리들
   아름다운 화랑세계 지혜를 닦아
   착하게 자라가리 보살이 되리

3. 부처님께 절을하고 모인 우리들
   깨끗한 광명세계 마을을 닦아
   튼튼이 자라가리 선 자식되리

천운당 상원 스님의 행장

1932년 1월 1일	전북 고창군 성내면 월산리 339번지에서 부父 함평咸平 이공李公 종협鍾狹과 모母 강릉江陵 유씨劉氏의 3남 4녀 중 장남으로 출생
1947년 1월 15일	강원도 평창군 월정사에서 지암화상을 은사로 득도
1947년 1월 15일	강원도 평창군 월정사에서 지암화상을 계사로 사미계 수지
1958년 7월 15일	전북 고창군 선운사에서 지암화상을 계사로 구족계 및 보살계 수지
1960년 1월 15일	전북 고창군 선운사 도솔암에서 지암화상을 강사로 대교과 수료
1961년 1월 15일	전남 승주군 송광사 자장선원에서 수선안거 이래 10하 안거 성만
1968년 12월	제19교구 화엄사 주지 역임
1969년 11월 26일	향림사 터를 잡음
1970년 2월 7일	향림사에 불상 봉안
1970년 2월 24일	향림사 기공식 거행
1971년 12월	광주와 전남 일원에서 포교 활동에 적극 헌신
1974년 12월	제4대 중앙종회의원 역임
1978년 7월	총무원 교무부장 역임

1981년 4월	광주지구 갱생보호위원 역임
1984년 4월	광주시 사암연합회 제2대, 제3대, 제12대 회장 역임
1984년 6월	광주교도소 종교지도위원 역임
1990년 12월 23일	서옹 큰스님으로부터 전계전법 건당
1992년 5월	5·18 광주항쟁 이념계승사업회 고문 역임
1995년	대한불교조계종 제22교구본사 대흥사 주지 역임
1995년 4월 25일	학교법인 정광학원 이사장 역임
2001년 1월 17일	대한불교조계종 원로의원 추대
2004년 5월	대한불교조계종 대종사 법계 품수
	대한불교조계종 원로회의 원로의원
	대한불교조계종 제22교구본사 대흥사 조실
	㈜서산대사호국정신선양회 이사장
	사회복지법인 향림원 이사장
2010년 7월 14일	법납 64세, 세수 79세로 향림사에서 원적에 드심

나의 이야기(원제 나의 변辨)를 다시 발간하며...

　　대한불교조계종 원로의원을 역임하신 천운당天雲堂 상원尙遠 대종사大宗師
는 호남 불교를 일으킨 개척자이며, 현대의 도심都心 포교, 불교 교육과 복지
의 방향을 정립한 선각자先覺者이셨습니다. 스님은 1960년대 말부터 교세가
약한 호남 지역에서 불법 포교의 전범典範을 보여주신 참 수행자이셨습니다.
스승이신 석전한영石顚漢永 큰스님, 지암종욱智庵鍾郁 큰스님의 위업을 널리 알
리는 선양사업을 비롯하여 군승軍僧이 없던 시절에 군의 포교를 이끌던 불교
모임, 광주 향림사 창건, 포교지와 찬불가의 보급, 어린이 및 중고생 수련법회
등은 현대 한국불교 포교사에서 신기원으로 기록되는 족적足跡이었습니다.

　　이렇게 발심성불의 수행을 받들어 쉼 없이 정진하신 큰스님의 보리원력
행은 지혜, 자비, 서원으로 요약할 수 있습니다. 지혜는 세간에 머물면서도
세간에 집착하지 않는 불취심不取心이고, 자비는 중생을 버리지 않는 불사심
不捨心이며, 서원은 끊임없이 선행을 닦는 불식심不息心입니다.

"향림사香林寺는 1970년 2월 1일에 창건된 전법수행의 포교도량입니다. 부처님께서 말세라 하시지 않고 말법이라 말씀하신데 대해서 희망을 갖고, 우리의 심성만 잘 다스려 간다면 정법으로 돌이킬 수 있는 훌륭한 묘법이 바로 부처님의 가르침임을 알았습니다. 상대를 위함이 선이요, 자기 본위로 살면 악임을 분명히 가르쳐 주셨습니다. 오늘의 발원이 영원불변의 성과가 될 수 있도록 위로는 부처님의 은혜를 갚는 신앙생활을 철두철미하게 실천하며, 아래로는 온 국민이 살기 좋은 정토가 되도록 우리 스스로가 먼저 악습을 고쳐가며 상대를 위한 실천궁행의 보살이 되어갑시다(천운상원, 『나의 이야기』 중에서)"

천운당 상원 대종사 열반 14주기를 맞아 대종사의 훈향薰香을 다시 접할 수 있는 기회가 마련되어 수희찬탄 드리는 바입니다. 이번 단행본은 큰스님 생전의 세계관, 인생관, 종교관, 수행관이 집약되어 있는 삶의 현장록입니다. 또한 수행자로서의 자화상自畵像이기도 하며, 후학들과 불자를 향한 죽비竹篦이기도 합니다. 모쪼록 이 책을 통해 출가자로서의 초발심初發心을 새삼 되새기고, 전법포교에 쇄신하여 불은佛恩과 국은國恩에 보답할 수 있는 향림사 도량으로 거듭나기를 발원합니다. 또한 〈나의 이야기〉를 다시 만날 수 있도록 애써주신 동북아불교미술연구소 최선일 소장님, 상좌인 법원과 상범, 장미은 국장님과 이승홍 위원님께 감사의 인사를 드립니다.

2024년 4월
향림사 회주 수월 혜향 두 손 모음

'도인道人이 여기 계셨구나'

晝來一椀茶 낮이면 한잔의 차요

夜來一場睡 밤이면 한바탕 잠일세.

靑山與白雲 청산과 백운이 함께

共說無生事 무생을 이야기 하네.

두륜의 종주宗主인 청허휴정清虛休靜 선사께서는 대흥사에 주석하며 무상한 깨달음과 인연의 법어를 중생에게 남기셨습니다. 진인불眞人佛 천운상원天雲尙遠 대종사大宗師께서는 두륜 종주의 가풍을 지남指南 삼아 13대종사大宗師와 13대강사大講師의 선향禪香, 법향法香, 다향茶香이라는 신령스러운 묘법妙法으로 중생의 번뇌와 고통을 열반에 들게 했습니다.

증득證得한 깨달음을 중생衆生에게 회향廻向할 수 있도록 육바라밀六波羅密을 실천한 대종사大宗師께서는 평생 사미십계沙彌十戒의 지계持戒 정신을 수행의 징표로 삼으셨습니다.

살생하지 말라.

도둑질하지 말라.

음행하지 말라.

거짓말하지 말라.

술을 마시지 말라.

꽃다발을 갖지 말고 향수를 몸에 바르지 말라.

노래하고 춤추고 풍류재비 하지 말며 가서 보고 듣지도 말라.

높고 넓은 큰 평상에 앉지 말라.

때 아닌 때에 먹지 말라.

돈과 금은 보물을 갖지 말라.

버리지 않고는 수행자가 될 수 없습니다. 대종사大宗師께서는 수행자修行者는 욕망과 집착을 버리는 것이 부처로 가는 길임을 알고 계셨기 때문에 자성청정自性淸淨이 우리의 본 마음이라는 크나큰 가르침을 남겨 주셨습니다.

諸惡莫作 악한 일 행하지 말고

衆善奉行 선행을 받들어 실천하라

自淨其意 그리고 마음을 늘 청정하게 수행하면

是諸佛敎 이것이 부처님의 가르침이니라.

붉은 낙조가 두륜을 넘고 있어도, 안과 밖을 두루 찾아봐도 대종사大宗師의 큰 뜻을 아직 알지 못합니다. 목격전수目擊傳受. 스승과 제자는 눈을 마주칠 때 이미 법法은 전해졌고 전해받은 것입니다. 진인불眞人佛 천운天雲 상원尙遠 대종사大宗師의 금강계단金剛戒壇을 중생에게 널리 알리며 오늘 천지사방天地四方에 한마디 고告 합니다.

"도인道人의 마음이 여기 계셨구나"

제자 보선 두손 모음

천운 상원 대종사님의 일기
〈나의 이야기〉 재판再版을 축하드립니다

대종사님은 출가하여 수행정진 하시며, 종단 내외 주요 소임들을 섭렵하시고 광주에 향림사를 창건하신 후 포교에 큰 원력을 세우시고 향림사 신용협동조합, 향림출판사, 광주불교대학, 사회복지법인 향림원 등을 설립하시어 지적장애인과 노인, 아동보호 전문 생활 시설을 운영하는 등 교육과 복지 포교 활동에 큰 발자취를 남기셨습니다. 이러한 대종사님의 수행과 원력은 불교를 믿고 공부하는 모든 분에게 사표師表가 되었습니다.

대종사님의 일기 〈나의 이야기〉는 대종사께서 평소 수행하시고 활동하시며 매 순간 참오懺悟하고 살피신 일상에 대한 대종사님의 법어法語이시고 가르침이십니다. 또한 대종사님께서 살아오셨던 시대의 사회적 화두와 종단적 화두에 대한 대종사님의 고뇌와 방편, 그리고 깨달음을 담은 이야기입니다.

대종사님께서는 포교의 황무지라 인식되어 오던 호남지역의 불교를 크게 부흥시키신 분입니다. 부처님 법을 널리 알리고 아낌없이 베풀며 우리

시대의 보살로서 살아오신 분이십니다. 대종사님의 가르침과 변함없이 따뜻하시던 모습이 더욱 그리워지는 시기에 스님의 저서 〈나의 이야기〉가 재판再版되어 다시 만날 수 있게 된 것은 큰 기쁨입니다.

지금 우리에게 필요한 가르침과 해야 하는 고민, 그리고 가져야 할 마음가짐을 대종사님의 일기에서 만날 수 있기 때문입니다. 언제나 법어法語로, 행동行動으로 내려주시고 보여주시던 대종사님의 지혜와 자비를 이제는 친견할 수는 없지만 〈나의 이야기〉를 통해 다시 한번 대종사님의 지혜를 그릴 수 있고, 대종사님의 자비행을 따라갈 수 있기 때문입니다.

〈나의 이야기〉를 다시 만날 수 있도록 애써주신 향림사 회주 수월 혜향 스님 등 재발간추진위원으로 활동해 주신 모든 분에게 지극한 마음으로 감사의 인사를 드립니다. 이 시대를 살아가는 많은 불자님과 수행자들에게 큰 스님의 이야기가 청량한 선물이 될 것입니다. 이 책을 만나는 모든 분의 가정에 부처님의 가피가 함께 하시길 발원 드립니다. 감사합니다.

대한불교조계종 제22교구 대흥사 교구장 법상 두 손 모음

재발간추진위원

혜향스님(향림사 회주)
법원스님(국제선센터 주지)
상범스님(향림사 주지)
최선일(동북아불교미술연구소 소장)
장미은(동북아불교미술연구소 국장)
이승홍(동북아불교미술연구소 조사위원)

사진 제공

기관
대한불교조계종 향림사
동북아불교미술연구소
지암불교문화재단
국립중앙박물관
불교신문사
국립중앙도서관
백양사 성보박물관
수덕사 근역성보관
월정사 성보박물관
대한불교조계종 내장사

개인
최선일(동북아불교미술연구소 소장)
황호균(전라남도 문화재 위원)
연일스님(구례 금정암 암주)
법당스님(영암 축성암 주지)
이홍식(백양사 성보박물관 연구실장)
김원중(월정사 성보박물관 학예연구사)
신학태(도서출판 온샘 대표)